别人家的孩子和我

和我

张小武 著

中国言实出版社

图书在版编目(CIP)数据

别人家的孩子和我 / 张小武著. -- 北京 ：中国言
实出版社, 2022.2
ISBN 978-7-5171-4045-0

Ⅰ. ①别… Ⅱ. ①张… Ⅲ. ①长篇小说—中国—当代
Ⅳ. ①I247.5

中国版本图书馆CIP数据核字(2022)第022215号

别人家的孩子和我

责任编辑：郭江妮
责任校对：罗　慧

中国言实出版社出版发行
地址：北京市朝阳区北苑路180号加利大厦5号楼105室（100101）
编辑部：北京市海淀区花园路6号院B座6层（100088）
电话：64924853（总编室）　　64924716（发行部）
网址：www.zgyscbs.cn
E-mail：zgyscbs@263.net

经销：新华书店
印刷：阳谷毕升印务有限公司
版次：2022年5月第1版　　2022年5月第1次印刷
规格：850毫米×1168毫米　1/32　9.25印张
字数：211千字

定价：56.00元
书号：ISBN 978-7-5171-4045-0

序

我很早就想写这部小说，早到15年前。从2007年进入社会，我就一边以入世的态度面对周遭的一切，一边以出世的心思勾勒这部小说的框架和每一个情节，直到2015年国庆落笔，直到2017年完稿，直到现在出版。

这十五年沧海桑田。计划中这是我的第一部小说，但在此之前，2012年出版了《春去阑珊》，2014年出版了《少年初长成》，那时这本书还没落一字，我想这样也好，那就再少年几年。

无论少年还是青年还是中年，我一直相信这本书会写完、会出版、会以一个特殊的方式面世。我在出版前两部小说时，均对这部小说作了预告，且《别人家的孩子和我》也是在前两部的基础上构思的，这三部小说是一个整体，在我心里，它早已是完整的存在，现在呈现出来，就是"成长三部曲"。

这是一个变化的时代，就像我原来想给这部小说命名为《1984》，现在变成了《别人家的孩子和我》。在这个时代写出"时代在变"已非常不易，但我更感兴趣的是"时代在变中的不变"。说起来有点拗口，其实就是千帆过后，无论我们或这世界变成什么样子，那些想起来依然让人心生荡漾的东西。至于这些东西是什么，我相信小说里会有答案。

《别人家的孩子和我》不是我的故事，也不是别人家的孩子的故事，而是我们每个人的故事。它是一部小说，是一本时代年表，是一册社会影集，是我们的成长史。它不是关于一代人的，是关于每个人的，但凡经历青春年少的人，都能从中看到自己的影子。

张小武

初稿2017年12月于北京

二稿2022年3月于北京

别人家的孩子和我

目　录

一、北京，我来了

1

我和文一梦有一个约定，如果30岁之前我们都没结婚，那我们就在一起。

2

这个约定在别人看来不可思议：

我不是娶不到媳妇，她也不是嫁不出去。

我不是剩男，她也非剩女。

我身边有随手可得的姑娘，她身边也追求者一大堆。

我不是不想结婚，她也一样。

我们不是没有父母催，我们时时刻刻都能感受到逼婚的压力。

我是标准的直男，文一梦是更标准的直女。

……

我们的朋友盘算了一圈，为我们结婚找出了N多的理由，直言如果我们不结婚，那世界上所有的婚都不该结。

这话我喜欢，一直以来我都是这么认为的。如果再加一个理由的话，那就是，我和文一梦都曾视对方为唯一。这一点我是确信无疑的，文一梦亦然。

在旁人看来，我和文一梦是天生的一对。如果爱情真的是让一个男人和一个女人合二为一、成为一个完整人的话，我和文一梦肯定会结合得天衣无缝。要是我们俩没在一起，那简直是逆天而行。

连算卦的也这么看。据我们那里一个有名的大仙张瞎子说，男儿难得正当午时，女子难得子时，我生在正中午时，文一梦生在半夜子时，我们俩在一起，八字合拍，阴阳调和，顺天应时。

还有一个传说，我小时候和文一梦定过娃娃亲。当然那是我们父母干的，和我们没关系。再说，传说就是传说，我几次求证，这可能是他们在某一次闲谈时开的玩笑。但也许就是这一句闲话，让当时还处在胎儿期的我们有了冥冥的约定也说不定呢！贾宝玉和林黛玉不就是这么开始的吗？

不过话说回来，要是我们的父母高瞻远瞩能预料到我和文一梦后来发生的种种事情，他们是无论如何不会开这种玩笑的。

因为是传说，我无法确定，也没有唯一性。狐狸君（胡立君）也说过他小时候和文一梦定过娃娃亲，而且说得证据确凿、绘声绘色，让我的传说相形见绌。我懂事后觉得狐狸君的话可能是真的，我的父母如果能开出这种玩笑，我在小学毕业时可能就和文一梦修成正果了。

我的传说没有狐狸君的可信，不过在其他方面，我更像是为文一梦而生。她文雅我粗犷，她爱哭我爱笑，她天生聪明我经常犯二，她娇小柔弱我霸气侧漏，我们俩在一起不是对比而是互补，就像绿叶配牡丹，山花配春天，再自然不过。

总之在我看来，我和文一梦在一起是自然而然的，我们天生就应该在一起。可是现实和我们开了一个玩笑，同学之中，只有我们俩现在还没有结婚，而其他的大多都当爹当妈了。尤其尴尬的是，我们俩即将奔三，再这样下去，恐怕真要违背自然规律了。

在我30岁生日将要到来的时候，文一梦给我打了一个电话，说要来北京玩玩，顺便给我庆祝生日，祝我三十而立。

我自然是答应了。

3

文一梦来北京就意味着我要做出改变，之前在电话里给她吹得天花乱坠，现在终于到验货的时候了。吹牛逼是要付出代价的，为了让这个代价不那么大，我开始了全方位的改变，至少让文一梦看起来像是真的。

我收拾了一天屋子，把床单被罩全换了一遍，袜子衣服全扔进了洗衣机，地板拖得锃亮，杂物各归其位，甚至连书柜上面的灰尘都仔细擦了。厨房里备好了各种食材，冰箱里塞满了新鲜水果，把一些有品位的东西，比如一直躺在书柜从来没有翻过的几本名著放在了客厅显眼的地方，当然还有文一梦喜欢的杂志，我到旧书摊上买了好几期，整齐堆在了沙发的一角。堆的时候发现沙发套自从我住进来后就没洗过，又叫了干洗店的人上门，折腾了半天拆掉拿去洗了。

把屋子收拾了个底朝天，一个人躺在沙发里，觉得这才像个人住的地方啊，之前自己实在太堕落了。自责没多久，转念又想还应该再伪装一下，最起码文一梦来了也好解释。这说的是自己的身材，长期饮食不规律，导致我体重直线上升，身材严重走样。文一梦好几次要求视频，都被我以"等我减肥成功了"为由婉拒，还大言不惭地说天天在运动，每天10公里，时而还把从别处偷来的照片发在了朋友圈，引得文一梦点赞不止，多次留言鼓励，岂不知那时候我大多在就着啤酒撸串呢。

这可怎么办呢？首先是得毁灭证据，叫了小区收废品的老头，把一堆啤酒瓶从床底下挖出来全卖了，卖的钱从超市里买了一瓶空气清新剂，把屋子整个喷了一遍，开窗透了半天气，总算把羊肉味挥发了一下。这还不行，又从墙角里把落满灰尘的篮球挖了出来，拍打干净放在显眼的地方。还把球衣和运动装找了出来，下载了好几个运动软件，最起码从表面上向文一梦证明，我是在运动的，我是在减肥的。至于效果，呵呵，这个发挥的空间就大了，减肥能有几个成功的？

晚上我一个人窝在沙发里又琢磨了半天，决定再准备一些东西，避孕套。想到这个连我自己都觉得猥琐，不过转念再想，这也是对彼此负责啊，万一没准备临时起意了，一旦造成后果对双方都不好。这种事我和文一梦做过，至今我还为此自责。现在已经不是10年前，我得为她负责，为以后负责。我们现在这种关系很微妙，进一步或许会白头到老，退一步或许会老死不相往来，我得把握好。

我从柜子里翻出了以前的存货，一盒杜蕾斯，半盒杰士邦，小心放在了床头柜下面的一个角落，一个伸手刚好可以够得着的地方，然后开始幻想如果真有那么一刻，我该如何……这样想的时候不禁笑了，为自己没节操而笑，这可是文一梦啊，我在想什么呢。

接下来就是调整作息时间，改变生活规律，我得让文一梦看到我在过正常的生活，像个有为青年一样，洁身自好、心怀梦想、努力挣钱，如果真的被她一双慧眼看成潜力股，那就再好不过了。

我尽量在白天把工作处理完，不再总是叫外卖了，偶尔炒个鸡蛋煮个米饭什么的。久未操练，我竟然连炒鸡蛋都忘了，一不小心还倒进了酱油，炒出来的鸡蛋像黑炭一样，配一碗白米饭，看起来色泽鲜艳，吃起来味道鲜明。我甚至给这个菜取了一个名字——炭炒蛋，也许文一梦来了，我一时兴起，给她露一手也是可能的。

　　晚睡习惯了，夜里11点正是我生命力最旺盛的时候，可惜这时候往往没有姑娘。我一般会看书、看电影、写东西，或者想一些乱七八糟的事情，很多靠谱的想法都是这时候冒出来的，可惜等我睡去后这些想法大多也睡了，我醒来后这些想法也消失得无影无踪。我经常感叹，这些想法哪怕能实现百分之一，我就不用在见到文一梦之前如此大费周折、此地无银了。

　　晚睡的结果往往是晚起，起床大多都快午饭时间了，早上都是从中午开始的，然后如此周而往复，天天如此。时间长了这让我看起来难免沧桑，上次见面文一梦就调侃我，再这样下去该叫大叔了。不行，得改，最起码得让文一梦看我是在改。我想到了朋友送的几瓶红酒，我酒精过敏，喝一口就睡着了，喝酒就相当于喝安眠药，每天半夜12点的时候准时喝上一杯，然后沉沉睡去，第二天强迫自己8点起床，下楼吃早点，中午小睡片刻，下午处理工作，下班按时回家，不再经常开车、经常久坐了，偶尔在小区和一帮孩子打打篮球，有时候还到附近的大学跑步、游泳，每顿饭按时吃，晚饭不吃太饱，吃完走两步……这样活得跟个老年人似的，但我想这应该是文一梦喜欢看到的。

4

文一梦喜欢的，就是我要做的——这个痴情到无底线的念头是何时萌发的？我想了很久，可以追溯到二十多年前，我们人生初相见的时候。我后来经常用纳兰性德的词感慨，人生若只如初见，何事秋风悲画扇。不过感慨归感慨，我和文一梦是不可能停留在初见的，我们一开始就闯入了未来。

5

1992年，那是一个秋天，我们正式上小学一年级。上学的第一件事就是分桌，班主任辛老师把我和文一梦分到了一桌，文一梦就成了我学生时代的第一个同桌。那时候分桌没有别的考虑，主要就是个头，我们俩个子差不多高，或者说差不多矮，就坐在一起了，教室的第一排。

在我们那个20多人的班里，我和文一梦很受关注。一是我们都个子矮，教室里除了我们俩"海拔"比较匀称，其他都高低不齐。再者是文一梦她爷爷以前是我们村小学的校长，她爸在政府工作，她也算出身书香家庭，在我们这些土孩子中显得特别突出。还有，辛老师是文一梦她爷爷的学生，自然会对文一梦高看一眼。

如果还有的话，那就是文一梦长得文雅。她刚上学就是小披发，五官鲜明，脸色白净，仔细看还有细细的茸毛在摆动。我对她的鼻子和眼睛印象深刻，她的鼻子像是工匠特意雕琢上去的，高高地耸起，不像其他女生鼻子都是贴在脸面上的。她的眼睛不大但十分灵动，像两个玻璃弹珠。她穿的衣服也很新潮，颜色搭配得很恰当，鞋子也是我们从没有见过的，总之，不管怎么看和我们都不一样。

6

刚入学，文一梦就表现出了学习上的先天优势，尤其是汉语拼音和音标。她的汉语拼音发音没有受辛老师误导，抑扬顿挫、清脆干净，就像一只鸣啼的黄鹂鸟，发出啾啾的声音，把我们那些粗重笨拙的方言比得一无是处。

小学一年级的语文课本先学汉语拼音，再学看图识字，没多长时间，我们就学会了念běi jīng tiān ān mén，合起来读就是"北京天安门"。

教语文的辛老师半路出家，没有编制，临时拉来给我们代课。她扯着浓厚的豫西口音领读"窝爱被京添按们"，我们兴奋地跟读"窝爱被京添按们"。

在一遍一遍参差不齐的跟读中，我埋下了对"北京天安门"的"爱"，不过那个时候，我还不知道爱为何物，不知道爱父母、爱老师，更不知道爱身边的姑娘。

我至今记得，那篇课文是小学一年级语文课本第一册的内容，只有几个简单的字，稀稀拉拉的拼音，配了一张白底透红的插图，插图是漫画式的，在课本的左页，翻开后一眼就看到一面超出书沿的五星红旗，后面是一座红色的、建在底座上的城楼，两边同样插了红旗。红，成了我们对天安门的第一印象。

后来看韩寒小说《像少年啦飞驰》，看到他写一个叫"杨大伟"的朋友时如此形容：你说我爱北京天安门他还能明白，你说我爱北京最有名的一个门那就没门了。当时觉得，原来我们80后这代孩子小时候对天安门都有过憧憬，不同的是，这种憧憬因环境不同而变得多种多样。

7

有一天放学前，辛老师布置作业，谁能正确默写"北京天安门"这一课学的几个字，并正确标注拼音和音标，谁就能回家。说完她搬个凳子，跷起二郎腿横在门口，嗑起了葵花子，摆出了一副要从门口过先完成作业的架势。

教室一下子炸了。在我们这个男生居多的班中，能正确写出这几个汉字的不少，能正确写出汉字和拼音的有一些，但是同时能正确写出汉字、正确标注拼音和音标的太少。后来我才知道，学汉语拼音和英语是类似的，男生不占优势而女生相反。

越危险的地方越安全。在辛老师探照灯般的目光扫描下，我和文一梦还是做了点小动作——其实是她做的，我只是配合。我比文一梦早默写完，正要起身拿去给辛老师看，被文一梦按住了作业本的一角。说时迟那时快，她把我的作业本抽了过去，几乎瞬间，我看到我的作业本上"安"的音标从二声改成了一声，然后她退给我，起身走向辛老师，几分钟后她回到座位说："我放学啦，你也赶紧交吧！"

我仿佛听到了命令，起身径直走向辛老师，她拿起我的作业本扫了一眼，说："字写得还行，拼音有点歪了，要注意音标啊。"说完她把本子甩给我，"走吧，下次要细心！"

我回过头，拿起我妈给我做的帆布书包，在大家的注视中走到了门口，辛老师放下二郎腿，我急着穿过，成为那天第二个放学的学生，第一个当然是文一梦了。

拐过村小的一颗大核桃树，我看见文一梦蹲在地上捡核桃叶子，书包被她抱在怀里，像抱了个孩子。我不知道该和她说些什么，只好"喂"了一声，她站起来嚷道："赶紧拾一些吧，我们拔筋。"

8

拔筋是女生喜欢玩的一种游戏，就是捡拾地上的树叶，用树叶的叶柄和别人的穿在一起往自己的方向拔，就像拔河，谁的叶柄断了谁就输了。和拔筋名字有点像的游戏是跳皮筋，还有抓石子，或者叫抓子儿。这三种游戏多是女生玩的，但男生也会掺和，主要是狐狸君和董大毛。他俩掺和的方式不一样，狐狸君是和女生一起玩，还玩得挺好。狐狸君作为一个男生，把女生的游戏玩得这么溜，我们都百思不得其解，也许狐狸君天生就是女生之友。

相比狐狸君，董大毛就简单粗暴多了。他是真正地掺和，每当女生玩游戏的时候，他往往会像土匪一样出现，不是把皮筋扯掉，就是把石子拿走，或者弄个中间夹铁丝的叶柄把女生的叶柄拔断，然后露出肆无忌惮的笑，好像这是他最开心的时候，也是他最能证明自己存在的时候。

除了狐狸君和董大毛这两个奇葩，男生喜欢玩的游戏是叠三角、滚铁环和打木牛（打陀螺）之类的，以及用竹筒做水枪、用铁丝和火药做火枪、捉松鼠、捉迷藏、踢毽子、打纸牌等，都是我们童年的乐趣所在。

除了这些具有男女鲜明性格特征的游戏，也有男女混搭的游戏，比如打沙包和丢沙包。那时候在我们学校的土操场上，男女生一起打沙包是常见的场景，董大毛、赵闯更是男女混搭的常客。

我对拔筋这种游戏不感兴趣，觉得太简单，而且主观性不强，游戏的输赢凭的不是技术，而是叶柄的粗细，找到一根粗壮有力的叶柄往往就能过关斩将，否则很快就会败下阵来。如果不幸遇到董大毛这种在叶柄中间穿铁丝的，那简直就是找虐了。

我倒是喜欢玩抓石子，也喜欢和女生一起玩。这也是没办法的事。这种游戏是女生的特长，她们选石子的眼光，抛石子、接石子的动作，长时间蹲着而不累的身体优势，决定了她们是这种游戏的统领者。如果一个男生喜欢这个游戏，就必须要和女生玩，但我往往是玩几盘就走。狐狸君倒是乐此不疲，恨不能和女生玩到天荒地老的那种，这让我鄙视，也让我嫉妒。

有一件事给我留下了很深很久的阴影。一次我和文一梦玩抓石子的游戏正酣，不料狐狸君在边上喊了一句，"你的动作像蛤蟆一样，太难看了！"这句话就像一盆冷水，瞬间把我泼得自尊全无，让我觉得自己就像趴在河沟里的蛤蟆，奇丑无比。

不管狐狸君是否说者无意，我反正是听者有心的，此后我便不再和女生玩抓石子游戏。这种游戏在我们学校成了狐狸君和女生的专属，我则彻底往滚铁环、叠三角、打木牛（打陀螺）这些雄性游戏方向发展，和董大毛、赵闯成了同路，这也成了我童年很多伤心事的缘起。

9

我本想回绝文一梦拔筋的邀请，不过看在文一梦帮我改作业的分上，还是捡起一根杨树叶子和她拔了一下。不出所料，文一梦的核桃叶柄"啪"的一声断了，她倒没有生气，又捡起一根杨树叶和我边走边拔。

后来，这个下午就多次在我眼前晃动，那是我第一次和一个姑娘走在乡间的土路上，就我们两个人。没有暮归的老牛，时令大约已过白露，田野里的玉米刚收完，豆叶还黄绿相间，有些农人在收完玉米的地里烧秸秆，到处升起团团的黑烟。天空特别蓝，腾起的黑烟像是蓝色幕布下的一场舞蹈，在辽阔的田野里不断翻转，直到消失在远处的白云间。

10

　　我和文一梦走在田野里，就像走在乡村风景画里。那时我8岁，文一梦也8岁，我们都是大龄儿童。乡村里没有幼儿园，我们长到五六岁时，大多都跟着哥哥姐姐到学校里跟班，有座位的话会坐在靠近讲台或者门口的桌子边，没有座位就搬个凳子随便坐在教室的某个角落，或者门槛上，掏出哥哥姐姐用过的课本，用他们不用的铅笔头，在烂得不成样子的作业本背面写写画画，俗称跟班生。

　　我跟了两年班，终于在8岁的时候有幸成为一名正式小学生。文一梦不同，她虽出生在农村，但她爸爸在政府上班，她妈妈是镇上医院的大夫，4岁时就上了幼儿园，6岁时本来可以上镇上的中心小学，可是父母工作太忙没人接送，她被送回村里，和她爷爷奶奶一起生活。她爷爷就这一个孙女，舍不得她太早上学，就在家里教了两年，8岁时才送到了学校，和我一样成了大龄小学生。

　　文一梦入学的时候，她哥哥文自强已经在前一年转学去了县里。她羡慕我有个可以跟班的哥哥，我则觉得她这样没人可跟才好，自由自在，谁都管不着。可是她爷爷不这样看，叮嘱文一梦要跟别的孩子一起上下学，这样安全些。农村没什么不安全的，抬头不见低头见，都是熟人，我们小学就在村委会边上，很少有人会欺负学生，除非高年级的欺负低年级的。可是我和文一梦的家离学校都比较远，差不多有四五公里，她爷爷主要是担心路上万一有个磕磕碰碰的，那可不得了。于是，秋天开学起，她爷爷接送了几回后，文一梦大多时候和我们一起上下学，不过就我们俩，这还是头一回。

11

我和文一梦拔了一会筋，就觉得没意思了，她则兴趣不减。我丝毫没有怜香惜玉的意思，不玩就是不玩。我突然想到了学校的默写，就好奇地问她为何能看出那个"安"字音标的错来。文一梦说这都是她爷爷教的，没上学的时候她就会了，说着她还炫耀地念出了她爷爷教她的口诀：一声平二声扬，三声拐弯四声降。她告诉我，你要是真的记不住，就记住音标的样子好了，按这个口诀，默写的时候很容易就能写出来。说完，她神秘兮兮地凑近我的耳朵说："告诉你一个秘密，辛老师每次领读的音标很多都错了，我一般都不跟读，只是做做样子而已。"她看着我，"我就只给你说了，可别给别人说。"

我点点头，算是向她做了保证，可是又有点疑惑，她怎么知道的。"我爷爷说的，他说辛老师当年上学的时候，汉语拼音就没学好。"她得意地看着我，"这话千万不能说出去啊！"我再点点头，聊天自然转到了她爷爷身上，聊着聊着，她兴奋地说："你知道吗，我爷爷去过天安门！"

天安门？北京天安门？就是我们学的天安门？我不相信。说实在的，从课本上到现实里，我觉得这个距离太远了，身边人不可能去过。

"真的，不骗你，家里还有他在天安门的照片呢！"文一梦拿出了证据。

"你见过吗？敢不敢拿来看看？"我反问她。

"好吧，我试试看。"文一梦迟疑了一下。

12

三天后中午吃饭的时间，文一梦悄悄从书包里的一个信封中，轻轻倒出两张照片，一张是她爷爷奶奶的合影，一张是她爷爷的单人照，两张照片后面的背景是一样的，都是天安门。

那是我第一次看到具体的天安门，通红一片，和课本上的画有些类似，一座高高的台座上，盖着一座朱红色的门楼，楼通体都是红的，和课本上不一样的是，上面挂有红灯笼。楼前面，一排鲜艳无比的花朵怒放，花朵前面是两个白色的柱子，左右各一，当时并不知道那就是所谓的华表。照片上，文一梦的爷爷奶奶占据了大部分的位置，天安门只是后面的背景，仔细看，似乎她爷爷奶奶比"天安门"还要高些。后来我到县城上中学路过照相馆，看到一模一样的布置才知道，那是布景，文一梦的爷爷奶奶并没有去过天安门，只是在布景前拍了照片，连文一梦都当真了。

看了一会儿，文一梦小心收了起来，看我傻傻的样子，对我说："我爷爷说的，要是我好好学习，将来就带我去看北京天安门。"说着，喝了一口面汤，怕我不相信似的，骄傲地强调，"就是我们书上学的天安门！"那神态，就像她已经去过了一样。

或许是出于羡慕嫉妒恨，我不知天高地厚地随口说了一句："我也要去。"

　　文一梦惊了，侧转头看着我，问："那谁带你去呀？"

　　我无言，我只是想去，至于谁带我去，我还真没想过。

　　或许是为了安慰我，文一梦说："将来我们一起去。"

　　将来是什么时候？是等我们长大了还是等她爷爷带我们？她爷爷也不是我爷爷，凭什么呢？可是这些问题我们都没细想，就是要"将来去看天安门"，至于怎么去，谁管它呢！

　　记忆里，和一个女生"将来去天安门"，这是我人生第一个清晰的愿望。此后的此后，这个愿望让我无数次梦魂萦绕、百转千回，由此衍生出来的其他愿望，让我始料未及。

13

　　除了那次和文一梦单独回家，绝大多数时间，我都和班上的男生混在一起。在学校里，我们年龄太小，掀不起多大风浪，再说辛老师像女匪一样霸气外露，我们除了搞点小动作，课堂上不敢太过火，否则轻了直接拳打脚踢，重了就一天甚至一星期在教室门口罚站，更严重的就全校集合批斗。老师生气了就叫家长来学校领人，结果是我们被父母狠狠揍上一顿，再像犯人一样被送回学校，然后再接着重复，直到我们改过自新或者破罐子破摔被开除为止。

　　当然，这是在班级里，在校园里。放了学，出了校园，不归学校管，或者学校也不想管，广阔天地便任由我们大有作为了。

　　放学后，我们一帮男生常常不直接回家，而是三五成群消失在路边的田野上、山丘边，搜刮各种野味，填补像无底洞一样的肚子。

秋天的乡村随处都是美味，核桃、柿子、花生、玉米棒子、红薯、栗子、松子、榛子、野葡萄……，我们一样一样收拾，能生吃就生吃，生吃不了的就生火烧了吃，好几次还不小心点燃了草垛和庄稼。在大人们看来，我们就是一帮专门以偷吃为生的"老鼠"，或者就是一群二流子。

"老鼠"名副其实，我们本身就是属鼠的，我、胡立君、李天天、王三千都是1984年出生的，当鼠不让。其余的，何小飞属牛的，1985年出生，比我们晚一年。董大毛属猪的，1983年出生，比我们早一年，赵闯1982年出生的，不是鼠前就是鼠后，一帮"老鼠"也算名副其实。

二流子则是大人们高看了，在农村乡间，二流子说的是那种不干正经事比如偷鸡摸狗、不说正经话比如荤话不离嘴的人，这种人看似背后经常有人指指点点，人前却是大家注意的焦点，到哪哪热闹，我们想当还当不了。

我们这帮男生跟班的时候就在一起，上了一年级，大家算正式成为同学。我们对同学没有概念，觉得能一起玩、一起偷吃的就算，有时候会因为分赃不均而打架，或者因为偷吃被抓而互相出卖，但是这些不快就像放了一个屁，要不了半天我们就又混在一起了。那时候，没人搭理或者不合群是很要命的事，大家都削尖了脑袋在群体中寻找自己的位子，即使有时候冒个大险、牺牲小我都在所不惜。

可是，随着升入高年级，随着不断长大，随着我们都把注意力放到了姑娘身上，我们这群孩子开始变样了。

14

　　9月的北京还是夏天。文一梦电话里问我来北京要穿什么衣服，我说穿短袖就行了，或者穿裙子吧，那件白颜色的连衣裙就不错啊。文一梦从小就喜欢穿白颜色的连衣裙，她在不同时期有过不同的裙子，但白颜色的连衣裙是必备的，上次我们见面她就穿过，惹得我意乱情迷，勾起不少往事。

　　"那会不会冷啊？"她问。

　　"冷了再买吧，北京什么衣服没卖啊，再说我每月好几万呢，给你买件衣服还是能承受的。"文一梦沉默了一下，我觉得这话不妥，赶紧往回绕，说，"别带太多东西了，你是过来玩又不是工作，带多了不方便。"

　　文一梦"嗯"了一声，说给你带点家里的特产吧，你很久没回来了，让你尝尝家乡的味道，不至于忘了本啊。文一梦工作了以后，说话变得有趣了不少，尤其是面对我的时候。我不好推辞，建议她提前快递过来，等她来了我们一起吃。

15

　　2014年国庆前，文一梦坐上了西安北至北京西的高铁，下午5点多到了北京。这是她第一次来北京，车上睡了一觉就到站了。我早就开车到西站等她，到站广播响起不到半小时，我就在出站口见到了文一梦。

她拖着一个棕红色的旅行箱，东张西望地随着人群往外走，我老远就向她招手，她竟然半天没有看到我。近了，我不顾形象地扯着嗓子喊了一声，她一抬头，露出一口整齐洁白的牙，笑了。

不出所料，文一梦穿着那件我们上次见面时的白色连衣裙，乌黑的长发轻轻拢住，脸上看不出一点旅途的疲惫，像往常一样挂着浅浅的笑。她的肤色白里透着淡粉，和连衣裙几乎一色，走在人群里清新脱俗、优雅淡然，完全看不出是一个快奔三的女生了。

我接过箱子，问了些诸如路上还好吧饿了吗累不累之类的俗话，绕过地道般的西站地下通道，走到一辆白色的MINI前面，把她的箱子小心放在了后备厢，开了车门请她上车，绕出停车场，向东开去。

"买车了？之前没听你说起啊！"这是文一梦上车后的第一句话。"本来想告诉你，后来想着就一辆车，又不是买房了，说出来怕你笑话。"文一梦转头看了我一眼，又是浅浅的笑，"你这几年在北京混得不错啊。""哪有！北京这地方，敢说混得好的没几个，我现在不过是从屌丝往中产过渡罢了。"

16

的确，在北京工作了7年后，我开始从屌丝往中产过渡了，当然离混得好还有很远的距离。

我是2007年夏天来到北京的。那年我刚大学毕业，本来可以在老家谋一个人民教师的职位，可是我对按部就班的生活不感兴趣，不想一入行就能看到人生谢幕——从年轻老师到退休的轨迹基本是这样的：实习，转正，当班主任，当年级主管，当教务处主任，当副校长，当校长，退休，拿退休金带着老伴去旅行，结束人生……这是标准的教师人生，运气好的话没准能当个教育局的领导。

春蚕到死丝方尽，蜡炬成灰泪始干。小时候学这句古诗时也曾把自己感动得不行，但是等轮到自己，还是觉得把崇高让给别人吧，自己先去外面闯荡一番，等将来挣了大钱，给这些教师们弄个奖金什么的也挺好啊。这才是我想要的人生，有多种可能，有多种结果，混好了兼济天下，混不好独善其身，想想都满心痛快。

但是文一梦不这么想。她当时希望我留在老家，当一个人民教师，安安稳稳地过一辈子。她甚至还引用张爱玲那句烂俗的话劝我，生活是需要安稳做底子的。我反驳她，"都80后了，能不能别拿20世纪的老人来指导人生啊。每一代人都有每一代人的活法，要是我生活在张爱玲的时代，没准我现在就妻妾成群了。"文一梦听了这话直接沉默，此后很久都没有跟我说话。

其实这只是所谓的理由，真正的理由是，我想出去混个名堂，最起码不能比我们的同学差，否则不管我在哪里，文一梦都将只是我的一个梦而已。

我在文一梦的沉默中登上了离开小城的列车。她没有来送我，但我告诉她，如果在外面混得不好，我就回来。这只是个安慰，文一梦知道我的性格，再说了，当教师的机会一旦错过，再想当就难了。后来我们有一次看一个广告，当听到那句"混不好我就不回来了"时，她对我轻轻一笑，那笑容就像一双大手瞬间把我扒得精光，让我恨不得立刻在她面前消失。有时候我觉得文一梦比我还懂我自己，也许正如马云说得那样，男人是不懂装懂，女人是懂装不懂。我对文一梦是时而懂，时而不懂，不过一直装懂。

17

在车上，文一梦的问题都和我离开小城后的经历有关，尽管她知道大概，尽管有些事情可能我都不记得了而她还记得，但是她还想听我再讲一遍，就像她从来没有听过一样。这是个表现自己"曾经沧海难为水"的好时候，可能没有一个男人会拒绝这样的请求，尤其是面对着自己心动的姑娘。于是，我一边心不在焉地开车，一边继续向文一梦添油加醋地叙述我的辉煌历程。

我带上父母给的2000元钱，加上自己的一点私房钱，抱着闯世界的雄心壮志，反复听着赵雷的《南方姑娘》，从豫西小城车站登上了远去南方的火车。我的目的地是深圳，我去深圳并不是想进那里的工厂当一个螺丝钉，而是觉得那里离香港比较近，那年是香港回归10周年，我想在那里画一个圈。

我有一个情结。1997年我刚上初中，为了庆祝香港回归，全国举行了一次有关香港的知识竞赛，我得了省二等奖，全市得二等奖的可能不过5个人，我的班主任说一等奖的奖品是去香港旅行。尽管很可惜没能去，我还是得到了全校的瞩目，校长当着全校师生的面为我颁发了奖状，文一梦就站在台下，当全校的目光都盯着我的时候，我盯着的却是文一梦，那一瞬间我觉得我在她心中的形象应该特别高大。

因为香港这件事，我向文一梦证明了自己，因为文一梦，我想去看看香港，这是个情怀。当我做出这个浪漫决定的时候，我觉得可能我这辈子无论走到哪里，文一梦都是如影随形的。喜欢一个人就把她喜欢到心里，然后天涯海角地带着她，这种感觉是很奇妙的。只是我没有告诉文一梦，否则她会真觉得我离开小城是个鲁莽的决定了。

我停靠的第一站是郑州，既然抱着看世界的情怀，我本想在郑州下车看看外面的天地，可是《盲井》在我心里留有阴影，又怕火车突然开动把我扔在了半路上，就只能缩在车厢里，透过玻璃张望着外面的林立高楼，以及一片灰蒙蒙的喧嚣世界。

这是我大学毕业后路过的第一个城市，列车前行，我又路过很多城市，但大体都是这个样子，毫无新意，浪漫就这样被钢筋混凝土浇筑而成的现实刺破。于是我决定在看看香港后，选择一个城市留下来，把自己的雄心壮志付诸行动。

我本想从深圳过关到香港，看看这世界的繁华，可惜我忽略了烦琐的手续，而且我也没有带证件。这时我才意识到，香港和内地虽然同属一个中国，可我们是两个世界。后来我站在口岸远远看着，希望能看到哪怕海市蜃楼也行，不过除了看到一片片的山岭和田野，其他的什么都看不到。那田野我觉得和家乡的没有区别，那景象我觉得就像我的雄心壮志，若隐若现，遥不可及。

情结就这样了了，接下来我就开始和冰冷的现实作战。深圳一晚后我去了东莞，想在东莞谋一份事业，白手起家，若干年后衣锦还乡，让文一梦刮目相看。尽管丢掉了浪漫，我的乐观还是满满的。可是就像每一个刚进入社会的孩子一样，我待世界如初恋，世界虐我千百遍，东莞的经历让我觉得比深圳更刺激。

18

　　莞式服务那时候已经火遍东莞的大街小巷，只是还没有这么标准的叫法而已。我坐大巴到东莞的石龙下车，和一个自称跨国公司中国区人力资源部招聘专员助理徐小姐联系，她称在网上看到了我的简历，认为我比较适合她们公司的宣传岗位，让我过去面试。

　　接到这个电话后，我在网上查了一下这个公司的情况，和徐小姐所说基本吻合，但是我并没有投这家公司的简历，我的简历只是在我们学校的就业平台上象征性地出现过而已。也许人家求贤若渴，主动找到我的简历呢……可能性很多，我是个乐观的人，觉得下一步通过面试也许就能进入跨国公司了。带着这种想象，我赶到了石龙镇，和徐小姐接头。

　　下车后不久，一个男的打电话过来，说是徐小姐的同事，让我坐X路车到XX站下，然后让我在那里等他。我到了地方，这个男的又让我打车到XX地方，这时候我觉得就像电视剧里地下工作者接头的戏码，就多了一个心眼，说这个地方不好找，司机都不知道，我边上有个派出所，我去问一下。半天后，这个男的发了个短信，问我和谁在一起。我说一个人，现在就站在派出所边上，找不到他说的地方，让他过来接我。又过了半天，这个男的发来短信，说我太笨，连公司地址都找不到，达不到他们招聘的基本要求，于是我在还没面试的环节就被淘汰了。

当时我还责怪自己，白白放弃了这么好的机会，不过直觉告诉自己，这事可能没有那么简单。几天后我看到一个报道，说当地很多公司打着招聘的幌子，从网上联系很多人到东莞面试，但实际就是所谓的传销或者其他一些非法勾当，比如夜总会或者洗浴中心之类的，有不少幻想着入职跨国公司或者国企的孩子被限制了人身自由，其中不乏做"小姐"和"少爷"的，甚至还有卖摇头丸乃至加入走私团伙的。

看到这个消息后，我瞬间惊呆，觉得莞式服务竟然离自己不远，如果听了那个男的安排，没准这会儿就在某个传销组织里和一帮同样被骗来的兄弟姐妹们参加洗脑培训，然后想着法子拉亲朋好友入伙，幻想着一夜暴富呢。

我把这些说给文一梦听，文一梦一脸惊讶，说你当初差点在东莞干了大事，原来就是这个啊。我说没错，要是我当时留在了东莞，没准过不久就把你骗过去了。文一梦说看你不听我劝，待在家里多好啊。我呵呵一笑，不是有句话嘛，好了叫精彩，不好叫经历，人生混到最后，不就是个经历嘛。她叹了口气，你倒挺会自我安慰的。

19

招聘的事是社会给我上的第一课，接下来我变得谨慎很多。钱也快花光了，在身无分文之前，得先把雄心壮志抛到一边，立足再说，要不然得多惨啊。东莞是世界制造之都，绝大多数工作机会都是进厂，在流水线上和来自全国小城镇的同龄人通过无数环节，制造附加值少得可怜的各种电子产品，拿同样少得可怜的工资，最后在长长的流水线上耗尽自己的青春。混得好一些的会找个姑娘返回小城安家，混不好的会染上各种职业病，在干不动的时候再回到原点，无奈接受一门婚事，终老山村。这不是我想要的生活，也不是我出来混世界的目的，我明白一切都要从最基本的做起，可是这样的工作不会给我带来任何希望和变化，我的雄心壮志只是若干年后可笑可怜的胡思乱想而已——实际上可能用不了若干年，我估计在繁重的体力劳动后，不用半年，我想要的就是如何才能好好睡上一觉，或者什么时候才能攒够钱体验一把莞式服务，或者长远一点说，找个看着还算顺眼的姑娘结婚，然后到外面租个房子，直到干不动后回到小城。

至于文一梦，那很快就将成为午夜梦回的一个模糊影子罢了。若干年后，我带着妻子抱着孩子回到小城，第一件事就是听说文一梦嫁了个不错的人家，可是我无动于衷，所有的情感都被冰冷的流水线生活碾压得支离破碎，即使我和她再见面，我能做的可能就是让我陌生的孩子喊她阿姨，并礼节性地招呼她来我简陋的家里坐坐，然后匆匆别过，心中生起无尽的遗憾和悔恨……

这不是我想要的。跑了几天东莞各种工厂的招聘会，在15元一晚的旅店里，提心吊胆伴着各种粗暴的打鼾声，闻着祖国各地汇集于此的奇怪味道，看着一个个倒头就睡的狼狈身影，以及无可名状的难堪和恐惧，我突然觉得自己的心一下子沉到了谷底，而这离我大学毕业还仅仅不到一个月。作为一个有着雄心壮志的小城青年，我一度想过人生的无数可能，但这种可能我从来没有想过。生活真是出其不意，在东莞茫茫人海中，我觉得自己渺小无比。

20

　　在这样的时候，我很自然地想起文一梦，想起很多点点滴滴，想起她对我说过的话，以及那些约定。我想到了北京，想到了去北京看天安门。那个约定本来是我和文一梦一起去的，可是我觉得按我现在的状况，一起去的机会比较渺茫，既然如此，我就先去北京看看，而且还是首都，万一有了机会，很快就可以飞黄腾达，到那时再约文一梦来北京一起看天安门，岂不两全其美。

　　在东莞待了5天后，我抱着对这个城市的恐惧，和没钱体验莞式服务的惋惜，怀着对伟大首都的向往，在东莞长安镇登上了深圳北到北京西的火车，一路向北。

21

　　文一梦听得入了迷，可是又似信非信：你以前说过你南方的经历很辉煌啊，现在怎么说得这么苦逼。

　　我说这难道不辉煌吗，现在看真不是苦逼，大学刚毕业的那段日子能让我迅速看清社会现实，这对我的发展帮助可大了，要不然我在北京也不可能混成这样啊。说着，我拍拍方向盘，示意她这辆MINI价格不菲。文一梦还想再说什么，我把车子一拐进入一个小区，告诉她到家了，休息一下带她去吃老北京。文一梦"嗯"了一声，我帮她打开车门，拉着箱子，她跟着我一起往小区里面走。

这一幕，我想象了好多次，现在终于实现了。我的那些雄心壮志又隐隐浮现出来，我觉得这些年还是有些成就的。

22

我住在东五环外一个一居室的房子里，60平方米左右，南北通透，客厅、卧室、厨房、洗手间、洗衣间、阳台、杂物室等一应俱全。文一梦进门坐了一会儿，喝着我给她准备的饮料，把屋子扫视了一遍，最后把目光落在我身上，问："这都是你收拾的？"我点点头，看得出，她对屋子的布置和卫生还算满意。

文一梦告诉我，她这次为了来北京玩，特意把年假和公休挤在了一起，加上国庆7天，她能在北京待一个月时间。老师现在待遇不好，但请假还是比较方便。

"你放心好了，我都安排了，接下来的一个月我主要陪你。"我对文一梦说，当知道她要来北京的消息后，我把工作往前赶了一下，偶尔可能还要去开个例会什么的，不过那也无妨，单位离家不远，只要文一梦有需要，我随时可以出现在她身边。当然对文一梦来说，她肯定也不愿我每天都跟她待在一起，我们现在这种关系很微妙，彼此有点距离为好。

　　…　　别人家的孩子和我

23

　　休息了一会儿，文一梦洗了澡，换了衣服，穿着一件碎花的长袖衫，搭配一件紧身的牛仔裤，脚穿一双平底鞋，头发自然披着，看起来既休闲又妩媚。我拿了钥匙和钱包，和她一起下楼，来到小区附近一个老北京饭店。

　　这家饭店很火，我提前三天才预订上。饭店一派老北京风格，进门是一个珠帘子，店小二扯着嗓子喊"客官里面请"，进门是一色暗红色的桌椅板凳，楼顶吊着几个宫灯，厨房的水蒸气包裹着烤鸭的香气，弥漫在整个大厅里。小二穿着明清的圆领对襟衫和猩红的灯笼裤，小布鞋像抹了油，麻溜地穿梭在饭桌间，迎客声和上菜声此起彼伏，客人或者闲谈等菜，或者大快朵颐，或者觥筹交错，一派热闹的吃货气息。

　　我们在靠近窗户的一个位子上坐下，小二顺势给上了两碗面汤，随即招呼着点菜。文一梦第一次吃老北京的菜，在我的建议下，她点了一份小吃，还有两个特色菜。我帮她点了一份精品烤鸭，并嘱咐小二鸭架做汤，还有两份炸酱面以及两个口味清淡的凉菜，就让小二下了单子。

　　文一梦小口喝着面汤，嘴角微微翘起，脸上荡起一丝愉悦，看起来心情不错，甚至有些兴奋。我一边喝汤一边有意无意地看着她，她妆容淡雅，面色微红，窄窄的鼻子和两个夜明珠般的眼睛看起来还是那么精致，就像小时候一样，要知道，她马上就是奔三的人了。

正在我疑惑岁月为何在她的脸上没有留下任何痕迹时，文一梦倒先问起了我："和上次比，你显得成熟了不少啊。"我哈哈一乐，"都即将30的人了，能不成熟吗？你是在说我前额的头发又稀疏了不少，面容又沧桑了许多吧！"文一梦随口接上，"这是你自己说的啊。不过你工作辛苦，我能理解，要是在老家工作，你现在肯定不是这个样子，你看我们的老同学胡立君，都30的人了，看着还跟小白脸似的。"

"狐狸君啊！"我脱口而出，"这孩子天生就长在蜜罐里，能不白吗？"文一梦没说话，我喝了口汤又问道："你和他联系多吗？"这时候小二扯着嗓子上菜了，我给文一梦卷了一个烤鸭，她吃得津津有味，嘴角甚至流出了酱汁而不知。我乐了，又要给她卷，她说自己来。

24

9月下旬的北京还是夏天。吃完饭，我和文一梦在小区附近的人行道上溜达，随处可见牵着狗或者拉着孩子的女人，以及结伴的老夫老妻从身边走过。文一梦每次都要回头看，似乎觉得很温馨，我则视若平常。两边的银杏树白天看来还是浅绿色的，这时候在路灯的照耀下，变得黄澄澄一片，似乎比秋天泛黄还好看。

我和文一梦悠闲地走在树底下，影子在身后缓缓移动，不疾不徐。时间仿佛慢了下来，时光又回到了从前。接着吃饭时的话题，我们自然聊到了胡立君，这是我和文一梦之间绕不过去的一个人。

二、别人家的孩子

25

　　胡立君和我同岁，我们都生于1984年，不过我是10月生，他是11月生。胡立君出生那个月，我们村里刚用上电，之前都是靠煤油照明和取暖，胡立君是我们这拨孩子中第一个看到光明的，他爸最早给他取的名字叫胡立明，他妈觉得这个名字太有时代感了，再说胡立君这么瘦弱的孩子撑不起这个大名，就改成了胡立君。立君，这个名字同样寄托了他爸妈美好的愿望，相比我们，胡立君在名字上已经先胜一筹。

　　胡立君他爸是镇上农业站的站长，他妈以前在镇政府的食堂工作，生了他之后就在村里照看他。由于胡立君父母是公家人，按照计划生育，他妈只能生一个孩子，他成了村里为数不多的独苗。其他人家里都是农民，政策允许生二胎，每家两个孩子是常见的事情，我小学之前常跟着哥哥去学校跟班，胡立君无人可跟，每次都跟着我，他妈妈也放心，我们两家又是邻居，我们从小也能玩得来，对我们父母来说，能找到胡立君就能找到我，能找到我也能找到胡立君。

26

　　胡立君出生在夜里，而我则出生在中午12点。我奶奶说我是我们家那口老钟刚敲响12下的时候落地的，那一刻刚好她养的老母猪也下了猪崽儿，整整15个，这是村里养猪以来一次下崽儿最多的一次。她觉得这是好兆头，是阳气足、生命旺盛的表现。

不过我妈觉得和老母猪一起生产是个挺忌讳的事，她不愿意让我奶奶到处说这事，当然也不想让我知道，当我开始懂事的时候问她我是怎么来的，她总说我是人贩子送上门的，后来怕我不信，又说我是从河里捞的。我一度相信了，我们那里经常发洪水，很多小孩子都被冲到了河里，我真的见过有人捞过孩子——当然，那是女婴，男婴从河里捞的我还没见过。

27

我一直觉得我妈不太喜欢我，后来才知道，她本来想再生一个女儿，这样加上我哥哥，就儿女双全了。可是我爷爷奶奶和我爸不这么看，他们觉得俩男孩子挺好。农村有多子多福的说法，很多家里为了生个男孩子东躲西藏，他们都说我妈身在福中不知福。后来我妈慢慢接受了这现实，但她又想出了一招，一有机会就把我当女孩子养，教我做饭、喂猪、扫地什么的，我学得还挺快，慢慢地她就开始喜欢我了，后来还胜过我哥哥，那时候我才觉得有了出头之日。

装好孩子太久太难受，一旦有了出头之日，我的本性就暴露出来了，恨不能把村里折腾个底朝天。那时候是20世纪80年代末期，村里能看到黑白电视了，武侠片是我的最爱，黄日华、翁美玲主演的《射雕英雄传》我前后看了不下5遍。看多了自然想模仿，我央求村里一位木匠做了一把木制的宝剑，整天插在腰上耀武扬威，见谁都想上去砍上一剑，搞得村里鸡犬不宁，每天都能听到比我小的孩子的哭叫声，大人们见了我也是唉声叹气，觉得我学坏了，多次建议我爸妈把我送到学校。于是在我五六岁时，我妈让我哥哥把我带到学校跟班，这一跟就是3年，直到我8岁正式入学上一年级为止。

28

和我截然不同的是胡立君。

胡立君天生就是白白净净的，尤其是他那张小脸，小时候还有些婴儿肥，长着长着婴儿肥不见了，取而代之的是一张细腻、白里透红的脸，那脸不擦雪花膏（那时候父母怕我们冻伤经常用的一种廉价护肤品）也像女生一般好看，我们那种看着粗糙、形似面饼的脸简直没法比。我们农村有句骂人的话叫不要脸，我们觉得和胡立君比，我们就是不要脸。

除了脸长得好看，胡立君的身材也好。我们还都一个个矮冬瓜样，胡立君已经很修长了。他爸妈也舍得给他买衣服，每次他都穿得端端正正的，看着就像从城里来的孩子，不是我们那地方土生土长的。

这些已经很要命了，更要命的是，胡立君还是个"好孩子"。他性格沉稳，不多说话，但是见了人，"叔叔婶婶"很自然地就能喊出口。他经常跟我们一起玩，但是从不跟我们打闹，每次到我家玩，用我妈的话说是"坐有坐相、站有站相、吃有吃相"，说多了我不耐烦，常用"胡立君拉屎也很好看呢"，或者"你是不是生我生错了，要不你把胡立君当儿子吧"类似的话反击，每次说完我妈都会追着我打。

很自然，胡立君就这样成了我们父母眼中"别人家的孩子"，每次我们做了什么错事，胡子君是最佳的对照物："你说你这孩子怎么能疯成这样，看看人家胡立君多乖"，或者"怎么不像胡立君学学，人家比你懂事多了"，或者"你要是有半个胡立君的样子，我就能多活好几年"，或者"别人家的孩子那么争气，自己家的孩子却这么没出息，这上辈子造的什么孽啊"，如此等等。

29

不光我自己，董大毛、赵闯都遭受过类似的语言残害，尤其是董大毛，他比胡立君大两岁，但是由于他比我还能折腾，上学后好几次考试都是零蛋，还多次在村子里偷鸡摸狗，被当成彻底的反面教材，和胡立君形成两极对比，父母教育孩子大多都用这种口气："你怎么不向人家胡立君学学？再这么混下去，你就跟董大毛没两样了，到时候就成了祸害……"

无形中，胡立君被我们的父母推到了我们的反面，尽管我们还跟他一起玩，但我们都憋着一口气，希望将来有一天超过胡立君，让那些数落过我们无数次的父母看看。可是怎么超呢？我自己早就下了决心，就等机会了。

30

小学一年级下半年，学了些基本的汉语拼音后，我就央求我妈给我买了好多古诗词和小儿书，把古诗词当顺口溜念，把小儿书当天书看。看得多了，我就积累了一些简单的词汇，有时候在操场上打闹累了就围成一团，给小伙伴们讲故事，他们个个听得入神，这其中也包括文一梦。

慢慢地，看得多了，讲得多了，等到二年级下半学期，我的同桌文一梦就对我刮目相看了。至于胡立君，他仍然是老师眼中的好学生、父母眼中的好孩子，但是我觉得他对我形成的压力没有那么大了，我也慢慢成了同学的焦点，说起讲故事和背古诗，班上非我莫属，至于胡立君，当他的好孩子去吧！

31

胡立君也没闲着，不久，他在学校组织的一次抓石子比赛中扬了名。那次比赛分男女两队，胡立君和他的同桌刘素素分别得了男女队的第一名，在我们学校一时成为奇谈。刘素素得第一在大家的预料之中，抓石子是她的最大爱好，不写作业抓石子是常有的事，为此多次被老师批评。但胡立君不同，男生抓石子的很多，为什么独独他得了第一呢？

很快就有传言出来，说胡立君抓石子的技巧是刘素素教的，据说他们俩互相帮助，胡立君给刘素素写作业，刘素素教胡立君抓石子。甚至还有传言说，胡立君和刘素素是"好朋友""一对儿"，同桌只是我们看到的表象而已。传着传着，大家就开始起哄了，好像胡立君真的和刘素素"有事"。

我也跟着起哄，尤其想到之前胡立君说我抓石子像"蛤蟆"伤了自尊的事，就觉得特别解气，恨不能这个传言传得大家都知道才好，那样胡立君跳进黄河都洗不清了。

万万没想到，我居然搬起石头砸了自己的脚，胡立君还没有跳进黄河，我自己倒引火烧身了。

32

那时候的身体就像浇了大粪的庄稼，一天一个样，小学二年级时，我已经能骑自行车上学了。那时候，能不能骑自行车是判断一个学生"大小"的标志，能骑车的都是"大"学生，否则就是"小"学生，只能羡慕地看着"大"学生骑着车子飞一样从自己身边冲过，然后眺望着直到车子和人看不见为止。尤其看到他们载着女生在后座或者大杠上从身边冲过，那种羡慕嫉妒恨的心情简直无法形容。在这些动力下，我终于鼓起勇气偷着骑了父亲的自行车上学。

自行车是父亲的二八大杠，他不用时我就偷偷操练。说是骑，其实就是蹬三脚架，把两腿套在二八大杠和脚踏板之间形成的三角两边，刚开始用蹬半圆的方式产生动力，让车往前跑，后来熟练了就蹬个圆圈，这样能产生更大的动力，让二八大杠多往前跑一会儿，自己也能附着在二八大杠上多拉一会儿风——当然，等到上坡的时候我必须得停下来推上去，爽的是下坡，我可以松开双闸，像个放飞笼子的鸟儿一样摇摇晃晃往前冲，尽管有几次摔得头昏脑胀，可是乐此不疲，觉得自己终于能操控一辆车，成了我们班上第一批骑车上学的孩子，挽回了一些了失去的面子，文一梦也啧啧称奇。

33

进入高年级，辛老师不再教我们语文，而是换了一位姓贾的女老师，我们都叫她假老师。那时候语文是绝对的主科，语文老师一般都兼班主任，对我们比较熟悉。贾老师教语文的方法深得辛老师真传，强调练习、默写、背诵，一般重要的课文或者重要的片段，她都要求我们会写会背，而且往往以放学为时间点进行检查，能完整背诵的可以放学回家，否则就留下继续背，直到她检查过了为止。

我们班上有些同学放学都很晚了，回家路上又远，回到家里父母往往都睡着了，而且第二天又要早起。有时候扛不住了，父母也会来送饭，陪着孩子一起背诵，然后再一起回家。我们上个小学就像高考复习一样，个个困顿不堪，萎靡不振。可是家长们都很支持，按照他们淳朴的想法，贾老师这样做都是为了自己孩子好，要是贾老师对我们都放羊了，不管不顾，那他们肯定会有意见，说贾老师把我们耽误了。后来我在北京看到很多家长给班主任提意见，重要的一条就是别把孩子折腾得太累，留作业太多，我就想起了我们的父母，我想，80后一代和其后几代的区别，从我们父母时代就开始了。

不过，文一梦回家从来没有晚过。她语文学得好是全班公认的，背诵默写也是过目不忘。每次放学背诵检查，她都是第一个主动找贾老师的，往往都是一遍通过，然后在我们羡慕嫉妒恨的目光中，背起书包轻轻跨过教室的门，消失在学校的大门外。当然，对我来说，这是足令我自豪的，文一梦作为我的同桌与好友，她能第一个通过检查我也与有荣焉。

34

自从上学开始，我和文一梦一直是同桌。我们小学就是这么规定的，桌位一般不换，直到高年级以后，男生和女生的个头出现了明显差别为止。自从那次天安门默写后，我对文一梦的默写背诵能力佩服得五体投地，在同桌生涯中，她教会了我很多这方面的技巧，很快我的语文成绩有了天翻地覆的变化，在班级考试中常常位列前五名，不过第一名一直都是文一梦。

看《射雕英雄传》多了，我常幻想着有朝一日和文一梦文武双全，一起仗剑走天涯，可是在我和她同桌的几年里，我"打打杀杀"的武侠气概丝毫没有影响到她，反而她在语文学习上的用心感染了我，把我从一个整日做武侠梦的小混混拉回到了学习的现实中，帮我成了班上语文学习最好的男生，就凭这些，我得感谢她。

得了文一梦的真传，放学的背诵检查我大多也能顺利通过，偶尔几次没通过也是因为给大家讲故事，或者贪玩耽误了。于是，每次检查，文一梦第一个通过，我一般都是第三或者第四个，整个班级，就我和文一梦的座位到了放学基本就会空了。

贾老师也多次在班上吆喝，要向文一梦这一桌学习，男女生要互相帮助，互相提高，而不是让你们的爸妈来学校陪着熬，那样就是打疲劳战，一点意义都没有。岂不知，贾老师自己的做法就是在打疲劳战，即使勉强背过，我们又能记住多少？考试又能用到多少呢？但那时候我们没有这样的觉悟，更没有质疑的胆量，面对老师就像面对我们的父母，稍有质疑就会挨揍，不管是男老师或是女老师。

35

贾老师的表扬还是次要的，重要的是我能跟文一梦一起回家。文一梦的个子那时候比我高一些，但她还没学会骑自行车，以前放学回家，要么是她爷爷来接她，要么是跟我们一起走，搭个子高的同学的自行车。现在个子高的同学都被贾老师困在教室里，她爷爷常有事耽误，很多时候放学就我们俩。

往往是我推着自行车走到学校门口的时候，文一梦还在门口溜达，要么是在等她爷爷，要么是在等顺风车。我骑自行车还是停留在蹬三脚架的阶段，载文一梦比较勉强，但我又不好意思丢下她一个人，常常是我推着自行车，和文一梦一起回家。有时候文一梦走累了，我就载她在自行车后座上推着，直到她爷爷把她接走为止。看到她坐在她爷爷的后座上慢悠悠走在乡间的小路上，我就特别沮丧，骂自己没出息，载着文一梦的应该是我啊。

36

苦练下，我骑自行车的技术很快有了提高，可是苦于个子矮，还只能蹬三脚架。尽管这样，我放学也可以载着文一梦回家了。每次放学是我最兴奋的时刻，一般是文一梦先走到离学校大门口远一些的地方，以免被人看见，然后我再通过检查，蹬了自行车追她，看见她后停下来，让文一梦坐在自行车前面的大杠而非后座上，这是因为我的重心在前面，她坐前面比较稳当，而后座摇晃比较厉害，掌握不好平衡我们就摔倒了。

很多的下午，我骑着二八大杠，载着一个比我高半头的姑娘，晃晃悠悠地跑在从学校到我们家的乡村小路上。路是黄土和石子铺成的，年久失修坑坑洼洼，自行车走在上面跌跌撞撞，可是我和文一梦很开心，不是我给她讲从书上看来的故事，就是她给我唱学来的歌，比如《我爱北京天安门》《让我们荡起双桨》《春天在哪里》《歌声与微笑》《摇太阳》《中华民谣》，我至今记忆深刻的是那时让我们神魂颠倒的电视剧《小龙人》主题曲《小龙人之歌》：

天上有

无数颗星星

那颗最小的就是我

我不知道我从哪里来

也不知道我在哪里生

地上有

无数个龙人

那个最小的就是我

……

　　文一梦唱歌很好听，会唱的歌也很多，平时学校举办六一活动，她都是全校的焦点。我载了文一梦，就能享受她的独唱带给我的愉悦了。文一梦的歌声从她的秀发边飘过，飘进我的耳朵，瞬间我就像踩在了云朵上，飘飘然起来。路边的杨树和柳树迅速后退着，两边的田野寂静无声，远处的山丘成了背景，乡间的小路成了我们俩的世界，任由我们歌唱或者欢笑。

37

　　在我们上学的路上有座桥，这座桥也是我和文一梦分开的地方，她家在桥的另一端，我家则在相反的方向。桥边有很多人家，农闲的时候大家都会在桥边闲聊，后来桥边开了家商店，人就更多了，常常是桥墩两侧堆满了人，其中不少都是认识我的。

　　刚开始我不在意，载着文一梦在大家有意无意的目光中穿过桥面，靠一个桥墩停下，轻轻把文一梦放下来，道别，我再蹬着自行车回家。时间长了，我载着文一梦路过桥时，总会听到有村里的二流子年轻人吹口哨起哄，或者开一些乱七八糟的玩笑。我知道这是针对我和文一梦的，满心愤怒，可是没有办法，况且文一梦一如既往，仿佛没感觉似的，既然这样，我也不能不载着她吧。

又过了一段时间，一次过桥时，一位和我爷爷经常在一起喝酒的老头跟我开玩笑："姑娘多好看，用点心，将来长大了娶回家当媳妇，那你小子可有福喽。"庆幸的是文一梦并不在意，否则我就不知道该如何收场了。

38

很快，我担心的事情终于发生了，学校有传言说我和文一梦是相好，很多同学都开始起哄，我狼狈不堪。更可气的是，这件事很快就传到了我父母的耳朵里，他们在一次晚饭后训诫我，说我年龄还小，要把精力都用在学习上，别去想那些乱七八糟的事情，要不然就不供我上学了。

尤其是我妈，语重心长地说，人要脸树要皮，这么折腾下去，小小年纪就坏了名声，将来长大了没有姑娘敢嫁给我。还说不要让我败坏了人家姑娘的名声，邻里邻居的，让他们没法面对人家的家长。最后我妈说："你怎么不像人家胡立君学学呢！"

又是胡立君！我都气炸了，要是胡立君在我身边，我非把他揍一顿不可。第二天上早自习前，贾老师走进了教室，让我们安静下来，接着她宣布了一个决定，说为了体现团结互助的精神，让文一梦和胡立君坐一桌，原来和胡立君同桌的李天天和我同桌。**我眼睁睁看着文**

一梦搬到了胡立君的边上，搬的时候我没敢看她的表情，仿佛都是因为我的错，才导致她离我而去的。

39

这事发生后的几天里，我一直处在莫名的愤怒中，每当贾老师放学检查背诵，我都尽量往后拖，等到文一梦走了很久我才回家，其实课文我早背得滚瓜烂熟了。文一梦是怎么回家的，我不知道，也没敢问。后来才听说她爷爷每天都接，她坐在她爷爷的自行车后座上，一路安安静静回家的。

不久，我接到文一梦传给我的一个纸条：

> 你带我回家的事让我爷爷知道了，他很生气，我妈又不在身边，他怕我没把心思用在学习上，找贾老师说了一下，给我调了桌位，让我和你分开坐。你别难过，好好学习吧，等将来我们上了中学、大学，他们就管不着了。我们不是约定还要去北京看天安门嘛，加油吧。

看到文一梦偷偷夹在我书里的纸条，我瞬间有种泪奔的感觉，多日的愤怒一扫而空，身体突然充满了力量，觉得未来一下美好起来，仿佛我和文一梦已经站在天安门前瞻仰，我们拉着手，和无数情侣一样，来这里兑现自己的约定……这样想着我就开心了，觉得现在的分开是为了将来更好的相聚也说不定呢。我下定决心，照文一梦说的，

二、别人家的孩子　　　　…　　　　045

好好学习，考上理想的学校，逃脱周围的束缚，和她一起奔赴看天安门的约定。

40

好了伤疤忘了疼，正在我准备鼓足劲好好学习的时候，听到了一个消息，文一梦这件事是胡立君传到学校的，也是他把这件事告诉文一梦她爷爷的，于是文一梦她爷爷找了我爸妈，我自然被训斥了一顿。至于安排文一梦和胡立君坐一桌，也是文一梦她爷爷的意思，据说她爷爷觉得两家的长辈都在镇上工作，彼此熟络，胡立君又是大家眼中的好孩子，让文一梦和他一起坐，她们家人再放心不过。

不仅如此，之前关于我的很多流言也是从胡立君那里传出去的，这些都是李天天告诉我的。作为和胡立君两年的同桌，他对这些清清楚楚。

听了李天天的话，我气炸了，尤其是看着文一梦还坐在胡立君边上，我觉得必须得找个机会报复一下，否则胡立君的气焰肯定越来越嚣张，指不定他还会给我挖什么坑呢。

怎么报复呢？李天天是个可靠的帮手。李天天和我们同岁，但个头明显比我们高。他的数学学得很好，语文一般，而胡立君的语文和数学都不太好，老师安排他和胡立君坐一桌，也是为了让他带带胡立君。可胡立君对学习的兴趣不大，他的理想是将来做生意，当兵也行，反正上大学不在他的理想之列。这样一来，胡立君就拖了李天天的后腿。再说，两个男生坐一桌，免不了磕磕碰碰，我就见证过他俩多次争吵，都扬言要干一架，可惜从来还没有付诸行动。这次幸亏换了座位，他终于可以摆脱胡立君了。

我和李天天很快就成了好兄弟，学习上也互补互助，两人都提高很快，四年级第一学期，我俩都进入了全校前10名。可是，每当我看到文一梦还坐在胡立君身边，我就告诫自己，和胡立君的账还没算完。

41

不久，机会来了。有一段时间，学校附近的小卖部播放电视剧《包青天》。这部由金超群、何家劲主演的电视剧那时相当风靡，里面的每个人物我们都耳熟能详，何家劲饰演的展昭更是男孩子的偶像，我那时的梦想就是将来能成为展昭那样的人物，当然得有文一梦陪在我身边。至于胡瓜唱的片头曲《包青天》和黄安唱的主题曲《新鸳鸯蝴蝶梦》我们则哼唱了无数遍，歌词被我们记得烂熟。女生也喜欢，文一梦唱的《新鸳鸯蝴蝶梦》至今还经常在我耳边响起。

这部电视剧重播的时候刚好是在早上课间操时间。胡立君和何小飞他们去小卖部买东西的时候，刚好看到展昭去查案，他们几个人的腿一下子就像吸住了似的，当场就在小卖部的柜台前扬起脸看了起来，全然忘了还有上课这回事。

课间操是全校的第八套广播体操时间，体育老师在检查我们班的时候，发现胡立君他们几个不见了，问李天天怎么回事。李天天是我们班的体育委员，他支吾着说不出来，于是就让我去找。找到小卖部边上，我老远就看见胡立君他们围着电视机。这下不得了，我本来想喊他们，突然灵机一动，觉得报仇的机会来了，就跑回去报告了贾老师。贾老师一听怒了，准备让班长去把他们拉回来，这时上课铃响了，她干脆进了教室，让班长把前后门都用凳子堵起来，随即开始上课。

课上到一半，胡立君、何小飞、董大毛他们几个回来了，慌慌忙忙往教室冲，可是教室门被堵得死死的，他们透过玻璃看到贾老师正在上课，喊了好几个"报告"都没反应，只好站在教室门外等候发落。

快下课的时候，贾老师快步走出教室，把站在外面的胡立君他们带到了教务处。不一会儿，大集合的铃声骤然响起，全校学生都涌到了操场上，主管纪律的副校长带着胡立君他们站到了全校师生面前。

纪律校长先是一顿臭骂，接着宣布学校决定，对胡立君等四个人进行全校通报批评，责其做出深刻检查，张贴在学校大门上，以后如果再犯，直接开除。我站在人群里，看着恨不能把头低到裤裆里的胡立君，心情大好，觉得终于报了前仇，让胡立君也尝到了告密的滋味。

42

我猜，胡立君可能很快就知道是我干的，从那之后他故意避开我，很少和我说话，放学也是各走各的。很明显，我们班上的男生分成了两拨，一拨是胡立君和何小飞他们，另一拨是我和李天天，原来打打闹闹的我们，不再一起打球，不再一起吃饭，不再一起偷鸡摸狗。班上的同学也明显开始往两边靠，听我讲故事的就不再听何小飞讲了，听何小飞讲的一般都不再来我这边了。双方还互相使坏，直到那次偷鱼，两拨发生了正面的冲突。

我们上学路上有一个水库，水库不仅养鱼，还能洗澡。一到夏天，我们经常在里面洗澡，偶尔嘴痒了还能捉几条鲤鱼吃。后来水库被村主任承包了，四周弄了围栏，我们就再没进去过。有一次刚过端午节，村里人都在收麦子，没人顾及水库，李天天就提议趁别人不注意，放学后去洗个澡，顺便摸几条鱼吃。

放学后我们骑着车子飞奔水库，像下饺子似的全扎进了水里，连个放风的都没有。我们游得兴起，忽然发现周围有人来了，一看是学校低年级的几个学生，我们还以为他们也是来游泳的，可是没想到他们抱了我们的衣服就跑，不远处就是何小飞、胡立君他们几个在一起哄。

这还得了！说时迟那时快，我和李天天几个赶紧出了水，一丝不挂地去追。那几个低年级的学生把短裤什么的都扔给了何小飞，他们骑着车子就跑，还把我们的衣服高高扬起，就像打了胜仗一样在庆贺。

我们都是大孩子了，没衣服穿怎么见人，怎么回家呢。我们骑了自行车拼命追，追着追着，何小飞他们就把我们的衣服扔到了路边。我们哪能咽下这口气，拦下何小飞和胡立君的车子，双方厮打在一起。

光脚的不怕穿鞋的，光身子的不怕穿衣服的。那次我们痛快淋漓地打了一次群架，双方各有损伤，不过我们毕竟没有穿衣服，伤得重一些。胡立君几乎没受什么伤，他在我们厮打在一起的时候趁机骑车溜了，那以后他就得了一个外号，狐狸君，意思是关键时刻开溜的人。

那次游泳后果很严重，胡立君把这事告诉了村主任，村主任找到了学校，结果我们在水库游泳的每个人赔偿50块钱，同时我们也得到了和胡立君他们上次看电视旷课一样的待遇，被全校通报批评。胡立君他们虽然参与了打架，但是我们有错在先，于是学校淡化了打群架的事，只拿在水库游泳说事，胡立君他们逃过了一劫。

43

那时候，我们的荷尔蒙高涨得一塌糊涂，每天就像打了鸡血一样，与老师斗、与学校斗、与同学斗、与家长斗，其乐无穷。到小学高年级，我们开始与自己斗，这种斗争是痛苦的，与别人斗荷尔蒙可以得到发泄，但是与自己斗，荷尔蒙却越积越多，还无处发泄，我们就像一个个憋足了气的气球，随时可能会爆炸。

我的第一次性启蒙和董大毛有关。有一次我在他家玩，我们村一个妇女领着她的女儿上门，找董大毛父母讨说法，双方吵了一架，董大毛还被他爸揍了一顿。原来，有一次放学路上，那女生内急去路边的草丛撒尿，刚好被董大毛和另外几个男生发现，他们悄悄靠近那女生，往人家的裤裆里扔石子。那女生吓得大哭，提起裤子就跑回家告诉了她妈，于是就出现了上面的那一幕。那次我不断听到女生的妈说："我女儿都被看了，你们说怎么赔吧！"

被看了？这是我第一次隐约懂得，女生有些地方是不能看的，否则很危险。那时我不到10岁，开始动一些心思，可模模糊糊的，只是觉得女生很神秘，想和她们靠近，期待有朝一日能看看，了解一下到底是什么东西。

44

奇怪的是，和文一梦在一起时，我并没有这种直接的想法，只是觉得这女生好看，对她有好感，想多看她几眼，希望将来能天天看——不止我一个人有这样的想法，最起码董大毛也有。有一次董大毛和我聊起女人，不知不觉就聊到了我们班，从班主任到班里的所有女生，董大毛最后还是觉得文一梦最好看。要是将来能和文一梦在一起就好了，这是他的原话，说完后他感慨了一下，似乎有点激动。

董大毛的这个想法让我觉得好笑，这不是癞蛤蟆想吃天鹅肉吗？但我也感到压力，我一直以为我的潜在竞争者是狐狸君，没想到又冒出个董大毛，不知道将来又会冒出谁。不过我自信地以为，别人的喜欢只是暂时的一厢情愿而已，而我已经把我的一切和文一梦连在了一起。

抱着这种淳朴的想法，我在面对文一梦时，一直都觉得自己想为这个女生献身，想为她做一切，只为换取和她在一起。还有那个约定，我觉得那简直就是我人生的目标，我的整个人就是为这个约定活着的。

自从文一梦和胡立君坐在了一起，我每次看到她都心跳加快，后来甚至不敢直面她，觉得她的目光几乎能看穿我的一切。我从文一梦家附近路过时，常常加快步伐，生怕被她看见，被她叫住，甚至连被她家人看见都怕，像个贼一样，恨不能绕过她家。

我妈没有发现我这个变化，她可能以为我认生而已，不愿和文一梦她爷爷奶奶这样的长辈说话。可是，我是特别想看到文一梦的，只要她出现在乡间或者村里的任何地方，我都恨不能尾随，不放过任何一个机会，任何一个场景，直到她消失在我的目光中为止。每次邻里有什么事情，只要文一梦去，我一定会去，可我不会和她正面接触，只会远远地观察她的一举一动，记下她说的每一句话。我觉得，文一梦就像我的魂儿，一直藏在我的身体里。

45

1997年夏天，农历端午前后，我们参加了全镇小学五年级的毕业考试。那次考试让我终生难忘，因为那是我第一次扬名全镇，让我在所有认识我的人面前倍感荣光，尤其是文一梦。我觉得我终于有机会向她证明，我是最有能力和她在一起的，即使直到毕业她一直都和胡立君坐在一起。

那次考试是全镇联考，语文试卷中最后一道题是找出一段话的中心句。中心句说起来简单，可那是中学语文的内容，小学语文没学过，几乎全镇的考生都傻了眼，连文一梦都没找来。得益于平时看的课外书，我琢磨了半天终于在一句话下面画了横线，标出了中心句的位置，结果全镇就我一个人做对了。贾老师还特意把那张卷子贴在了学校门口的宣传栏上，据说那之后我就成了我们学校的传说。因为我是她的学生，她为此在全县的教育工作大会上也受到了表扬。之后我又回过一次小学，她见到我后，脸上洋溢着之前我从没有见过的亲切和热情，我倍感惊讶，要是早知道这样，我肯定会请她把文一梦再调回我的座位旁，而不是眼睁睁地看着她和胡立君坐在一起。

可是一切都回不去了，我们的小学时代一去不返。不过在当时，我没有半点留恋不舍，只是觉得和胡立君他们白白明争暗斗了一场，最后文一梦也没有回到我身边。可即使回到我身边又能怎么样呢？我也只能和她坐在一起，或者放学载她回家，别的什么也干不了。我们只是彼此有好感，恋爱什么的还没想过，或者有那么一刻想过，但那也不是真正的早恋，只是一瞬间的自我幻想罢了。

那一刻，我对胡立君的羡慕嫉妒恨已经烟消云散，我们仿佛都忘了彼此暗暗较劲过。进入初中前的那个夏天，我们一帮又将成为中学同学的伙伴终日在乡间游荡，不是抓鱼就是捉蟹，偶尔也跟一帮比我们大一些的孩子偷鸡摸狗，还在夜晚悄悄扒过好几家年轻夫妻家的窗户，那昏暗的窗户后面到底在发生什么是我们急于知道的。总之，我们旺盛的精力和强烈的好奇心，把整个村子弄得鸡犬不宁，大人们像防贼一样防着我们，恨不能我们赶紧滚到学校去。

我们何尝不想呢？小学中除了几个早就决定要出去打工的，其他都是要上中学的，中学对我们来说不是义务教育的延伸，也不是多学知识，而是我们还能在一起玩，还能朝夕相处。当然，于我来说，中学也意味着一个结果的到来，那就是文一梦能否成为我的女朋友？我打心眼里希望这个答案是肯定的，可是我知道，决定这个结果的有很多因素，其中最重要的就是胡立君了。可是现实跟我开了一个大大的玩笑，让我意识到，我对中学生活的美好想象是多么可笑。

二、别人家的孩子　　……　　053

46

还有一件事让我疑惑。小学毕业前夕，为了激励我们考出好成绩，我们班举行了一次"为了理想努力"主题班会。会上老师让大家畅谈理想，有的理想很宏大，比如董大毛的理想是当个科学家，赵闯的理想是闯荡世界，我们听到后都笑了。有的理想很具体，比如狐狸君的理想是成为他爸一样的人，何小飞的理想是一飞惊人，李天天的梦想是好好学习，考出好成绩。在我们听来，这些理想不是他们的理想，而是他们爹的理想，因为名字就能说明一切。

那时候理想对我们而言还是一个陌生的概念，宏大或者具体都是随口一说而已，比如我的理想就是将来和文一梦去北京看天安门。但是在我还没有想好该如何在大庭广众之下把这个理想说出口的时候，我听到了文一梦说出了她的理想：将来当一名像她爷爷一样的老师。我来不及多想，当轮到我时，我把自己的理想向文一梦做了靠拢：将来当一名老师——这个理想遭到了全班的哄堂大笑，因为一圈下来，就我和文一梦的理想是一样的，很明显，在大家看来，我和文一梦"有事"。

文一梦的表情倒不显得难为情，换作班上任何一个女生，这时候已经面若桃花，两颊染红了。倒是我自己，站在那里茫然四顾，尴尬不已。当时我甚至想当面质问文一梦，到底还要不要跟我一起去北京看天安门，但转念一想，其实去不去无所谓，当老师也无所谓，这些都是理想的幌子，我的真正理想是将来和文一梦在一起，只要这个理想能实现，天涯海角都可以。

但我不确定文一梦是否明白我的心思，当时我曾想找个机会好好向她倾诉，可是随着考试的来临、毕业的来临，一切都变得兵荒马乱，我第一次在童年时光里感到了焦虑和茫然。好在这个感觉转瞬即逝，当尘埃落定时，我们又变得无忧无虑、没心没肺，任凭日渐发达的四肢将不断溢出的荷尔蒙倾洒在田野里。

47

暑假的后期，在我们干完了所有想干的事情，把村子折腾了个底朝天后，我迫切希望开始中学时代的生活，最主要的原因是文一梦暑假后在村里待了没几天就去了镇上，我特别想去镇上看看她，可是又怕尴尬，于是便天天盼着开学，好在学校里天天看到她。

幸运的是，中学开学前半个月，我接到了镇中学老师的电话，让我提前到学校集中培训，准备参加一项全国性的知识题竞赛。当时的我只是觉得可以早日见到文一梦了。岂料，去了学校才知道，一个我之前想也不敢想的挑战在等着我，如果这个挑战完成了，全校的学生都将对我刮目相看，那我就可以再次向文一梦证明我了。就这样，中学时代开始了。

三、谁的青春不荒唐

48

　　我住的这个小区是北京东五环边上一个半老的小区。房子建于20世纪末期，到现在不过二十年时间，可是看起来已显衰落。这是当时集体分的房子，在商品房来临之前，这个小区的居民赶上了最后一波集体分配，搬进了这个当时看起来还算新潮的小区。毕竟是福利房，建筑质量没法和商品房比，才不到二十年时间，房子已经显得衰落不堪，加上当时缺少设计，那种外挂式的空调机像一个个包袱挂在墙上，感觉随时都有可能掉下来。也许是出于普遍的不安全感，整个小区每家每户都装上了防盗窗，窗台上摆放着各种杂物，平时洗过的衣服也大多晾晒于防盗窗里，看起来摇摇欲坠。

　　这还不说，小区没有电梯，房间的设计也是老式的，客厅大到和卧室不成比例。我住的那间是南北通透的，一个大阳台后面装着一扇老式的推拉门，把本来就不充足的阳光全部挡在了外面，整个客厅看起来黑乎乎的，白天也如此。待在客厅的我，经常需要开灯才能保证基本的照明，不过这样比较方便休息，我大多时间都是躺在客厅沙发里入眠的。

　　和小区破旧相衬的是这里的居民。最早分到房子的原住民现在留下的很少，大多都搬了出去，在别处另购商品房居住，留下的大多是老人或者子女，以及租客。对这些北京土著来说，房子不是问题，这些人在附近都有老宅，在近年急剧拆迁的过程中，这些人摇身一变都成了名副其实的房主，每家都有几套房子，比如租给我房子的房东在附近有三套房子，她只有一个女儿，老人也不在身边，所以他们自然选择条件最好的一套居住，其他的要么出租，要么卖掉。

平时在这个小区见到最多的是老人和孩子，几乎每天都有老人围着小区转悠，不是牵着狗，就是拉着孩子，或者是三五成群聊天晒太阳，时间在这里仿佛静止了一般，完全没有五环内的那种喧闹，就像另一个世界。

但是随着黄昏的来临，一个喧腾的世界就慢慢降临。先是从下午5点左右开始，一群身体还好的大妈在小区中间的广场上跳舞，急躁的歌声配上廉价的音响，瞬间响彻整个小区。不久，放学回来的孩子们也陆续来到广场，用早已没有篮网的篮球架打野球，坚硬的撞击声和吆喝声，配上大妈们的广场舞，成了小区独特的一景。慢慢地，又聚集了不少这些孩子的女朋友或者大妈们带来的宠物，以及从附近小区遛弯过来、推着婴儿车的保姆们，看戏一般盯着这广场上神奇的一幕。

到6点半左右，住在小区的年轻人就陆续下班回来了，让这个冷清了一天的小区重新热闹起来。小区的年轻人大多来自外地，工作在城里，每天过着朝八晚五的生活。在这里租房的年轻人大都是工作了一段时间，有一定经济基础的，但是为了将来能在这城市有自己的安身之处，交了房租后，他们在其他方面都比较节省，多是情侣一起住，晚饭都在家里做，像我这样一个人住的不多。

真正的高潮是在晚饭后。忙碌了一天的年轻人开始发泄，不是开着窗户在家里喝啤酒，就是站在阳台上聊天，或者窝在家里飙歌或争吵，为先买房再结婚或者先结婚再买房争吵不休。

　　　…　　　别人家的孩子和我

当然，更多的是家家户户窗户里透出的幽蓝，不出所料，这时候男的都在厨房收拾碗筷，而女的一般都在客厅里看时下流行的真人秀节目，无非总是那几档，这大约是这些女生们一天中最美好的时刻了。大约夜里11点，幽蓝重归黑暗，小区再次陷入一片寂静，日复一日，周而复始。

这就是北京东五环外这个小区极为平常的一个日夜，也是这些和我同龄人的日常生活。看着他们，我常常在思考，这样的生活到底有何意义？或者说这就是现实而真实的生活？那和我们的父辈有何区别？我们这么辛苦来到北京，难道就是为了在一个破旧的小区窝着，然后攒钱买到属于自己的窝？我们的青春、我们的理想、我们的存在，为何都陷入一种固定的模式？我们能不能拥有一种新的生活？配得上80后这个名字的生活。

我常常在思考这个问题，但从来也没有得到清晰的答案。不仅如此，我还要和他们一样待在这个小区，过着没有差别的生活。不多的例外是，我还保有自己的爱好和兴趣，平时经常到小区的广场上和一帮孩子们打球，让自己和这帮90后甚至00后离得不是太远。此外我不用坐班，有时候比较忙碌，有时候又比较悠闲，我可以写东西或者摄影，偶尔背着包去旅行，让部分情怀得到释放，不至于过得太世俗。当然，我大多是一个人住，没有交往长期的女朋友，因为我一直无法忘记文一梦，我们之间还需要一个结果，然后我才可能会有新的生活。

　　偶尔，我也会遇到心动的姑娘并且想办法给生活来点插曲，否则一个人待久了总觉得会出现各种问题。我曾对房东的姑娘动过心思，半年前我第一次和房东谈租约的问题，碰巧房东的姑娘也在，那姑娘一头披发，圆圆的脸蛋，衣着简单大方，静静地坐在一边，我忍不住多瞄了几眼。后来，我用房东留在合同上的电话，借故打到她们家里和这位姑娘聊天，约她到我租的房子里玩。打开了话匣子后，这姑娘就滔滔不绝起来，她说这是她以前住的地方，后来拆迁又分了房子她才搬走的，这地方便开始往外出租。她告诉我，当时她在卧室的墙上贴了很多可爱的画帖，自从房子租出去后她就没有再进来过。我带她到卧室看，墙上画帖的痕迹依稀可见，而我感兴趣的不是这个，而是她在这里一个人生活的点滴，重点是她会不会带男的回家过夜，而她妈妈对她是否有限制等。

　　可是还没等她聊到这些，她妈妈就发现我在和她交往，暗示我如果再继续下去，就必须搬离这个房子，远离她的女儿。不久，这位北京阿姨的男人也开始对我有意见，仿佛我已经和他的姑娘上过床又抛弃了她似的。

　　后来我才知道，她们要给自己的女儿找一个北京的孩子，最好门当户对，两家境况类似的那种，而外地的孩子他们一般不予考虑。据说很多北京大妈都怕外地的孩子娶了她们的女儿，这样他们辛辛苦苦好不容易等到拆迁才攒来的财富就变成别人的了。而我对这些嗤之以鼻，觉得这些财富本来也不属于他们，只是刚好他们生活在这个地方，拆迁又刚好落在了他们身上，就像意外之财，这并不是他们劳动所得。再者这种要求不会给他们的女儿带来幸福，即使找个北京的又怎样，附加在物质之上的婚姻大多没有爱情。

我这样想是言不由衷的，也可以理解为得不到而产生的一种不屑，类似吃不到葡萄说葡萄酸的那种情绪。那之后我除了交房租，很少和房东大妈联系，对她女儿也逐渐淡忘。不过有时候被隔壁或楼上的呻吟声吵醒，我还是会想象房东女儿睡在这床上的样子……冷静下来时，我开始琢磨如何才能尽早结束这种生活，开始另一段人生，就像张楚在《蚂蚁蚂蚁》里唱的那样：想一想邻居女儿听听收音机，看一看我的理想还埋在土里……

50

我和文一梦围着小区周围的银杏树聊了一路，二十年前的点点滴滴在我们的回忆中一一涌现，像电影一幕幕在眼前滑过。可无论是我还是她，仿佛讲的都是别人的故事。讲到可笑的地方，我们会释然般地大笑，笑往事中那些可爱的孩子，笑那时的幼稚，笑那时的不懂事或者不够大胆，进而就生出一种假如再回到那时候，我们会如何如何，可是我们知道，那时已经一去不复返。

但我们从那时候走过，没有那时候的我们，就没有现在的我们。而且，没有过往，我们就不会有未来，回忆过往是我们对待未来应有的方式，这点我和文一梦都明明白白。她这趟来北京，不仅是游玩之旅，更是找寻未来之旅，也是追忆之旅，我们之间，有太多的东西需要慢慢回忆。这是我们在这个秋日的夜晚，在银杏的掩映下，在北京的天空下，一遍一遍来回溜达的原因。

已经是晚上的10点左右，时不时有北风吹起，天气也变得微凉，周围逐渐开始弥漫一些秋天的气息。文一梦兴致不减，平时话不多的她此刻谈兴正浓，好像我们的聊天才刚开了个头而已。但毕竟她白天经过长途奔波，我还是建议她早点休息，毕竟接下来有一个月时间可聊。她点点头，似笑非笑地看着我，说那要不我们回去吧。

小区还很热闹，不断有车进出，三五成群的男男女女摇头晃脑地从我们面前走过，消失在楼道或者外面隐约的夜色中。几乎所有的窗户都透着亮光，不时有喝酒聊天的声音传出，我隔壁的楼上甚至有类似摇滚的声音从窗户上飘来，动感十足。文一梦说："想不到白天如此安静的小区夜晚变得这么热闹，要知道在我们家乡，这时候大家早都呼呼大睡了。"我回应，"所以你这80后人民教师才要来北京看看啊，要不然常常待在节奏缓慢、生活安逸、一成不变的县城多没意思。""你说得是，可是……可是我们都快三十了，不是也该安顿下来了吗？"还没等我回答，我们已经上到了四楼，打开门，文一梦坐在客厅的沙发上，看起来睡意全无，我给她倒了一杯牛奶，切了几块冰镇西瓜，递给她一块，自己也吃了一块，冰凉的感觉让人一下子清醒不少，让我不可置疑地认清一个事实，我朝思暮想的姑娘此刻就坐在我眼前，和我同居一室，而我却如在梦中。

　　　… 　　别人家的孩子和我

51

　　我和梦中情人文一梦坐在客厅的沙发里，默默待着。我们尽可能让对方看起来显得自然些，否则将是无法面对的尴尬。我玩了一会儿手机，待文一梦喝完了牛奶，说："睡吧。你睡卧室，我睡沙发，给你守着。"说着故作轻松地笑着看她。"要不你睡卧室，我睡沙发吧。"文一梦推辞。"我们就别争了，不可能让你睡沙发的，早都给你收拾好了。要是你觉得不干净，衣柜里还有一套寝具呢。"文一梦瞥了我一眼，"在你眼中，我是个很多事的人吗？走吧，主人家，带我熟悉下卧室，然后就可以睡觉喽，北京第一觉，我一定要睡到大天亮。"

　　我带文一梦熟悉了卧室，为了她这次来，我还特意在窗前摆了她喜欢的绿萝，在卧室的桌子上还摆放了一盆小金鱼，一红一白，在淡绿色的水草和乳白色的小石头间游荡。桌子上我特意给她新买了电吹风和木梳子，还摆了一个圆圆的大镜子，都是她喜欢的样子。

　　寝具也是新买的，仿照记忆中她卧室的款式。我曾进过一次文一梦的卧室，那是我第一次走进一个女生的卧室，至今难忘。那之后我就想着有那么一天，我要为文一梦买一座房子，按照她卧室的风格装饰，让她有家一般的感觉。唯一的例外是我在床头柜下面的抽屉里藏了避孕套，我相信文一梦翻不到，即使翻到了肯定也会理解，这么通情达理的女孩子，不会想不开的。

三、谁的青春不荒唐　　　　·····　　　065

给文一梦当完向导，我掩上门走了出来，在洗漱间刷了牙，走到客厅，把茶几上的东西收拾了一下，和衣躺在沙发上，盖上了轻薄的被子，把头埋在沙发里，屏住呼吸，一动不动。我觉得自己从来没有这么安静过，除了这个时刻。可是我的心还在突突跳动，让我无法入眠。

文一梦声音很轻，时而能听到瓶瓶罐罐的敲击声，我猜那一定是在摆放化妆品之类的东西。时而又听到窸窸窣窣声，我猜那一定是在换她带来的衣服，总之即使声音很小，我也能从听觉转换到视觉，看到卧室里发生的一切。可越是这样，我越觉得自己醒龊，于是恨不能把头埋得更深。

文一梦似乎没有任何不适。听动静，她大约换好睡衣，然后又到洗手间冲了个澡，洗漱完毕轻声走过客厅，回到卧室，轻轻关上门，大约30分钟后才睡下，此时已经快到凌晨。

我窝在客厅的沙发里，胡乱猜测如果文一梦睡不着怎么办？这是极有可能的，我到一个陌生的地方第一晚也常常睡不着觉的。我应该去和她聊天吗？陪她熬过长夜吗？该不该再给她倒一杯牛奶？如果文一梦半夜渴了怎么办？她半夜起来找水是不是方便？如果她做了噩梦怎么办……这些猜测搞得我睡意全无，脑子比任何时候都清醒，过往又像电影片段一样从脑间走过，尤其是我第一次和文一梦同处一室的情形。

……   别人家的孩子和我

这一幕要从1997年的秋天讲起。那个暑假后开学，是我们中学时代的开始。我比班上其他人到学校要早些，自从老师在全镇统考中发现了我的优势，我就和来自镇上其他小学的20名学生先到中学集训，为年底的全国中学生港澳回归知识题竞赛做准备。当秋天正式开学时，我们已经在学校待了半个多月，开学就像过了一个星期又回到学校一样。

开学那天已是香港回归后，全国上下都沉浸在回归的喜悦中。当全镇的孩子从四面八方赶到中学报到时，听到的不再是小学时那种幼稚的歌曲，而是一首颇有纪念意义的歌曲——《公元1997》。学校大喇叭里传出这样的歌声：

一百年前我眼睁睁地看你离去

一百年后我期待着你回到我这里

沧海变桑田抹不去我对你的思念

一次次呼唤你我的一九九七年

一九九七年我悄悄地走近你

让这永恒的时间和我们共度

让空气和阳光充满着真爱

一九九七年我深情地呼唤你

让这世界都在为你跳跃

让这昂贵的名字永驻心里

曾经有过的长长黑夜曾经有过的痛苦离别

多少噩梦中拥抱过你 你和我的心

永远不分离 哦

永驻心里

一九九七年

一九九七年

其实，这首歌我刚到中学集训时老师就教了，据说我们参赛的选手都要会唱，即使唱不好，歌词也要牢牢记住。我自鸣得意，本来想赶紧学会这首歌，在开学前找机会在文一梦面前炫耀，可我很快就发现了一件让我愤怒的事情，文一梦竟然和胡立君住在一个小区，而且还是临近的楼上。

53

原来，上了中学后，文一梦和胡立君都来到了镇上，他们的家长本来也都在镇上工作，他们可以就近住在家里，不用跟我们挤宿舍，还可以经常回家吃饭，不用在学校遭受排队和饭食不干净的烦恼。本来我也只能羡慕，可是没想到，集训期间有一次我在镇上的小区转悠，希望能和文一梦来个偶遇，和她聊聊天，顺便把在学校学到的歌唱给她听，可是没想到竟然看到了胡立君。当时他从文一梦那个小区晃头晃脑地走出来，我还以为他先我一步去找文一梦了，顿时气不打一处来。

开学前几天，我终于在那个小区门口等到了文一梦，问起她，才知道胡立君他爸也住这个小区，他们家在镇上的房子和文一梦的房子在一起。这个消息犹如晴天霹雳，本来觉得自己来得早可以更靠近文一梦，没想到还是让胡立君近水楼台先得月了。

这还不算，很快我们就在学校门口的墙上看到了中学分班的名单，我和刘素素、李天天、董大毛几个人被分到了二班，胡立君和文一梦、赵闯等分在了一班，而何小飞、王三千等分在了三班，这意味着，无论在学校还是在家里，胡立君都是最靠近文一梦的那个人了。

起了个大早，却赶了个晚集，中学开学的喜悦被冰冷的现实冲击得粉碎，我的心情一下子低落了很多。中学对我而言，真不是一个好的开始。

54

开学好几天了，我都处在气愤中，做什么都没心思，就连参加集训也淡然了。更不爽的是，我的不开心没有人看到，大家都在忙自己的，我的不开心只是我的不开心，和别人没有半毛钱关系。文一梦也是，虽然在我隔壁班级，我们只有一墙之隔，可是每天课间我们也只是远远地见上一面，中午她回家吃饭，晚上又回去住宿，我大多时候只能望着她的背影徒自叹息。其他从小学过来的伙伴们都还处在新鲜状态中，小学时聚在一起那种无拘无束的状态却再也找不到了。

不过，有一个人在默默关注着我，只是我没有发现而已。这个人是刘素素，她是我小学同学中为数不多升入中学的女生。其实我们小学女生挺多，一度阴盛阳衰，可是进入高年级后很多女生都退学了，大约有一多半没有进入中学。这当然是农村重男轻女的思想在作祟，而且那时候农村生了女孩子后还要生男孩，家里兄弟姐妹往往两三个，超生的比比皆是，农村又不富裕，自然就把有限的资源让给男孩，女生只好辍学了。这些辍学的女生要么在家带弟弟妹妹，要么远去南方打工，从此杳无音信。过了很久后我们会听到这样的消息，某某某已经嫁人了，某某已经生孩子了……我们只剩下惊讶和调侃，因为这些女生大多都是我们的同桌，或者我们某个男生的初恋。

　　刘素素小学时是个叽叽喳喳的女生，而且她和何小飞同桌，我又对何小飞不爽，恨屋及乌，对刘素素也没什么好感，觉得她太疯，和她一起玩耍得也很少。即使到了中学我和她分到了一个班级，我也对她也视若不见，但我没想到，刘素素已经注意我好久了。

55

　　我和刘素素的接触是从一个让我惊讶的事情开始的。在学校吃饭都要去食堂打饭，碗筷自带，我们往往是打了饭然后冒着热气端到教室，趴在自己的课桌上吃。满教室的学生就像把头伸在食槽的小猪，吸吸溜溜不一会儿二两饭就吃光了。正是长身体的季节，一碗二两米饭根本满足不了急需营养的我们，所以大多数孩子都要吃两碗饭，我也不例外。

事情就发生在那天我吃第二碗米饭后。当时刚吃完第二碗，我就闹肚子，把碗筷丢到桌子上赶紧往厕所跑，等拉完肚子回到座位上，发现碗筷已经洗得干干净净放在了我的抽屉里。我还没来得及问是谁当了雷锋，上课铃声就响起来了，环顾四周，那节课我上得一点都不踏实，一直在想到底是谁干的好事。我甚至想会不会是文一梦，后来觉得自己太自作多情了，文一梦在家吃饭呢，即使在学校，她也不可能干出这种事情的。

下课后问了好几个死党，大家除了调侃我可能交了桃花运，再就是嚷嚷要找出雷锋，好给自己也洗一次。可是找了半天也没找出头绪，正在我准备放弃的时候，晚上最后一节课上课前，我刚翻开书，就看到了里面夹的一张纸条：

> 别找了，碗是我洗的，要是你不反对，我以后还会帮你洗。打饭也行，反正一个人排队就够了。你好好准备竞赛的事吧，别在其他事上分心，有些人不值得你留恋。愿你取得好成绩。刘。

刘？这是谁呢？仔细一看，这是刘素素的笔迹，我太熟悉了，小学五年，她写的字我不知看过多少遍。她为什么会帮我洗碗呢？她为什么还要帮我打饭呢？为什么她会说有些人不值得我留恋……太多的疑问让我心神不宁，没有一点听课的心思，眼睛的余光总是忍不住向刘素素的方向看。我愈发觉得，这个在自己看来大大咧咧、嘻嘻哈哈的姑娘，现在突然变得陌生了。

56

我当然不能让刘素素帮我洗碗了，打饭更不可能，尽管我心里巴不得有个人帮我，这样可以省下不少时间复习竞赛的内容。要知道学校就一个食堂，打饭排队要半天时间，有时候再遇上高年级的插队，就要更长时间。一天下来很难有集中复习的时间，要不是周末集训，我真的担心这次竞赛会竹篮打水一场空。

当然我更怕别人看见，尤其是文一梦，要是被她看见刘素素帮我打饭，那得多难堪啊，我该怎么向她解释呢？不过在担忧这个问题之前，我更担忧的是，刘素素为何会在纸条上写"别在其他事情上分心，有些人不值得你留恋"呢？她是要告诉我什么呢？是暗指文一梦吗？她究竟知道些什么呢……这些问题困惑了我半天，我甚至一度想要找刘素素问个明白，或者找文一梦求证，可是我怎么也不敢迈出这一步，只好在犹犹豫豫中一天重复着一天。

57

这种不知所措的状态持续了一星期不到，就有新的事情让我着急了，这件事与何小飞有关。周末我参加学校集训的时候，无意间看到了一个新面孔，何小飞。何小飞怎么也来参加集训了？我还在疑惑中，何小飞就向我伸舌招手，就差做个鬼脸了。这是他的招牌动作，小学时他经常这样冲着女生干，很多女生都骂他是流氓。

我向他晃晃手中的笔，简单打了个招呼，然后听小段老师用标准的普通话给我们讲香港被清政府割让给大英帝国的屈辱历史，也许是动了感情，讲着讲着她就悲愤起来："你们永远都要记住，落后就要挨打！"说完她严肃地看着我们，也许是发现我们没反应，她又接着来了一句，"一个国家如此，一个人也如此！"

这句话着实让我清醒不少。落后就要挨打离我们太远，而且我觉得历史教训对我们而言，只不过是书本上的一个知识点，我们只是学习，需要汲取教训的应该是政治家。不过她后面这句话从国家过渡到了个人身上，一下子惊到我了。我又想文一梦了，我在想，刘素素那个纸条到底是什么意思？她是不是在暗示我，我在追文一梦的这条路上已经落后了？越想越难过，越想越觉得自己没出息，一节课几乎什么都没听进去就下课了。

我还陷在忐忑中，何小飞一下子就冲了过来，"老同学，我们又要同台比赛了。"他难掩兴奋，冲着我得意地笑。"那是那是，我们小学参加培训的就我们俩了，一起努力，希望我们都能得奖。"我回应何小飞。其实我这么说的时候，心里有一万个不情愿，与何小飞"同台比赛"风险很大，这点在小学我就领教了。

那时在班里甚至全校，最会讲故事的就我们俩了，不分伯仲，不过作为男孩子，我们刚从娘胎里生下来就被告知要争第一，在我们的意识里，第一就是最好的那一个，是一个人的，不是两个人的，那么不分伯仲的我们两个，肯定都在琢磨着超过对方吧！可是直到上了中学，我们俩还是没有分出高低，这次又撞到了一起，看来真是要一决高下了。

一问才知道，原来根据平时表现，主管这次竞赛的老师发现有些参训者的底子太差，便临时从各班抽调了一批替换，何小飞就是替换上来的。据我们的集训老师小段老师讲，这次竞赛分各省初赛和全国决赛两个阶段，初赛取得好成绩的将参加全国决赛，胜出者不仅会获颁证书和奖金，并且有机会到香港或澳门旅行一次。

这对我们这些身在小镇中学的孩子们具有极大的吸引力，我们中的绝大多数没有到过市里，就连文一梦也只是去过几次县城而已。去香港或者澳门旅行，这对我们来说简直太遥远，同时又让人热血沸腾，也许通过这次竞赛，我们这些参赛者真的有人可以去一次呢？不过对我来说，最大的吸引力还是文一梦，我要让她在全校面前看到校长为我颁奖，而那一刻她站在人群里，我则站在全校学生面前，全校的人都注视着我，为我鼓掌，而我则注视着她，我想，她该为此感动吧。

58

除了正常的学习，我们还要在周末参加学校的竞赛培训，两个星期还要测试一次，搞得我身心疲惫，不过一想到文一梦，想到能让文一梦在全校面前看到我，我顿时就有了精神。还有何小飞，这孩子一直追着我不放，上次测试他的名次和我相比还差很远，但是我觉得凭他的实力超过我是有可能的，所以我不能有一丝懈怠。

参加周末集训还有个吸引我的地方是能看到小段老师。小段老师大学毕业就分到了我们学校，才二十岁出头，个子看起来和我们差不多，头发就像文一梦那样轻轻披在肩膀上，脸圆圆的，谈不上好看，但很舒服。她经常穿淡黄色的衬衫和牛仔裤，脚上是一双白色的平底运动鞋，看起来简单、明媚，散发着一种知性、青春的气息。

考虑到她是全校学历最高的老师之一，学校便让她负责此次竞赛的集训工作。她是外地人，据说是从一个比我们镇大很多的地方来的，大学主修文科，文史底子很厚，给我们讲香港和澳门的历史绝对是一种享受。她的普通话是全校最好的，不像其他老师，方言和普通话夹在一起，听起来不伦不类，有时候我们都感到难为情。小段老师不一样，她的嗓音是独特的，看似人很单薄，但是说话很有力量。总之，她让我想起小镇之外的人和世界，想象那个遥远的、朦胧的天地，那是我一直想要去的地方，当然是和文一梦一起。

小段老师的魔力让我更加努力，甚至还经常发问，有些问题自己也有答案，但还是想让她再确定一下，这样才放心。她有问必答，每次都会进行详细的分析，完了还问我听懂没有。要知道，除了她，整个学校我还没有看到第二个这样的老师。那些老师讲课都是自顾自说，讲完就完了，匆匆了事，从来不问听懂没有。他们只管讲，即使提问也是向我们提问，而不是相反。但是在小段老师看来，提问是双向的，学生和老师可以互相提问，互相回答，直到问题弄懂为止。

提问多了，小段老师就在一次回答后说，要想取得好成绩不能仅仅靠死记硬背，更重要的是理解，理解了才能记住，否则很容易遗忘。她还以我为例表扬了一番，这给我了莫大的鼓励，我甚至觉得，我已经在这场竞赛中脱颖而出了。

看我好问，小段老师给了我一些复习资料，都是有关香港和澳门回归的报道，可以看出那都是从报纸上裁剪下来的。那些报道的东西都是当下的，而我们复习的都是关于历史的，这有助于我把当下和历史结合起来，再一思考，往往就能找出两者的内在联系，而那些知识也记得更加牢固。我觉得，香港离我不远了。

59

可是我感到另一人却离我越来越远了，这个人就是文一梦。文一梦和以前一样，只是偶尔出现在我的视线里，比如在全校大集合或者课间操的路上。有一次我们甚至擦肩而过，可是除了简单的招呼，其他的没说什么，似乎她已经忘记我们小学时的约定了，忘记我骑着自行车载她在放学路上放声高歌的事情了。

有时候放学我也能看到她，同时还能看到另外一个人——胡立君，她们经常一前一后走出校门，消失在我看不到的地方。他们出了校门有没有一起回家呢？有没有一起从家里出来上学呢？有没有一起吃饭甚至……对我们这些住校的孩子来说，校门外的世界只能靠猜测了。我们每个星期才出去一次，平时只有父母看望或者有迫不得已的事情才能例外，而且回来的时间严格限制。我有时候甚至恨自己的父母，要是他们也把家安在镇上该多好，那样我就可以天天和文一梦一起上学一起回家了。

学校外面的世界我看不到，不过文一梦在班上的情况我还是看得到的，因为我在一班有"眼睛"，这个"眼睛"就是赵闯。赵闯是我的好兄弟，小学时的寒暑假，我们经常在一起偷鸡摸狗，爬上爬下，在战斗中结成了深厚的情谊。赵闯成绩差，很多父母都不让孩子和他玩，胡立君他妈甚至当着赵闯的面都说过这话，所以他和我一样，对胡立君都没有好感。当然我的父母也经常教育我，可是我并没有因为和赵闯一起玩耽误了成绩，反而成绩一直保持在他们能接受的范围，所以他们也不再多管，自然我和赵闯成了好兄弟。

自从赵闯和胡立君、文一梦分到一班后，我就叮嘱他，一旦他们有了动静要及时告诉我。赵闯好不容易有我这样一个兄弟，干起活来自然卖力，一有文一梦和胡立君的消息就及时报告，大到他们生病请假、被老师表扬或者批评，小到吃喝拉撒，甚至详细到文一梦一天上了几次厕所，胡立君上第几节课偷偷睡觉都一一道来，似乎这兄弟上个中学就是为我盯梢的。

从赵闯的消息中，我得知文一梦和胡立君在班上经常互动——大多是胡立君主动，比如他借了文一梦一支笔，或者以学习上的问题向文一梦请教等，还有一次文一梦被一个男生起了哄，也是胡立君出手解围的，当时甚至打了架。赵闯告诉我，文一梦倒是挺淡定的，每天安安静静上课，放学及时回家，据说也收到过不少小纸条，但她依旧平平静静的，就像没有收到过一样。

从这些消息，我无法做出任何判断，也不明白文一梦到底怎么想的，女孩的心思真是太难猜了。不过很快，我就收到一个纸条，让我对文一梦顿时冷了心。这个纸条上面写着：

> 听说胡立君他爸和文一梦她爸给他们订终身了，等他们大学毕业就让他们结婚。这个消息我是偶然听到的，本来不想告诉你，但是怕你陷得太深。长痛不如短痛，好女孩多得是，你要想开点。刘。

三、谁的青春不荒唐　　　……　　　077

这个消息犹如晴天霹雳，我一时有点头昏脑胀，很多疑问在脑袋中盘旋：这个消息是真的吗？文一梦知道这些吗？为什么她没告诉我？这个纸条是刘素素写的，那刘素素为什么要告诉我这些……

60

一整天，我都无法安心学习，晚上昏昏沉沉地回到宿舍，很快就躺下，可是很晚才睡去。看到其他同学欢天喜地回到宿舍，打打闹闹的样子，我突然有一种说不出的难过，为什么世上所有的悲伤都降临到了我身上？为什么全世界悲伤的人只有我一个？他们也悲伤那该多好！我总是觉得，比悲伤更悲伤的事情是只有你一个人在悲伤，而别人都很开心。

第二天状态依旧，整个人魂不守舍，在教室和食堂、操场上游荡，无法进行正常的学习和生活。这样下去早晚会出事的，想了半天，我决定要找文一梦谈谈，最起码问个清楚。至今关于她的事情都是别人告诉我的，如果她能亲自证实，那么不管结果如何我也认了。

我通过赵闯约了文一梦，让她第二天放学后先别回家，在学校外面的河边等我。至于我，我已经向班主任请了假，说是出去看病，本来病假不好批，但是班主任看我有些恍惚，也怕出了问题，就签了字，我又拿到负责学校纪律工作的校领导那里签了字，做好了第二天和文一梦见面的准备。

说来可笑，这竟是我进入中学后第一次约文一梦，也是我们第一次单独见面。我一直在心里当她是我女朋友，可转念一想，恋爱有这么谈的吗？我什么时候喜欢上柏拉图式恋爱了？

<h1 style="text-align:center">61</h1>

中学外面是一条不大不小的河，河水从四面八方汇集而来，其中包括我所在的村子。我们上中学，就是从河的上游到了河的中游而已。如果我们能升入高中，那就是到了河的中下游，要是能考入大学，那一定是百川入海了。

我觉得，这条河就像我的成长经历，从小到大，从上到下，一路上弯弯曲曲，最终都是一个结果，那就是经历大人们所经历的一切，然后和她们一样化作大地的尘土。既然结果是一样的，那精彩的地方就是过程了，每个人的过程都是不同的，这才是人和人的区别，这才是成长的精彩之处。

可是我当时并没有这种宽阔的胸怀和对生命如此博大的认识。我疑惑的是，这河水是从我们村子里流下来的，为什么到了镇上就不一样了呢？小学时我和文一梦天天一起放学回家，为什么到了中学就形同陌路了呢？河水自顾自流淌，无语无言，我只能静静等着，等文一梦来回答了。

我和文一梦约定的地方比较僻静，是河的一个拐弯处，边上有几棵早就掉光叶子的老柳树。放学后，我先走出校门，文一梦跟着，我们一前一后，差不多隔了500米的距离，在确认没有被人发现后，慢慢走到了河边的柳树下。

62

才半年时间，文一梦的样子变化很大。她将头发拢了起来，在后面绑个简单的马尾辫。她的鼻子看起来更加笔挺，眼睛似乎更大了，两颊圆圆的，轻轻咬着嘴唇，有点可爱又有点调皮。她穿着一件米色的呢子外套，里面是一件花格子的衬衫，一条深绿色的裤子，脚上是一双回力的运动鞋。和学校里的女生，甚至镇上的女生比，文一梦是完全不一样的女孩子，她就像来自镇子外面的世界。最明显的，当属文一梦的胸脯，花格子衬衫从脖子以下自然撑起，有了微微的弧度，又自然收缩，直到被外套裹住看不见为止。奇怪的是，我在学校里看到那些胸部发育很快的女生时往往心神难平，可是看到文一梦却不敢妄想。

相比之下，穿着清一色校服的我很不相称，松松垮垮的，而且已经两个星期没有换过了，上面到处都是饭粒和墨水的痕迹，脚上的运动鞋也脏得不成样子，可能还有一股脚臭味，这都是住宿舍大通铺的后果。你想，那么多人挤在一张大床上，长时间不能回家，也没有机会洗澡，回到宿舍倒头就睡，味道能好吗？

我们学校还有一个奇葩的规定，住校的学生必须穿校服，而家在镇上每天回家的同学除了集体活动，平时可以不穿。这样一来，在家住宿的同学都显得青春洋溢，而我们住校的看起来灰头土脸的。

这种巨大的反差让我有点局促不安，不知道该如何应对，时间一下子静止了下来，陷入了短暂的平静。

　　　…　　　别人家的孩子和我

63

　　我想打破这平静，可是不知道该以哪句话开头。关键时刻，文一梦倒先说话了："你看起来状态不太好，没生病吧？"

　　没想到文一梦竟然问的是这个，我只好回应："好几天都这样，可能是住宿舍着凉感冒了。你知道吗？有些男生睡觉习惯不好，睡着睡着就把你的被子挤掉了，有时早上一觉醒来发现浑身都是凉的。"我使劲挤出了这句话，才发现一不小心又把责任推到舍友身上了，我不禁为自己的自私感到脸红。

　　不过这句话说出后气氛轻松多了，文一梦不是叮嘱我注意身体，就是问我参加港澳回归知识竞赛的准备，我则满怀信心一一回应，好像胜券在握。聊了一会儿，文一梦问我："你约我出来有事吧？"姑娘聪明，我不能再绕弯了，就直接问她："听说你爸和胡立君他爸给你们订了终身啊，有这事吗？"

　　文一梦一怔，"这事啊，就是个玩笑话。"看我很认真的样子，她继续无奈地说，"前段时间政府好像有个政策，说是如果一家都是市民户口的话，可以享受很多待遇。我们家不是符合这个标准嘛，但是胡立君他们家好像他妈不是。我们两家不是住得近嘛，那次他爸和我爸一起喝酒，喝多了就说起这事，醉呼呼地嚷，说以后孩子们都得是市民户口，彻底从农业上断根才行。两个大人说着说着，就说我和胡立君现在都是市民户口，两家又住得近，也算门当户对，要是将来能在一起那肯定会幸福。不过我爸当时就说孩子们还小，将来的事谁也说不准，再说这也不是家长定的事情。这事纯粹是大人们喝多了的醉话，随便说说而已，千万别当真。"

我巴不得听到文一梦的解释，她解释完了我又当作没事一样，好像这事跟我没多大关系似的。我装作旁人似的问文一梦："那你和胡立君……"

文一梦是何等聪明人，还没等我问完就说："我和胡立君的关系哪有我们俩的关系好呢！你可别忘了，从上学开始我们就是同桌呢，而且放学骑自行车载我回家的是你，可不是胡立君吧。"

我一阵激动，心中一颗石头终于落了地，感觉全世界最开心的人非我莫属了，不过我表面上强装淡然，默不作声。

看我不说话，文一梦继续，"你别忘了啊，你还要带我去天安门呢！我们有过约定的！你可别说话不算话啊，我都记着呢。"她似乎有些着急了。

我哪敢忘啊，做梦都记着呢！我的淡然被这句话打破，变得激动自信起来，"放心吧，我一定会带你去的。不过，你知道的，我得先在这次竞赛中取得好成绩，没准可以去香港旅行一次呢。"

文一梦似乎有些不高兴，"原来你这么拼，是为了要先去香港啊！"

"其实……你知道吗？去香港只是说说而已，我是想努力在这次竞赛中取得好成绩，向你证明我的能力。其实……最大的动力是这个，别的我都不在意。"我断断续续地说出这句话，脸感觉火辣辣的，浑身不自在，可是还强装淡定。

"哈哈哈，是吗？你们男生有时候……怎么说呢，不能说幼稚，也不能说聪明，只能说让人猜不透吧。别人都说女孩的心思不好猜，我看你们男生的心思更难猜呢。"文一梦说着笑着，露出小白兔一样的牙齿，我觉得世间最美好的情景不过如此。

既然说开了，我就更加大胆了。我问文一梦："那以后我能经常约你出来聊天吗？"问这个问题的时候心里有些忐忑，但是我相信文一梦的回答会让我开心的，我只是想通过她的嘴确认一下而已。

文一梦想了一下，说："可以啊，我们现在不是就在聊天吗？不过我们还是得以学习为重吧，尤其是你还在参加竞赛集训，等竞赛结束了再说，好吗？"

这个答案我求之不得，这让我一直以来悬着的一颗心终于落了地。我向文一梦保证，"一定好好复习，拿到理想的成绩。"听到这个文一梦倒很淡定，"别向我保证啊，你自己努力就好了，别给自己太大压力。要是有什么需要我做的，尽管告诉我就行，毕竟我家离学校近。"

我连连点头，和文一梦又聊了一些同学的八卦，眼看时间不早了，就分开往回走。我们怕别人看见，走到街头时简单打了招呼，算作道别，我看着她走过街角直到看不见为止，才在街边的小摊上买了两个包子和一晚凉粉大吃起来，刚吃完，晚自习铃声就响起来了。我在门卫处销了假，往教室的方向冲去。

64

第二天，我像变了个人似的，那种昏沉一扫而空，觉得浑身都是劲儿，恨不得能把所有的时间都用到学习和竞赛中。中午吃饭时又遇到了刘素素，她对我的变化一头雾水。我巴不得躲她远远的，吃完饭赶紧就去刷碗，仿佛稍微晚一会儿碗就被刘素素抢走了。如果说以前我还会看刘素素几眼，现在我必须要疏远她，否则我怎么向文一梦表忠心呢。当然，在做到这些之前，我还有一件事要弄清楚：刘素素是如何知道胡立君他爸和文一梦她爸喝酒的事情呢？如果以前我肯定会找刘素素问清楚，但是现在我不愿问了，不愿和刘素素有接触，连说话都不行。

　　直到过了很长时间，就在我快要忘记这件事的时候，才无意中听到胡立君给别人说起这事，带着吹牛的口气。我不确定是胡立君告诉刘素素的，还是刘素素从其他途径听到的，这对我来说都无所谓了，管他呢，只要和文一梦在一起的是我就行。

65

　　1997年快年底的时候，全国港澳知识题竞赛初赛在全国各个省区市举行，学校经过多轮测试选拔，最终确定了10个人到县里参加比赛，我是其中之一，而何小飞不在此列。大约半个月后成绩公布，我得了省赛区二等奖，全市一等奖。可惜，只有省赛区一等奖才能参加全国的决赛，这意味着，想象中的香港之行与我擦肩而过了。但这并不是我参加比赛的初衷，一想到省赛区二等奖我们学校只有一个，全县才不过5个，全市也没几个，我就知道我赢得了这次竞赛，赢得了向文一梦证明自己的机会。

　　那天绝对是我初中时代最难忘的一天。一大早，学校广播就公布了这个消息，同时向我和小段老师表示祝贺，随后不久喜报就贴到了学校大门口的墙上。我听到消息激动不已，包括我的班主任和其他同学都向我道贺，还有那些从村小来的小伙伴，包括何小飞。这让我有点惊讶，又自惭形秽，觉得自己以前真是小肚鸡肠了，要是何小飞也能获奖那该多好。不过这些想法只是一晃而过，我很快被这个好消息冲昏了头，早上的两节课上得心猿意马，巴不得课间操的时间早日来到。我已经从广播上听到消息，课间操要举行全校表扬大会，校长要亲自向我颁发获奖证书和奖品，那样，我就能在全校师生面前看到文一梦了。

随着集合的铃声响起，全校师生都涌到了操场上，场面堪比周一的升国旗仪式。我随班级站在主席台下，屏息凝视，静静等着那瞩目一刻的来临。首先是我们校长讲话，这位平时我们都敬而远之的学校长官，我甚至觉得在这个学校三年可能都不会和他产生任何交集，可是一年不到，他就要提到我的名字了。我的心突突直跳，想到接下来的一刻，我甚至有点激动得站不稳了。

校长首先讲了些学校在这次竞赛活动中组织到位，师生合力为学校争光云云，然后公布了这次竞赛获奖者的名单，除了我获得省赛区二等奖，还有一些同学获得了三等奖和优胜奖等等，我们学校也获得了优秀组织奖。

接下来是颁奖环节，校长叫了我的名字，顿时全校师生开始鼓掌，我在全校的瞩目中走上了领奖台。校长拿着一个封皮红色的烫金荣誉证书，向我走近一步，把打开的证书双手交给我，我双手接了，他又拿过一个袋子，我也顺势接了，然后他带头鼓起掌来，全校师生随着校长拍起了巴掌，顿时我被淹没在"噼噼啪啪"的掌声中。

之前做了无数次准备的我，此刻还是不知所措起来，在这掌声中，我一度找不到文一梦所在的班级，找不到文一梦的位置，直到掌声逐渐停下来，我才把目光投向文一梦的方向。这是我第一次站在全校面前看文一梦，人太多了，黑压压一片，几乎所有人都一样，我看不到文一梦，只好不停地搜索。这时候我突然听到下面的人群中传来一阵笑声，我回过神来，向边上的校长看去，原来他已经在示意我可以下去了，而我竟然一直没有发现。就这样，我在同学们的讪笑声中红着脸，有些不舍地走下了颁奖台，走到了自己的位置上。

尽管我没有在全校师生面前看到文一梦，但我确定文一梦一定看到我了——那一刻可能所有人都看到了我，但是这都比不上文一梦。我的这一刻是为她存在的，如果不是她，我不确定自己能否站在这个颁奖台上。

66

港澳回归知识题竞赛不久，小段老师任我们班主任，教我们语文。这是我求之不得的事情，几十个人的班上，没有人比我更熟悉她了，也没有人比她了解我了。

可是这有什么用呢？我还是不能和文一梦在一起，除了确定我们的关系，我们还是以前的样子，大多时候只能匆匆碰个面而已，而且还得是假装地、无意地。在镇中，我们低年级谈恋爱是大忌，要是被别的同学知道了，或者是被学校发现了，轻则处分，重则开除。在这个边远的小镇，早恋，或者说是所谓的早恋，对家长们来说，往往意味着孩子已经学坏了。

学习是单调的，除了必考的科目，体育、美术、音乐这些课每周只有一节，而且凑数的居多，老师也不专业，对我们来说无非就是找个上课的时间出来放松一下而已。德智体美综合发展只是学校漂亮的说辞，谁不知道学校只重视文化课，谁不知道家长都希望自己孩子考出好成绩，将来考上重点高中，其他的即使我们喜欢，谁重视呢？在学校里，学生是主体，但奇怪的是，学生没有任何的话语权，我们只能在四周围着院墙的天空里重复着枯燥的生活，想念着梦中的姑娘，使劲压抑着体内的荷尔蒙，期待着爆发，期待着青春淋漓一回。

67

压抑久了总是要爆发的。随着我们升入初中二年级，大家一下子变成了高年级学生，对学校的一切了如指掌，一周只能出去一次的门禁制度对我们来说形同虚设，一旦需要，我们都能想着法儿走出校门，感受外面的世界。

不得不说，外面的世界是诱惑的，下午放学走在镇上的街道上，我们就像一群来自外星球的人，看到两边各种商店进进出出的人们，觉得什么都是新鲜的，什么都想尝试，比如街道上散发着卤香的肉夹馍，摆在小摊上的凉皮和凉粉，包子和油条，还有多种口味的方便面，这些都是在学校里吃不到的。学校食堂的大锅饭我们早吃腻了，即便发现老鼠屎和螳螂腿都见惯不惊。我们觉得那不是吃饭，只是个程序而已，如果不是要上课，不是担心饿得没法活动，我们肯定不会吃食堂的。镇上的这些食物不仅满足了我们的视觉，更诱惑了我们的味觉，让我们兜里的那几个零花钱很快就一干二净了。我们经常在外面大吃一顿，解解馋，然后在学校里饿几天肚子，实在扛不住了再吃食堂，把打来的可以看到倒影的玉米粥，以及一筷子都挑不起一根完整面条的汤面囫囵吞枣下去，填满肚子，巴望着两周后回家，想着法儿向父母要零花钱，然后重复前几周的生活。

68

比起口腹之欲，真正改变我们的，把我们从一个个土不拉几的穷学生变身小镇少年的，是那年月通过录像机看到的几部港台影片，其中尤以《古惑仔》系列影响最大，看了那些电影，我们的荷尔蒙一个个都被激发出来了，发现原来这才是青春。

后来我们才知道，古惑仔系列第一部《人在江湖》已于香港回归的前一年上映了，陆续上映到2000年，但远在北方小城的我们第一次看到已经是1999年前后了。自从我们可以自由出入学校大门，就被小镇集市上的录像厅吸引，尤其是有些录像厅门口还装上大喇叭，里面的打杀声能扩散到很远的地方，对外界感到好奇的我们循声而去，门口挂着的小黑板上面写着一连串的录像名字，什么古惑仔系列全天上映：《猛龙过江》《只手遮天》《战无不胜》《龙虎争斗》《胜者为王》……以及《陆小凤传奇》《笑傲江湖》《七侠五义》等。

这些录像对我们有着强大的诱惑力，但是它们一般都是在集市才放映的，而那个时间我们都在上课，中考临近，我们白天很难有时间出来。镇上离家也近，如果被父母或乡邻发现在街上晃荡，那就不是挨揍的问题了，而是可能会断粮断钱。即使白天我们能趁着吃饭的时间溜到集市上，但是录像厅很难进去，只好把白天的想象化作晚上的行动，等宿管查完宿舍，我们再悄悄爬过学校大门，翻过学校院墙，溜进镇上的录像厅里。

　　一开始我是不愿这么干的，毕竟因为港澳回归知识竞赛得了奖，加上小段老师多次推荐，我的几篇作文又相继在市报和学生杂志上发表，在学校里已经小有名气。还有文一梦，她每次都不忘提醒我要好好学习，搞得我每次做和学习无关的事都担心被文一梦发现。但是，听了那些看了录像的同学滔滔不绝的讲述，我的心早已飘到学校外面了。

69

　　1999年上半学期的一天晚上，我们从赵闯那里知道，晚上有《古惑仔》系列新片播放。赵闯已经看了好几部了，听完他的讲述，我总琢磨自己什么时候能去录像厅看一回，解解馋。我不能和赵闯比，赵闯早已决定上完初中就出去打工了，他上初中就是为了向父母尽义务，所以他一向胆子大，一出新录像他往往是第一个看的。我不行，父母再三告诫我是要上高中的，而且还有文一梦呢，要是文一梦知道我晚上溜出去看录像，不敢想象她会有什么反应。

　　但我实在熬不住了，要是不去看一场，我晚上连觉都睡不着了，白天上课也总是在想这事，心神不定。于是等赵闯再次出去看的时候，我豁出去了。

70

那天是周四，上完晚自习已经9点多了，我回到宿舍，从床铺下面取出省吃俭用攒下的10块钱，脱了校服，换了一件厚衣服，跟着赵闯和另外几个同学从宿舍跑了出去。从学校大门出去是要检查的，我们没有假条肯定出不去，只能跟着赵闯从学校后面的操场翻墙了。这条路赵闯走过多次，已经驾轻就熟，我们跟着他悄悄出了宿舍楼，顺着学校的院墙角溜到后面的操场上，看了一下四周没人，赵闯便带着我们猫着腰靠近一个院墙的凹处，这个地方本来是用石块和砖头垒起来的，赵闯他们走多了，石块和砖头被搬掉了很多，平时上面盖着一些杂乱的瓦片，不仔细观察根本不会发现。赵闯说这是他和一个高年级兄弟开辟的路线，知道的人不多，平时溜去录像厅或者去吃东西，都是从这里出去的，让我们千万别说出去，而且平时没他带的话绝对不能从这里走，否则以后就不带我们出去了。

我们一群七个人，赵闯让其中二人左右盯梢，然后拉来一个号称胖三的隔壁班同学蹲下，让其中一个身材瘦弱的同学踩在胖三身上，把上面的瓦片轻轻拿下来，再顺势翻过去，在墙那边盯梢，确定两边都没人发现，才让我们剩下的几个鱼贯般踩着胖三的肩膀爬上墙头，墙那边那个瘦弱的同学已经把一捆玉米秆子铺在下面，我们跳到玉米秆子上，接着迅速躲在边上的垃圾堆后面，等待其他同学翻墙。

胖三是倒数第二个翻出来的，他在赵闯的推举下，用了吃奶的力气爬到了墙头上，像个肉球一样滚到了下面的玉米秆子上，就像扔下了一枚炮弹，我们心里一紧，确认没人发现才把胖三扶起来。这时赵闯很快出现在了墙头，只见他轻轻一跳，悄无声息地就站在了我们身边。

　　这时我才发现，赵闯带胖三出来，原来是为了让他当垫子，不过这垫子不是白当的，他的录像厅门票钱是我们均摊的，赵闯除外。一般情况下，如果我们在录像厅买了零食，也都会分给赵闯一份，算是对他带我们出来的感谢。赵闯对我们的要求有两点：一是不能告诉任何人；二是一旦被抓不能供出任何人，尤其是他，否则……否则如何他留了个悬念，但我们都知道，这个后果很严重。

　　赵闯带我们爬过垃圾堆，走上一条到处都是积水的小路，再拐入一片民居，走进一个到处堆满杂物的巷子，拐了好几个弯，最后在一个商店门前停下。我们仔细一看，这个商店我们平时也来过，但从来没有留意它居然还放录像。赵闯让我们别出声，过去轻轻敲了几下门，过了一会儿一个中年男人拉开闸门，赵闯和男人嘀咕了几句，招呼我们鱼贯而入。

71

　　这是小镇上一家普通民居里的地下录像厅，只在晚上放映，白天是商店，对外只卖货而已。说是地下，其实放映厅在二楼，是一个客厅改成的，周围的窗户都用厚厚的油布遮了起来，从外面根本看不出来。

我们进来时，已经有不少人坐在客厅里看了，除了小镇上的无业青年，还有不少熟面孔，仔细一看也是我们学校的。还有女生，混熟了才知道她们是那些小镇青年的女朋友或者那些大哥的马子。马子这个词就是我们从《古惑仔》里看到的，后来录像看多了，我们也想要马子，也想像那些大哥一样混世界，觉得这才是青春，这才是生活。

　　一个不到20寸的电视机，屏幕随着录像机的进度不停闪烁，伴随着各种腔调的声音，上演着与我们生活截然不同的世界。客厅里烟雾缭绕，烟气随着屏幕散发的光线到处浮动。屏幕的蓝光映照下，那些或明或暗的脸就像一个个雕塑，静静挂在脖子上。脖子后面是光线照不到的世界，黑乎乎的一片，和前面闪着蓝光的世界形成鲜明对比，仿若阴阳，又像我们在学校和这里的两面。

　　赵闯收了我们的钱，每人三块，然后跑过去交给坐在边上一个叼着烟的瘦高个子，那高个子也没数钱，甩了一下直接塞进口袋，顺手递给赵闯一根烟，这是我第一次看见赵闯抽烟，在宿舍从来没见过，或者说他抽了我没看见而已。随后瘦高个子和赵闯在边上小声嘀咕，我们各自找凳子坐下，抬起脸盯着屏幕，一个个比平时上课都认真。

　　一个横放的黑色皮箱大小的录像机放在电视机边上，再边上是一摞又一摞书本大小、砖头样的录像带。后来我们听赵闯说，录像带分两种，一种是有名字的，写着录像的名字，一种是没有名字的，那都是带颜色的，一般都是私下放映的。

　　我们坐下时录像已经开始，屏幕中是一个名叫山鸡的人和一帮人打斗的场景，目的是为了争当老大。这是我第一次看黑社会打斗，很快便沉浸在里面无法自拔。

　　尽管赵闯曾在宿舍给我们讲过《古惑仔》系列的前几部，可是我

　　···　　别人家的孩子和我

们只知道几个符号化的名字而已，什么山鸡、包皮、基哥、生番、乌鸦、大飞、B哥之类的，一下子很难把他们联系起来。

后来我们才知道，那晚看的是《古惑仔》系列的第四部《战无不胜》，我们被这部深深吸引，随后又陆续补上了《人在江湖》《猛龙过江》《只手遮天》等前几部。

72

那时我们对录像没有好坏之分，只要是能看到的都是好的，而那些听别人讲的，自己还没看过但已经在脑海中想象了很久的是更好的，烦躁的课余，最大的期待就是什么时候能看到这些录像。

看完两部片子已经快夜里12点了，我们第二天还要上课，必须得赶回去。赵闯本来是不想回去的，可是担心我们耽误了上课被学校怀疑，只好和瘦高个老板嘀咕了几句，带着我们下楼出门，顺着原路又悄悄溜进学校。

73

看过录像后一连好几天，我都不踏实，既担心被学校知道了，又被那些录像所吸引，想入非非，心急火燎的，一刻也停不下来，觉得体内总有一股东西绷着要往外涌，就像被堵住了洞口的泉，不发泄出来就要决堤了似的。这就是所谓的荷尔蒙，在那个内心涌动、性刚启蒙的年龄，我们体内最不缺的就是荷尔蒙了，可惜我们没有姑娘，只能晃悠着骚动的身体，在外面的录像厅里寻找哪怕仅仅有个接吻镜头的画面，把自己的欲望投射进去，完成自我的排解。

过了差不多一个星期，我们觉得这事过去了，如果我们不提，似乎已经没有人再提了。既然没有被发现，接下来第二次、第三次半夜爬出去看录像就变得自然而然了，谁不愿意抛开这压抑、苦闷的生活，暂时抽离开来去寻找哪怕暂时的快乐呢？

74

自从我和文一梦谈起了恋爱，我们之间便多了学习上的互相鼓励以及生活上的彼此关心，她曾多次从家里给我带方便面和奶油蛋糕，她爸爸给她买了新的辅导用书，她也常常先让我看。不过由于她住在镇上的家里，离父母太近，我除了跟着赵闯半夜溜出去看录像，其他时间也不怎么出去，偶尔在校园碰上，只能彼此交流一下眼神，甚至还担心被别人看到而怀疑我们早恋。除过几次周末我们一起回村里，我骑自行车载着她偶尔拉下手，或者在等待开往镇上的汽车时偶尔抱在一起，其他的没敢做过什么，就连我一直期待的接吻都没有。

可是，随着我们上到高年级，随着我们看过的录像越来越多，随着周围明里暗里恋爱的男女生越来越多，我开始期待能和文一梦有更多的恋爱动作。

机会来了。初三因为花销比较大，而且我们只能一个月回一次家，于是父母常常要来学校给我们送钱送物。那天趁着我妈刚到镇上给我送了50元钱，下午放学我就约文一梦去镇上刚开的一家冰淇淋店，文一梦开心地答应了。

75

5点多放学后，我拿着从小段老师那里申请来的请假条，尾随着文一梦，一前一后出了学校大门。当时已经是春夏交接的时候，20世纪的最后一年已经过了大半，再过不到一年的时间，我们就将从中学这座"监狱"释放了。对于即将到来的21世纪我只有一个期待，就是和眼前的姑娘能有实质性的进展。

我们出了校门，瞬间融入小镇街道上来来往往的人群中，一前一后拐入一个人迹稀少的胡同，这时我才和文一梦并排走到了一起，但我还是怕被别人看到，犹豫了好几次都没敢拉文一梦的手，只能趿拉着往冰淇淋店的方向走。

镇上文一梦比我熟悉，她几乎去过每个角落，而我只去过录像厅和隐藏在巷子里的各种小吃店——除了小吃店，去录像厅的事我从来没跟文一梦说过。这时天已经快黑了，冰淇淋店已经没人，看店的老大妈正在收拾顾客扔下的垃圾。

冰淇淋店只有一台冰淇淋机，据说还是外国进口的，刚开业消息就传到了我们学校。作为一个男生，我对冰淇淋这种食物不感兴趣，但我知道文一梦喜欢，所以特意向我妈多要了十元钱，好好请文一梦一次。

本来就要关门了，在我软磨硬泡下大妈终于答应再做几个。我给了大妈5元，做了5个，我和文一梦各吃了一个，剩下的三个我们边走边吃。

平时淑女模样的文一梦这时候竟然不管不顾，把手里的两个都吃掉了。我开始后悔没有多买几个，这样就可以和文一梦在一起待得更久了。

76

我们绕着另一条巷子往前走，这是文一梦回家的方向，她家就在巷子出去不远的地方。我陪着文一梦，心里突突直跳，既担心被她父母看到，又担心她回了家我的小心思落空了。于是聊着聊着我就向文一梦提议，巷子某个地方有家小吃店，里面有她特喜欢的酸粉，要带她一起去，文一梦担心回家晚了，不过又被我三言两语说服了。

我带着文一梦拐入了另一条巷子，这是我们半夜溜出来看录像的必经之地，比较僻静，除了偶尔有狗叫声和醉汉的嚷嚷声，只剩下我们走路的趿拉声了。

文一梦可能还沉浸在吃酸粉的期待中，没料到被我突然拉住了手，她下意识地往回抽了一下，发现被我牢牢抓住后便不再动了，明显地向我靠近了不少，我们紧贴着走在狭窄的巷子里，甚至都能听到彼此的呼吸声。

在巷子一个拐弯外，我放慢了脚步，把文一梦拉到了一个灯光照不到的地方，用胳膊围成一个半圆，紧紧把文一梦拥着，几乎能碰触到鼻尖。文一梦的呼吸声明显加快加重，我明显感觉到她的身体在颤动。

··· 别人家的孩子和我

我稍稍平复了一下，压低声音，侧过头，对着文一梦的耳朵说："紧张吗？让我亲一下吧。"

　　文一梦默不作声。这时我竟然感觉到她的胸脯紧紧贴在我的身上，两个软软的突起隔着衣服顶着我，尽管力气不大，但是我身体仿佛有一种瞬间触电的感觉。我的脑海里闪现出录像里的某些镜头，有点晕眩，有点紧张，有点要干一件坏事但又怕被人看见而犹豫不决的感觉。

　　文一梦还是默不作声。我仅有的理智告诉我，如果不能征得她同意，我是不敢贸然开始下一步的，否则要是引起她的强烈反应，那我是无论如何都应付不过来的。随即，我又喘着粗气把刚才的意思重复了一遍："你不愿意吗？"然后顿了一下，又说，"人家好多谈恋爱的已经做了很多事了。"

　　我不知道文一梦是否听懂了这句话的意思，但是接着，她抱我抱得更紧，然后把头微微低下，我模仿录像里接吻的动作，把头也低下，在文一梦有点婴儿肥的脸上贴上了我的嘴巴。她闭上了眼，把我抱得越来越紧，我顺势把嘴巴凑到了她的嘴角、嘴唇上，这时她把脸轻轻扬起，我又对着鼻子和眼睛亲了几下，刚准备收手，没想到文一梦睁开了眼，把她那对肉乎乎的嘴唇靠在了我的嘴唇上，就这样，我们双唇相对，胡乱亲吻了起来，而我的双手也不由自主在她后背上下滑动。

　　我们就这样抱了半个多小时，后来觉得呼吸有点困难，身体有些汗津津的，手脚也有些发麻，才逐渐把彼此从怀里解脱出来，长长出了一口气，彼此默立。过了一会儿，在我准备提醒她要离开的时候，文一梦又突然抱住了我，我们又拥在一起，这次感觉很自然，大约又过了5分钟，我们再次松开，整理了一下衣服，往巷子的尽头走，最后在巷子尽头分开。我目送文一梦走到大街上，她向站在阴影里的我招了招手，我拐入另一条巷子，往学校宿舍楼的方向走去。

忽明忽暗的夜里，我一个人走在偏僻的路上，边走边回味着刚才的一切，觉得自己终于完成了一个极其重要的仪式，往长大成人的方向跨出了一大步。身体也从来没有觉得如此畅快，就像把长期憋着的一泡尿畅快淋漓地撒了出来，清爽无比。于是，这次约会才刚刚结束，我又迫不及待地想着下一次了。

77

这是我和文一梦的初吻。我们把初吻给了对方后，关系比以前亲密了不少，她时不时传纸条叮嘱我好好复习，甚至她知道我上课有时会打瞌睡，还特意让赵闯劝我晚上早点睡，复习别太累，要注意效率，而且还经常从家里带零食通过赵闯给我，后来我知道赵闯这小子从中偷吃了不少。

文一梦的关心让我感受到了浓浓的爱，但又让我觉得有些沉重，初吻点燃了欲望之火后，我恨不得天天都能抱着文一梦接吻，甚至经常想入非非。中考临近，请假越来越难，只能每周甚至半个月见一次，其他时间只能等待。如果等不及了，就跟着赵闯偷偷出去看一次录像，半夜再潜回宿舍，借以纾解日复一日的高强度复习所积累的单调和枯燥，以及荷尔蒙无处发泄而堆积的压抑和烦躁。但是我万万没想到，中学时代最大的厄运就此降临了。

一天晚上熄灯后，赵闯又提议去看录像，我就跟了出去。我们绕到老路上准备翻墙，可是走近一看，墙的凹处已经被加高了很多，上面还插满了玻璃碴子，明晃晃的，找了一个高个子的同学试了好几次，手都差点割破了。我们有些灰心，想返回宿舍，这时不知谁提了一句，翻大门可以出去。大家随声附和，说那就去试试。

我们溜到学校大门口，四周看了一下没人，看门的老头也没有任何动静，犹豫了一下，赵闯就和那个高个子的男生爬了上去，随即大门开始咯吱咯吱响动。我本以为赵闯会知难而退，没想到他头也不回继续往上爬，没几下就爬过了大门顶上焊着铁锥子的地方，顺势一跨，翻到了铁门那边，像个猴子似的匆匆爬了下去，在离地面还有不到一米高时，他纵身一跃站到了地上。

看来学校大门不是不可翻越的，于是我们陆陆续续翻了过去，尽管有人在翻越最高处时，差点让锥子扎进了裤裆，不过有惊无险，我们都安全落在了地上，跟着赵闯向录像厅的方向跑去。

那天看的是一部恐怖片，剧情是说在一个建筑工地上挖到了一窝蛇蛋，工人把蛋都扔了，在上面继续建房子。房子建好了蛇破壳而出，钻进了人们的房间里开始报仇。也许是剧情太惊险了，我们看得入了迷，半夜两点才往学校走。

半夜两点应该比我们刚出来的时候更安全，但是，当我们陆续爬上大铁门时，一道手电的强光突然照射了过来，"都给我站住！"强光的方向有个严厉愤怒的声音传来，我们定睛一看，一个是看门的大爷，一个是负责学校纪律工作的副校长。我们一下子蒙了，不知所措，一个个好像受了惊吓的猴子一样，紧贴着冰凉的铁大门，等候接下来的发落。

副校长让看门的大爷记下了我们的名字和所在的班级，然后罚我们在铁门上爬了二十分钟。接着我们被带到政教处的一个小屋里，按要求把这次翻墙出去看录像的经过全部写了下来。写完后已经是凌晨5点，我们拖着昏昏沉沉的身体，回到宿舍，和衣爬到了床上，等待天亮后的发落。

79

原来，我们出去不久，由副校长带队的纪律检查就开始了，到男生宿舍后一个一个掀开被子看，发现少了我们几个，于是就在学校大门口守株待兔，我们回来刚好被抓了正着。如此密不透风的纪律检查进入初三后还是头一遭，后来才知道因为溜出去的学生太多，不仅有看录像的，还有跟街头小混混待在一起的，其中有一个还被打破了头，这才引起了学校的注意。

为了体现这次纪律检查的成果，学校领导经过商量，决定对我们从重发落。第二天早上，大家到操场上集合，副校长当着全校师生公布了处罚结果，3个学生被开除学籍，还有若干个记过。宣布完毕，副校长按名单把我们叫到了台上，站了两排。这是我第二次站在全校

　……　别人家的孩子和我

面前，第一次还是一年前那次颁奖，那时何等荣耀，和现在天上地下。我故意站到了第二排，恨不能把头都缩进脖子里，恨不能钻进地里。我仿佛看到了文一梦惊恐无比、失望之极的表情，甚至想到了她有可能和我分手，从此我们再也不能在一起了……那一刻，我连想死的心都有。

尽管小段老师为我极力争取，但依然没法挽回学校处分的决定，并且还被张榜公布在了学校的大门上，不仅学校里的人可以天天看到，就连小镇街道上的那些人也能看到，这下子，我臭名远扬了。

处分公布后，我一连几天都是低着头，除了教室、食堂、洗手间三点一线，哪里都不去，即使放学回宿舍也是最早或者最晚一个。我害怕碰上文一梦，我不知道万一碰上她该如何解释，她会有怎样的反应……总之，能躲就先躲着，过一阵子再说。

树欲静风却不止，文一梦主动找我来了。她发现我故意回避她，就通过其他同学给我写了纸条。在没有等到回复后，她竟然做出了不可思议的举动，在一次放学后早早赶到我的班级门口，堵上了我，这下我无论如何也跑不掉了。

80

文一梦直接堵在了我们教室的门口，大有一夫当关，万夫莫开的架势。我们班同学一看纷纷愣了，这可不是他们印象中的文一梦，他们印象中的文一梦安静文雅，怎么会干这事呢？

大家正不知所措的时候，文一梦径直走向呆坐在座位上的我，大声说："这次的事情我不怪你，毕竟你曾经也为我站在了大家面前。这次处分，我是挺惊讶的，但是我更希望你能振作起来，不要灰心丧气，在接下来的中考考出好成绩，向大家证明你依旧是你，是那个我喜欢的你。"

文一梦这话带着哭声，但是每一个字我都听得清清楚楚，我相信教室的其他同学也听得清清楚楚，毕竟，当着全班学生公开向一个男生说喜欢，这在我们中学是第一次。

大家一阵起哄，叫成了一片，我脸上发烧，头也不断往下低，恨不能化作一股青烟消失得无影无踪。可是理智告诉我，我这么做配不上文一梦勇敢的举动。静默了片刻，我从座位上站了起来，当着其他同学的面拉住了文一梦的手，安慰她说："你放心好了，不会让你失望的。"话毕，教室里又是一阵起哄声，我们几乎要被这声音淹没了。那一刻我突然释然，压抑着的愤怒和不堪终于被释放干净，同时又有一股勇敢的力量在身心流动，我巴不得立刻就投入复习，巴不得下一刻就开始中考，用我非同一般的成绩向文一梦证明，我答应她的做到了。我想，这才是对文一梦的最好回应。

81

这时候离毕业已经不到半年时间，世纪之交即将来临，在全世界都沉浸在辞旧迎新的喜悦中，全中国都沉浸在澳门即将回归的庆祝中，全校都沉浸在寒假的期盼中，全班都沉浸在即将离开初中这座监狱的期待中，我却开始了奋不顾身的备考。

每天我是最后一个离开教室的，这还不算，我还是最早一个起床的，起床后用冰冷的洗脸水让自己快速清醒过来，然后捧着英语课本围着学校的院墙边走边背，等到6点上早自习的时候，我已经背诵一个小时了。40分钟的早自习结束后吃饭，我要么吃得最早，要么吃得最晚，这样可以省去排队的时间。为了补齐英语的短板，我甚至把单词抄写在了胳膊上，每天都给自己安排任务并保证完成，像得了强迫症似的。

早饭后是早课，大约一个半小时后两节课结束，开始全校课间操，由于初三不再要求统一做早操，我便利用这半个小时预习下午的理化生要点。接下来又是两节课，一直到中午放学，放学后我不再打饭到班上吃，而是直接在食堂解决，这样可以减少路上来回的时间。吃完饭跑着去厕所，解决完后冲回宿舍把自己放倒补个午觉。下午早早赶到教室，重复早上的学习，直到晚上9点自习结束。结束后再复习两个小时到11点半，直到宿舍强制休息为止。如此日复一日，周复一周，尽管每天站着都能睡着，但我觉得自己就像春天刚发芽的种子，每天都在鼓着劲儿往上蹿，一节一节长高，像要一直插入蓝天白云里。

其他几个同学也不甘落后。李天天、何小飞、刘素素也都在努力复习，好像跟我比赛似的。尤其何小飞，刚开始对我的努力毫不在意，后来几乎和我同步，甚至有时候比我起得还要早，睡得比我还要晚。不过赵闯、董大毛、王三千几个人动静不大，听说他们已经早有准备，现在也许就等着毕业了吧。

还有胡立君，自从文一梦堵在我们班门口后，我就没有再遇到他，只是远远看见过几次而已。我们没有再说过话，没有再联系，尽管相隔一墙，却仿佛生活在两个世界，彼此不管不问。偶尔我也会想起小时候我们打闹的情景，想起我们在村里发生的一幕一幕，甚至还感慨要是时光都停留在那时候该多好。为什么要到镇上来呢？为什么会发生这一切？我想不出答案，只能在高强度的复习中滚滚向前。

我和文一梦也没有了来往。自从那件事后，我们成了全校唯一公开的情侣，我们就没有了约会，在整个学校乃至小镇上，似乎已经找不到我们俩单独存在的地方。当然最重要的还是复习，我必须把全部精力用到对文一梦的承诺上，只有如此我才觉得能对抗外面的压力。看起来，文一梦和以前没有区别，每天安安静静上学放学，认认真真复习备考，偶尔在校园里碰上，也会给我一个鼓励的眼神。但是我没想到，掩藏在这平静下的居然是一个巨大的波澜，这波澜几乎能把她摧毁。

82

文一梦再次让我目瞪口呆，是在倒数第二次模拟考成绩公布后，那天我挤在黑压压的人群里，迫不及待找寻自己和文一梦的排名，没想到，我竟然能进全校前30，一贯拖后腿的英语这次总算赶了上来，要知道，以前的几次排名，我都在60以外。

当我搜寻文一梦的名字时，让我更没想到的事情发生了，文一梦竟然排到了全校第53。要知道此前她的名字从来没有出过前15，一度还经常挤进全校前5。

究竟发生了什么？文一梦的成绩为何下滑得如此厉害？我脑子里满是问号，当天一直没有心思复习，觉得这比自己考砸了还不可接受。晚上我实在忍不住了，想通过赵闯把文一梦约出来问个明白，但赵闯说，文一梦带话了，让我好好复习，按我的进步速度，没准能进全校前20，那样考重点高中就没有任何问题了，至于她，让我别担心。

赵闯的话给我留下更大的问号，我决心弄个明白。通过赵闯、刘素素，还有文一梦班上和她要好的两个女生，我终于知道了其中的原委。

83

原来，文一梦那次在教室堵了我之后，在学校里引起了巨大波澜。学校怕这样下去形成风气，引发更多的早恋，就由一位领导和文一梦的班主任出面，对文一梦进行了约谈。据说约谈的时候文一梦没说一句话，整个过程只是低着头，无论老师如何劝导，她都没有任何表态，仿佛要和学校扛到底似的。

学校本打算让文一梦认个错，写个情况说明，在全校引导教育一番，痛斥一下早恋的危害，这事就算过去了，没料到文一梦竟是如此反应，让约谈的学校领导束手无策。对他们来说，如果学校解决不了，那接下来只能叫家长了。

文一梦妈妈赶到学校，听了学校领导添油加醋的介绍，整个人几乎气炸，竟然抛下了公职人员的面子，当场就要把文一梦从班里拉出来训斥，不过学校怕影响不好，只好劝她回去教育一番再说。

据说，那天晚上文一梦她妈还动了手，用鸡毛掸子打了文一梦好几下，幸亏她爸回来及时制止，文一梦才免去一顿体罚。全家还围在一起开了一个批斗大会，把文一梦从头到尾数落了一遍，最后她爸收尾总结，无非都是为她好，希望她把心收回来好好复习先考上重点高中再说之类的。

那之后，文一梦就像换了一个人，比以前更沉默，更安静，还时不时发呆，她的班主任和其他几个女生劝了几次都无济于事。我听说胡立君也多次劝过，但文一梦一点都没听进去，依然是那个样子。与此同时，文一梦的成绩还在不断下滑，班里的几次模拟考试排名下降得很厉害。

我的心乱极了，不知道该如何才好，想约文一梦出来安慰一下，但是现在这种情况下万一被别人看到就是顶风违纪。通过赵闯或者别人呢？似乎更不合适，安慰这种话一般带话都会走样的，弄不好文一梦会更难过。思来想去，我利用一个晚上给文一梦写了一封长长的信，主要是把责任都揽在自己身上，向她道歉，希望她能尽快振作起来。

我托赵闯把信送给文一梦，第二天下午赵闯告诉我，文一梦看到信了，她让我好好复习，争取考上重点高中，让我不用担心她，她会好起来的。文一梦这话就像一颗定心丸，又像一针强心剂，让我再次确认，现在唯一要做的就是好好复习，争取考上重点高中，否则那将是对她的二次伤害。

84

新世纪对我们来说，和以往没有任何区别，除了比上一年更忙碌，更有压力。尤其是2000年的春夏之交，我几乎是没日没夜熬过来的，当然也没有白熬，5月份参加全县中考后，我考了全校第15

··· 别人家的孩子和我

名，而我们学校参加中考的近200人，这意味着我考得不错，属于全校拔尖的那类，无论根据哪年的分数线，我进入重点高中都是稳操胜券。

但我一点喜悦都没有，因为文一梦没有考好，她考到了50名以外，这意味着她上重点高中成了未知数。成绩公布后，文一梦成了我们那届成绩下滑最严重的学生之一，没有一个老师不为她惋惜，甚至连我们的小学老师都感叹没想到会这样。我不知道文一梦爸妈是何反应，我也不想知道，我怕听到任何关于文一梦不好的消息，这样的消息就像刀子，一定会让我心如刀绞。

成绩公布那天是我们最后一次回到中学，这意味着我们的中学时代到此结束。在此之前，赵闯参加会考后已经早早离校了，参加会考也只是为了拿个中学毕业证，给他家人一个交代，然后他就可以去外面打工了。这是他向往已久的生活，他一直在等待这一刻的来临。

85

刘素素考得也不好，按理说她应该可以考好的，我们在一个班，我对她的学习成绩还是很清楚的，她没有考好对我来说也是个意外。直到毕业后我才知道，原来在刘素素身上发生了让我们怎么也想不到的事情。

原来中考前两个月左右，我们的历史老师，趁半夜值班查寝悄悄溜进了女生宿舍，猥亵了好几个女生，其中就包括刘素素。之后，几个女生每晚都心惊胆战，夜夜失眠，直到中考前三天，其中一个女生的妈妈发现了端倪找到学校，最后报警，历史老师被抓，这场噩梦才算结束。

带着高度紧张和疲惫不堪的身体坐进考场的刘素素脑子一片空白，考试结束后就病倒了，然后一直在家休息，我们返回中学取考试成绩单她都没来。大约在我到县城上高中半年后，我才从一个父母在县法院工作的同学那里得到了历史老师被判刑的消息，而那时候，刘素素已经离开我们村子，很少有人知道她去了哪里。我不知道刘素素是否知道这个消息，我甚至还想托人告诉她，但是此后很久，她都杳无消息。

胡立君的成绩在100名外，重点高中没戏了，不过重点高中对他来说意义不大，他们家可能已经有了安排。李天天、何小飞也考得不错，都在50名以内，上重点高中机会很大。董大毛和王三千成绩一贯不好，他们和赵闯一样，也在等待着毕业，等待着离开小镇，去外面的世界闯荡。

这是我们最后一次回到中学。为了庆祝，或者说是为了告别，我们决定找个饭店，用一顿饭结束这个时代。没想到的是，除了刘素素，能到的都到了，包括文一梦。

86

我们选了街角比较偏僻、实惠的一家饭店，也不算AA，只是把每个人口袋的钱都掏出来凑到了一起，按照饭桌上的菜单点菜，似乎都有一种吃了这顿即便世界末日来临也无所谓的感觉。后来发现这些钱也点不了几个菜，而这顿饭与其说是聚餐，不如说是庆祝，庆祝必须要有酒才好。在学校压抑了很久，我们都憋着要好好喝一顿，于是就点了文一梦她们女生喜欢的菜，余钱都用来买酒了。

菜还没上来，我们男生已经倒了满满一杯浓烈的劣质白酒，就连平时不喝酒的李天天也满上了。本来没打算让文一梦喝，可是好多日没怎么说话的她竟然主动要喝，我们拗不过，只好为她要了一瓶啤酒。除了李天天和何小飞，其他人都一饮而尽，最厉害的要数胡立君，一口就干了，我还很少看到他喝酒如此豪迈。

饭菜陆续上来，我们边吃边喝边聊，气氛不算热烈，甚至有些冷淡，大家似乎憋着很多话，想说但又犹犹豫豫，只是不冷不热地应付着场面。关于将来是聊得最多的话题，你一言我一语，陆续把自己对将来的想法都说了出来，似乎过去是不值得丝毫留恋的，都攒着劲儿等待着将来。

87

平时看起来没头没脑、混混沌沌的一些兄弟，这时候对将来的描述清晰无比：赵闯已经决定去南方打工了，他对外面的世界充满向往，仿佛南方遍地都是黄金，去了就能捡钱；董大毛说要去技校，学一门手艺然后回来创业，至于是学计算机还是汽车修理还在考虑中；王三千说要先在家里帮父母干活，过段时间再决定。

平时很少说话的王三千，这时候颇为动情，"我们家孩子多，因为超生罚了三千，我父母为了让我记住这事，就给我取了三千的名字，大家都知道的。现在家里不容易，我初中文凭出去也很难找到工作，等帮家里干几年活再决定吧。"王三千家里四个孩子，其中两个女孩两个男孩，他父母特别想要一个男的传宗接代，可是天不遂人意，头两胎都是女的，根据计划生育政策，农村可以生两胎，但超过第三胎就要引产了。

王三千他爸为了要个男孩，打起了超生游击战，留下两个女娃给亲戚照顾，带着妻子去了外地一家小煤窑。他爸在那里打工，她妈在那里生了王三千，等王三千长到一岁多，他妈又怀孕了，找了个黑诊所一查，又是男的，他爸喜出望外，觉得男孩子生多少都不嫌多。过了一年多，他们带了两个男孩回了村里，当天晚上就被计划生育工作队罚了，大的三千，小的翻倍，六千。王三千他爸出去这一趟挣的钱都花在俩儿子身上了，没钱交罚款，计划生育工作队就把他们家值钱的东西都拉走了，包括粮食、几件旧家具，还有两头老牛。据说还要拆房子，在王三千他娘以死相逼下，房子没拆，一家人总算逃过了一劫。为了纪念，他爸给他取名三千，他弟自然就成了六千。后来我们学了鲁迅的文章，看到里面写到九斤老太、九斤老太的孙女六斤、九斤老太的儿媳七斤嫂子时，觉得似曾相识。

王三千说完，我们颇为感慨，平时都觉得没把三千当兄弟看，相处的时间也少，有些遗憾，于是大家再举杯，噼噼啪啪地又干了一杯。这倒不是我们瞧不起三千，三千从上小学起，就很少和我们一起玩，顶多在边上看看。和在学校形成鲜明对比的是，三千在家就像个宝贝，他的两个姐姐小学没毕业就在家照顾他和他弟了，一直到中学。他的弟弟也上了中学，比三千低两级，听三千说他爸妈可能会供他弟弟上大学。看来，三千家将来的重心就在他弟弟身上了，尽管三千是个男的，但在他们家也可能会成为陪衬。

　　三千说完陷入短暂的沉默，我们本想再碰一杯，没想到文一梦说话了。她平静的表情让人觉得她已经熬过来了，我们都期待她走出中学的不快，尽快开始新的生活。

　　文一梦说："我要到省城上师范了，将来毕业回我们村当老师。"听到这个消息，我们差点把嘴里的酒吐出来，都惊讶地看着文一梦。文一梦继续，"我爸打听了一下，我的分数上重点高中差得太远，即使掏钱买分数都不够，而且高中竞争那么激烈，他们也不想我那么辛苦。我妈觉得当医生辛苦，不想让我走她的老路，征求我意见时，我想了想还是上师范，当老师。我爷爷就是老师，我就是跟着他长大的，他对我有很大的影响。我也不想离开我妈妈太远，我哥哥已经去了外地上大学，我想离家近一些，他们也放心。"

　　听了文一梦的话，我们无话可说，有几个兄弟还拿眼睛扫我，尤其是胡立君，那眼神就像文一梦的选择似乎是受我影响的。我一想，这的确和我有关系，要不是我，文一梦上重点高中是绝对有希望的，凭她的成绩，将来考个重点大学甚至出国留学都不在话下。在我们这群同学中，她具备走得更远的实力，但偏偏又是她，选择了走我们中最近的那条路。想到这里，我又倒下满满一杯酒，没有和任何人碰杯，仰起脖子一饮而尽。

　　我刚喝完，胡立君说话了："你这杯酒是道歉酒吗？"我绷着火辣辣的脸不知道该如何回应。这时候文一梦接上说："你喝多了吧，别乱说话。"胡立君没等文一梦说完，继续说："这些话我今天必须要说了。"

　　胡立君说话像竹筒倒豆子，滔滔不绝，数落了我对文一梦的种种不是，意思很明显，要不是我三番五次骚扰文一梦，她绝不会落到今天这个地步。文一梦几次插嘴都没能阻止胡立君，其他几位同学也听得目瞪口呆。

　　没等胡立君说完，我开口了，"不管怎么说，文一梦没考好我有责任，这样，我自罚三杯吧。"说完我倒下三大杯高度白酒，在大家的惊讶中一饮而尽，顿时脸红如血，火辣辣的，浑身散发着浓烈的酒气，就像刚从酒缸里捞出来似的。

　　尽管大家都觉得我已经醉得不能再喝了，这场酒要到此为止的时候，胡立君仍然没有要放过我的意思，端起一杯酒还要和我碰，说："就你能逞英雄是不是？你毁了别人的前程，现在还有脸在这里装大尾巴狼！我早看你不顺眼了！就你这样，我妈还经常拿你跟我比，说你这里好那里好，我的天，你说说你到底哪里比我强了！还有文一梦一直对你情有独钟，我也百思不得其解，不知道你比我好在哪里了？今天我倒要和你比比，到底咱俩谁厉害。这两瓶酒，我们拼了，谁不喝完谁就是孙子！"

　　赵闯赶忙站起来要阻止胡立君，文一梦也拉住我，说："大家都醉了，赶紧散了回家吧。"但是我和胡立君似乎都杠上了，谁也不愿意后退一步，直愣愣站在那里，就像脚下钉了钉子一样，怎么也拉不动。在大家的见证下，我和胡立君这个从小学就暗暗较劲的伙伴，开始了第一次面对面的PK，用两瓶高度数白酒挑战对方，仿佛谁先倒下谁就输了似的，谁先醉了谁就成了孙子一样。

90

　　后来的情形是赵闯告诉我的：

　　那天晚上谁也拦不住我和胡立君的疯狂举动，只好任由我们一杯接着一杯干。大约第二瓶1斤装的白酒干完后，我就直接倒下不省人事了，而胡立君这时候就像发疯了一样，还在接着喝。

　　大家吓傻了，文一梦蹲下猛掐我人中，见我没有反应，赶紧让赵闯和董大毛抬着我去镇医院，又让李天天与何小飞他们背着胡立君回家。文一梦不放心我，跟着去了镇医院，没想到镇医院急诊室值班的医生临时有事，赵闯和董大毛急得团团转，无奈之下文一梦只好跑回家叫了她妈妈。她妈妈本来是妇产科的，但毕竟当医生多年，是镇医院的名医，急救的经验还是有的，一边让护士去找急救大夫，一边给我灌了一杯药水，把我的头放在床边，挤压着让我呕吐，几分钟后我"哗"的一下吐了出来，这时文一梦在边上不断拍打我的后背，我又陆陆续续吐了很多，这才逐渐清醒过来。接着文一梦她妈又安排护士给我打了点滴，看我再次沉沉睡去，这才算放下心来。

　　那天晚上抢救完已经深夜12点了，文一梦她妈妈交代护士仔细观察，让赵闯和董大毛回去休息，最后要带着文一梦回家。可是文一梦不放心，非要留下等我好了才肯离开。她妈妈生气了，当场把文一梦训斥了一顿，可是她无动于衷，这时赵闯和董大毛提出留下来陪我，不过看到他们俩也是醉醺醺的样子，文一梦她妈妈只好同意文一梦留下来，有情况随时叫她。

91

　　我醒来后已经是第二天下午了。镇医院本来就没什么病人，这时候更显得冷清，我睁开眼睛，看到文一梦坐在床边，翻看一本厚厚的书，那是学校发的报考指南。看到文一梦，而且发现自己身在医院后，我顿时惊恐无比，不知所措。文一梦把我扶起来，让我喝下一杯温开水，问了下我的感觉，这时我的酒精已经挥发完了，只觉得饥肠辘辘，文一梦便让我躺着，她出去给我买饭。

　　她刚出去，赵闯、董大毛、李天天就进来了，看我没事，把昨晚酒后的情形一一给我说了，还暗带讥讽，"你小子真是因祸得福啊，单独和文一梦过了一夜，你让胡立君还有那些暗恋文一梦的兄弟做何感想啊。"这么一说，我表面不以为然，心里暗暗欢喜，多少个日夜巴望的事终于在一场大醉后实现了，可惜自己烂醉，毫无意识，要不然那该多美好呢！

　　来不及欢喜，我又问起胡立君的情况，李天天说昨晚把他背回家后，她妈妈已经睡了，看到宝贝儿子半死不活地被人背回来惊恐不已。据说胡立君折腾了一晚上，吐得满地都是，这会儿估计在家睡觉呢。

这时文一梦回来，拎了一大碗汤面，让我坐起来吃。我赶紧下床，嘴也不漱便吃了起来。看其他同学都在，文一梦简单交代了一下就出了病房。吃完饭，我觉得浑身舒坦，就和赵闯他们一起交钱出院，一路上忐忐忑忑，担心掏不出住院费和医药费，可能还得让赵闯回去找我爸妈要钱，不料刚报了床号，对面的阿姨就说钱已经交了，可以走人了。又是文一梦！赵闯他们又是一阵感慨，我平复了一下，对阿姨说了句"谢谢"，和大家一起出了镇医院的大门。

这是2000年5月的一天，时令已经进入夏天，不过小镇依然还停留在春天，下午的天气甚至有点微凉。阳光倒是很刺眼，穿过已经垂下来的柳枝条和山杨树叶的缝隙，斑驳地落在我们身上，亮色和阴暗随着我们的脚步不停变换。这是无数个春天里惯常的一天，我却觉得特别新鲜，特别不舍，希望永远停留在这一刻。但是春去阑珊，这样的季节很快就会过去，随着夏天的到来，我们将进入一个新的生长阶段。

92

夏天到来不久，我和李天天、何小飞都接到了县城重点高中的录取通知书。文一梦随后接到了来自省城高等师专的录取通知书，专业是小学英语，开学日期比我们晚半个多月。没出意外，胡立君报考了同在省城的农业技术学院，据说他爸本来想让他当兵，然后申请一个市民户口，复员后直接就能分配工作了，可是胡立君不肯，僵持不下，他爸只好从了他。

从县里到省城的距离很远，我不能想象那里的学习和生活，只觉得他们要到更广阔的世界去了，那是我梦寐以求的世界，可是我还要像在小镇中学一样，继续三年艰苦的学习，而未来即使能考上省城的大学，那也得三年后了，那时候文一梦、胡立君他们已经毕业了吧。那将是怎么样一种生活呢？我几乎不敢想象了。

我陷入了一种对将来不知所措的状态中。整个夏天，文一梦和胡立君都没有回到我们的村子，除了领取高中通知书，我也没有再去镇上，村里到镇上不远，但我们隔绝了。村里其他的小伙伴也各奔东西，我从医院出来不久，赵闯就去了深圳，据说是去找刘素素了。董大毛本来也要去打工，但被他爸拦着，只好上技校，先学一门手艺，再打工或创业。王三千每天下地干活，扎在大人堆里，我们也很少来往。李天天、何小飞他们不是帮家里干活，就是趁着暑假去县城补习，提前为高考打基础，也常常不在村子里。

村子里变得空荡荡的，我每天无所事事，连逮鱼、抓知了、下河野泳这些往常期待不已的事都懒得干，吃了睡，睡了吃，偶尔看看闲书，对父母的呵斥置若罔闻，昏昏沉沉等待着开学的日子，等待着一个新时期的来临。

四、那些年，那些女孩

文一梦醒来没有叫醒我，她洗漱完毕，把卧室收拾好，到厨房烤了几片面包，热了两杯牛奶，吃完就在书架前翻看我的书。我醒来的时候已经快9点了，习惯了一个人睡，起床后急匆匆往洗手间跑，完全忘记了此刻屋里还有一个女生，而且还是我梦寐以求的女神。

待走出洗手间，我才猛然看见文一梦，下意识提了提短裤，故作平常打了个招呼，一屁股砸进沙发里，揉着蒙眬的睡眼，琢磨着该如何打破这有些尴尬的场面。

文一梦似乎没觉得什么，她放下书，从厨房里端出面包和牛奶，放在客厅的茶几上，"吃早点吧，我亲手做的。"我拿起一片，外焦里嫩，一嘴下去半片面包就没了，这时候才想起还没有刷牙，只好将错就错，吃完再说。

我边吃，文一梦边问，什么书架上的书都是从哪里买的、看过没有如此等等，我一一回应，心里暗喜。这些书大都是文一梦喜欢的，我是特意为她准备的，至于我，只看过其中几本而已。我唯一担心的就是她问多了我答不上来，让她觉得我在骗她，那样我在她心目中勤奋博学的形象就全毁了。自从到北京工作后，我整日忙忙碌碌，很少有时间看书，书对我来说，只是摆在书架里装装样子罢了。

看我两眼惺忪，略带疲惫，文一梦问昨晚是否没有睡好，这时我很自然切回到正常状态，带着幽默的口吻回应她："屋子里睡了这么漂亮的一个姑娘，你觉得我能睡得好吗？"文一梦也乐了，"原来如此啊，那我倒要问问，你是守夜呢还是春心荡漾呢？"我答："都有吧。"随即呵呵笑了一下。文一梦说："不至于吧，你这屋里肯定睡过别的姑娘吧，不可能每次你都没睡好吧。"我乐了，"睡是肯定睡过啊，但像这样还是第一次。"

这话刚一说出口，我就觉得坏了，可是文一梦已经接上了，"那以前是怎样的啊？说来听听。"我灵机一动，"以前是姑娘睡外面的沙发，我睡卧室的大床，当然可以睡好了。""骗人吧！我才不信呢。说说，你到底好过几个姑娘？"文一梦穷追不舍。换作其他姑娘，肯定就用"睡"这个词了，文一梦还是用"好"，这再次让我确认，文一梦和一般的姑娘不一样，即使她和我同在一室近在咫尺，但时时刻刻都让我有一种可远观而不可亵玩的感觉。

我故作神秘回应文一梦："这事说来话长，以后一一给你讲来。今天是你来北京的第一天，我们正式开启旅行模式，有很多漂亮的景点和好玩的地方要去呢，先收拾好出门。"听我这么一说，文一梦也不追问了，回到卧室换了一身休闲装，戴一顶遮阳帽，配一个精致的小墨镜，显得干练而有动感。我们出门，开始了文一梦梦寐以求的北京游。

94

一般到北京旅行的人，天安门总是第一站，况且我和文一梦还有约定，登上城楼拍个照片、留个纪念、了了心愿才是当然。可文一梦选的第一站是北海白塔，她说："从小就唱《让我们荡起双桨》，对'让我们荡起双桨/小船儿推开波浪/海面倒映着美丽的白塔/四周环绕着绿树红墙'向往已久，要先去看看。"这是我第一次听说这首歌和北海白塔有关系，而之前向往的只是故宫、长城而已，可能这就是男生和女生的不同吧。

9月下旬的北海公园"迎面吹来了凉爽的风"，但不见戴着红领巾的少先队员，小船也只有三三两两，随处可见的是硕大的动力船，满载着各地的游客，在还算绿的湖面上来来往往。白塔在我们的角度还看不见影子，红墙倒有，只在绿荫里若隐若现，似乎已经找不到歌里的情景了。

文一梦兴致不减，仿佛来到了朝圣地。我们在湖边找到了一个可以两人划的小船，带着救生圈使劲往开阔处划去。阳光一览无余地照在湖面上，有些刺眼，有些灼热，不知道水中的鱼儿有没有看着我们，我们没有愉快歌唱，一切都没有往昔的感觉。文一梦则不然，她用力划着，似乎要努力跟我保持一个节奏。她汗涔涔的脸上荡漾着一种怀念，一种真诚，一种向往，相比之下，我只是觉得炎热和费力，如果不是文一梦，我是断然不会在如此的天气干这种事情的。这样想着，我不禁有些愧意了。

95

傍晚，我带文一梦到北海公园附近的一个胡同吃饭。这里挨着湖边但没有喧嚣，口味是正宗的老北京，驴打滚、艾窝窝、豌豆黄、糖耳朵等都是女生的最爱。

我们边吃边聊。文一梦说："来北京旅行的感觉，就像第一次去省城上大学，新鲜，好奇，畅快。"我接上话，"当年你到省城上大学算是进入新天地了，可我还在小县城过着苦闷不堪的生活，那感觉糟透了。"文一梦差点笑出声，"听你这么说，我高中没考好，是因祸得福了？"我说："那倒未必，只是我觉得我也应该和你一起到省城上学，那样，也许后来很多事情就会有不一样的结果了。"

文一梦不说话，只是安静吃着，过了一会儿说："生活不能假设，过去也无法改变，只能珍惜现在。"如果这话从别人嘴里说出来，我会觉得特别鸡汤，但是文一梦说出来，在这样的环境里，我觉得无比自然，深受启发。

饭后，文一梦兴致不减，要沿着北海的湖边走一圈，她觉得这湖和她在省城大学里的湖很像，尽管两者在历史和环境上没法比。我和文一梦并排而行在点缀着灯光的湖边人行道上，文一梦说起了省城大学的时光。那时她在省城，我在县城，相隔一千多公里，两个人像挂在两端的风筝，一个在天上，一个在地上。

96

高中开学要比大学早得多。2000年8月中旬，我们按录取通知书的要求赶到了县里。县里离镇上很远，大约有150公里的路程，上高中前我也只是因为参加比赛来过两次而已。

然而，我对高中新生活没有产生一丝的新鲜感，一直沉浸在过

……　别人家的孩子和我

去。暑假我没有再见过文一梦，开学前我本想见她一面，托别人转告她，但没有收到文一梦的回信。我不敢贸然到镇上找她，只好陷在胡乱猜测中，浑浑噩噩地置身于高中校园里。

大约10月下旬的一天，我收到了一封来自省城的信，是文一梦的。信中写道：

想必你已经开始高中生活了，都还满意吗？我曾很多次想象自己置身高中校园的情形，现在看来这终究是一场梦。不过你能如愿进入高中，为将来进入大学铺路，我还是感到高兴，甚至就像自己上了高中一样。

抱歉没有在你到县城报道之前为你送行。也许你很失望，我也同样。有些事情我们都是身不由己的，现实比我们想象得复杂，毕竟我们还是孩子，还需要听从父母的，我们女生尤其如此。

初中毕业前那场酒醉不知你是否还有印象？我从来没有对别人说过，今天我想告诉你。那天你醉酒昏迷后，我们都担心你出事，把你送到医院，最后不得已还找来了我妈。当我妈知道了事情的原委，帮你处理完病情后，在医院外面的走廊里，她用以前从来没有过的语气骂了我。如果那晚不是我爸及时赶到，她可能就动手了，要知道我妈之前从来没有这么做过。

当时我一言不发，训斥完后我要求留在病房，直到你醒来。我妈听后怒不可遏，不过她和我爸都了解我，一旦我做出决定，我会坚持到底。他们最后答应我可以在病房守着你，直到你醒来，但此后必须和你断绝关系，要是想继续交往，那就等大学毕业以后再说。

我答应了她们，就是怕你万一有个闪失，我会留下无法弥补的遗憾，毕竟我在你身边会比较放心。做出这个承诺是需要勇气的，要知道那是我第一次和一个男生在一起待了一夜。在医院寂静幽暗的病房里，我一度感到害怕，不过看着躺在病床上时不时翻一下身体，偶尔会打嗝并冒出难闻的酒气的你，我逐渐平复了下来。

那样的夜里，偌大的病房就我们两个人，我的心思拉得很长。我甚至想象过我们的未来，但这未来是我们不能把握的，我能做的就是守着你，等着你醒来。也许谈未来太早，我们还小，未来不知道会发生什么呢。但愿在面对未来时，不要失掉我们的初心才好。

很多人都说，一个男生和一个女生在一起过夜，就表示他们真正在一起了。可我们在一起的一夜，尽管距离很近，你在床上我在床边，但我感觉就像在两个世界。我多么希望那一刻你是清醒的，或者你能在天亮前醒过来，那样我们也许会像别的情侣一样，在彼此的世界里留下更多的回忆。

即使如此，那晚对我来说也是永远难忘的。没有经过你同意，快天亮的时候，我在你的脸上吻了一下，这是我第一次主动吻一个男生，算作初吻（此前你主动吻我的，就当你的初吻好了），我会当作珍贵的礼物保存着。

省城的师专没有我想象得好，置身其间，我觉得大部分都是初中没考好，想来拿个文凭好早点回去工作的，学习氛围不浓，课余大家都在校外游荡。但你知道，我的理想就是当老师，这是我自己的选择，所以并不后悔。

我对省城比较陌生，也是个路盲，入校后大部分时间都待在学校，看一些以前想看却没有机会看的书，就当自学了。

高中学习辛苦，面临考大学的压力，三年很长也很短，期待你把握好这个机会，考入喜欢的大学，实现你的理想。

就写到这儿吧，其他的不说什么了。

我看完信怔愣了半天，不知如何是好，索性又看了一遍，一股怅然若失的感觉涌上心头，就像丢失了一件比自己生命还珍贵的宝物，又像一份期待瞬间落空——或者是一件早已预知，但自己又不愿意承认的事最终被确认，既无望又无奈，还有一种酸楚和不甘。

文一梦的信中没有提到胡立君，但我和李天天都知道，文一梦是和胡立君一起去省城上学的，由他们的父母送去的。至于他们的学校离得多远、两人是否能经常见面，类似等等，我都渴望知道答案，但文一梦只字未提——是的，她是不会提的，这封信只要确定我们此后的关系就好了，其他的和我有什么关系呢？

冷静了几天，我还是给文一梦回了信，大意无非是信已收到，知道了她的意思，也理解她，大家都好好把握这来之不易的求学机会，为了将来云云，此外就是看似废话的祝福和提醒，祝她在陌生的环境里开始新的生活，提醒她照顾好自己，有事可以随时给我联系等等。至于胡立君，我也同样没有提一个字，当然是不知道从何提起，也无法表达我不希望她和胡立君走得太近的意思，否则我不仅会为自己的嫉妒感到惭愧，而且也会给文一梦留下不好的印象。

将信寄出后，我心中的一块石头终于落了地，但同时也陷入一种怅然若失中，整日对任何事情都提不起兴趣，恨不得高中生活一瞬间结束，一下子跨越到将来的那一刻，看看我和文一梦会变成什么样子。但现实就像一座大山，压得我喘不过气。好在生活总是浮沉不定，就在我觉得自己快要跌落谷底的时候，一件触底反弹的事情发生了。

97

开学两个月后，我被选举成了班长，这是我始料未及的，之前我从没有过当班干部的经历，从小学到初中，我都对当班干部嗤之以鼻，觉得无非就是给班主任打小报告的，从没想过有朝一日自己会成为其中一员。但这个班长我是不得不当的，一是这是选举产生的，二是选举之前，我的班主任小江老师跟我有一次很长的谈话，我觉得我需要负起这个责任。

小江老师和我初中班主任小段老师是师范学院的同学，小段老师曾多次向她提起我，没想到我一进入高中就分到她任教的班里。她事先并没有告诉我，而是在开学包括军训阶段观察我，用她的话说，发现了我比较沉稳、比较热心集体事务，和大家相处不错——我不知她是如何得到这种印象的：比较沉稳？可能是处在和文一梦的矛盾关系中，我不太愿意说话吧。热心集体事物？也许是因为其他男生不愿去打水、不愿扶军训晕倒的女生去医务室，我只好挺身而出吧。和大家相处不错？刚进入高中，大家来自县城的各个角落，彼此还很陌生，只能客客气气地处着吧。总之不管怎么说，小江老师认为我是担任班长的合适人选，把我列为班长候选人之一，于是，选举结果公布后我就成了班长，成了小江老师和班上同学之间的桥梁。

其实选我当班长，这完全是小江老师主导的，刚进入高中，彼此都不了解，她只能从相对了解的学生中选。再者，她毕业当老师不久，当班主任的经验也不足，找个听话的、可靠的帮手再自然不过了。

尽管我有一万个不愿意，但是我有一万零一个不愿意让小江老师失望，尤其还有小段老师这层关系。但这个班长并不好当，一个班将近50个同学，大家来自县城的各个地方，有偏远村镇的，也有县城郊区的，还有县城里的，大家的成长经历、生活环境都不一样，呈现出来的状态也不一样，比如偏远村镇来的学生很多连《古惑仔》都没看过，但是县城中学毕业的学生，这时候已经是一副古惑仔的形象了，染黄色的头发，穿带金属的夹克，腿上是牛仔喇叭裤，脚上套尖头皮鞋或者形状古怪的运动鞋，说话也常常模仿古惑仔的语言，动不动就把扛把子、兄弟、砍人、泡妞这些话挂在嘴上。

在这样的班里当班长，压力是可想而知的。我本来也没有管理经验，面对这些躁动不安的同龄人，一时不知该如何应对，除了努力承担起班级的各种公共事务，在自习课上对那些不遵守纪律甚至故意捣乱的同学吼几嗓子，无他计可施，一方面觉得愧对小江老师的信任，一方面又觉得文一梦似乎还在盯着我，提醒我将来要考上理想的大学，不要把时间浪费在无关的事情上。

进退两难，我向小江老师提出了辞职，没想到小江老师一口回绝了我，还劈头盖脸将我训斥了我一番，骂我作为一个男子汉，遇到一点压力就退缩，将来能有什么出息。这话让我如梦初醒，只好收回了辞职的念头，在小江老师的指点下改变工作方式，尽力挽回班级管理的颓势，即使辞职，那也得把工作干好了再说，我暗暗下了决心。

98

如何改变工作方式呢？我观察了很久，打算从一个人入手，这个人就是张霞。张霞是个很普通的名字，但我们班的张霞却不是个普通的人。她的打扮别具一格，就像《古惑仔》里的小结巴，头发散乱披着，上身罩一个牛仔夹克，腿上是紧身裤，经常穿高跟鞋，走在过道上嘎嘎直响，这是张霞的标志，每当听到这声音，大家都知道张霞来了。

和班里其他女生比起来，张霞可谓鹤立鸡群。她和其他女生没有交集，平时常和一些男生玩在一起，动不动就打骂追赶，常把教室弄得一锅粥，很多男生都叫她霞姐。张霞本来坐在前排，由于她经常乱动，上课也不安生，不是睡觉就是吃东西，还经常和后面的男生传纸条，开学不久就被调到了教室后面，岂料这样她闹起来更方便了，几乎每次自习课的起哄都有她。于是，张霞成了让我头疼的同学之一。

在我还没有想好如何从张霞入手的时候，发生了一件事。有一天晚自习，教室后面着火了，刚开始有零星火点，接着发生了爆炸声，火苗"哗"的一下蹿了起来，瞬间把教室后面墙上的学习园地烧着了。教室大乱，除了我们几个班干部扑上去灭火，其他同学都跑了出去。我用拖地的半桶水泼到了学习园地上，但没什么效果，其他几个班干部不得已从隔壁班借了水，还是不能奏效。正在焦急中，学校保

　　…　　别人家的孩子和我

安赶到，用灭火器灭了火，这才把危险消除。

这事惊动了学校，政教处要求严查，班主任小江老师找我问话，我也是一头雾水，她只好在班里直接发话，如果两天之内没有人站出来承认错误，将来一旦查实严惩不贷，绝不姑息。但是这话并没有起什么效果，眼看时间快过去了，还是没有人站出来承认。

就在这时，我接到了张霞悄悄塞给我的一个纸条，告诉了我事情的原委：自习课上涛子、老嘎、大顺几个人在后面吸烟，结果涛子点烟烧到了老嘎的手上，老嘎一巴掌把打火机拍进了抽屉里，没有灭掉的火苗把课桌抽屉里的书烧着了，大家一看蒙了，就把书往外扔，这时候打火机爆炸，火势借着爆炸散发的气体越燃越烈，瞬间就把学习园地引燃了。

这事让我很惊讶，不过更惊讶的是，当时吸烟的还包括张霞。她告诉我的理由很简单，我可以把这件事告诉班主任甚至学校，但前提是不能提到她，否则会让我"走着瞧"。我陷入两难，不知如何是好：报告班主任吧，要是不提张霞，那就算我包庇；要是提了张霞，"走着瞧"几个字的分量很重，也许会让我更加被动。退一步说，如果我就当不知道，也不告诉班主任呢？那么学校一旦查出来，我可能难辞其咎，更重要的是小江老师可能也要负连带责任。

99

直到第二天中午，我还在为这事犹豫不决，不过很快我就不用为这事发愁了：宽限期即将到来时，涛子、老嘎、大顺三个人商量了一下，向小江老师做了坦白，然后按照小江老师的要求，把事情的经过详细写了出来，由我上交学校政教处。几天后政教处贴出了对他们三人的处分通告，三人各记大过一次并留校察看半年。

通告中没有提张霞的名字，其实我早在他们三人写的事情经过中就发现，通篇就说了他们三人，张霞只字未提。原来，张霞怕被学校抓到，毕竟女生吸烟比男生影响大，提前向我举报了涛子他们三人，后来得知他们要去承认错误后，又临时公关了一下，让他们三人只字不提她，就这样张霞逃过了一劫。张霞和涛子是同一个中学毕业的，现在又和老嘎同桌，几个人天天混在一起，包庇个女生这事还是能扛下来的，要不然学什么古惑仔呢。

处分贴出来后，张霞老实了一段时间，不过每天看我怪怪的，就像看一个怪物，表情复杂。在这件事逐渐没有人再提起，而且觉得我也不会再把这事说出去后，张霞似乎松了一口气，见到我时态度好转了很多，有时候甚至会主动跟我开玩笑，说什么"小兄弟有什么事不用怕，有霞姐给你罩着"之类的，让我既生气又好笑，生气是因为我堂堂一个班长，用得着你一个小女生来罩嘛。好笑的是，张霞比我还小一岁，个子也比我矮半头，我要是让她罩着，那我的颜面往哪里放啊。尽管如此，我和张霞的关系却来了个180度大转弯，从先前的对立，变成了"兄弟姐妹"——这是她说的，我从来不认同。她不再为难我，上自习课也安静了很多。涛子、老嘎、大顺几个人得到了处分，也变得老实了不少，不在课堂嬉戏打闹了，顶多就是上课睡个觉，他们本来也无心高考，高中也只是攒个学历而已，所以老师们大多睁一只眼闭一只眼，我当然也是多一事不如少一事，只要不影响班级秩序就行了。

⋯   别人家的孩子和我

班级管理开始好转，我这个班长也逐渐好当起来了，但没想到的是，我自己却遇到了麻烦，还是个大麻烦。

在这事过去大约一个月，一直自诩看过《古惑仔》系列全部，如果不当班长肯定能当个好古惑仔的我，遇上了真正的古惑仔，第一次见识了录像里的情景在现实中是如何发生的。

高中是全封闭的，只有周末可以出去。有一次周末晚上我从外面往学校走，走到学校附近的一片树林时，听到有人叫我的名字。我回头一看，是一帮我没见过的孩子，一行5人，流里流气、摇头晃脑地向我走来。

这时候已天黑，树林边的路灯忽明忽暗，一行人走近我，其中一个高个子叫了我的名字，得到确认后，嘻嘻哈哈地开了两个粗俗的玩笑，接着转入正题，说弟兄们没钱吃饭了，想借200块。我那时口袋里不到50元，200块对我是个大数目，而且即使借，这帮人我也不认识啊。突然我意识到，遇上一帮校外混混了。我说自己只是学生一个，没什么钱——话没说完，对方其中一个矮个子说："哎呦，你不是班长吗？在学校挺牛的，难道看不起兄弟们，连200块也不愿意借吗？"我一听，这帮混混是有来头的，对我知根知底，看来今天我可能要认栽了。

对方一个留着披发、穿着带钉的皮夹克和喇叭牛仔裤、脚上蹬一双尖头皮鞋的高个子咧开嘴咬咬牙，把双手攥成一个拳头状，晃了晃，说：“等你有一段时间了，你不能让兄弟们扑空吧。你看怎么办？是给钱？还是买酒？还是咱们单挑哇？当然，你要觉得牛，我们一起挑你一个也行啊。”说着开始向我逼近。

我第一次遇到这阵势，不知该如何应对，往后退了两步，这下对方更嚣张了，一下子围拢过来，把我围在了中间，我插翅也难逃了。好汉不吃眼前亏，我只好把口袋翻出来，拿出所有的钱，总共五十几块，捏在手里，递给对方那个高个子。“只有这些钱了，别的没有。”我说完，一边注意着这帮人的反应，一边做好了逃跑的准备，因为这地方离学校很近，如果我一边跑一边喊，学校门卫应该会听到吧。

高个子看了看我，正在我预感下一步就要动手的时候，他接了钱，“我说好的是200，我也不数了，剩下的还欠多少你该明白，明天还是这个时间，还是这个地方，把钱送过来，否则……”他留了个悬念，我无言以对，愣愣站着。高个子又说：“今天的事要是你敢告诉学校，以后你就别出这个校门了。”顿了一下，他又说，“在学校低调点，别咋咋呼呼的，当个班长很牛吗？别说你，就连你们校长我都不放在眼里。”

说完，他们围着我转了一圈，然后瞬间散去，消失在黑乎乎的夜里。我感到一阵后怕，没想到这事竟然会发生在我身上，看来校园暴力真是太猖獗了。来不及多想，我快步回到学校，一晚上都没平静下来，想到这一幕，尤其是第二天还要去送钱的事，觉得怎么会欺负到老子头上了，到底是谁干的呢？肯定有人内外勾结……这样胡乱思索着，一夜过去了。

直到第二天中午吃饭时间，我还是没想好这事该如何解决，送钱过去吧，那就太㞞了，以后指不定会发生什么呢？我还是堂堂一班之长，要是被人知道了，以后面子往哪里搁呢？不送吧，万一将来在校外遇到了什么麻烦怎么办呢？思虑不定的时候，我收到了一个纸团，是从我座位后方扔过来的，我还以为是哪个同学恶作剧了，打开一看，上面写着：

你昨晚遇到的事情我刚听说，今晚别出去了，事情我帮你搞定，别告诉任何人，要不然我也没办法。要注意你的工作方式，别老得罪人，班主任给你多少工资啊，值得你这么卖命？

纸条后面没有名字，不过我一看就知道是张霞的笔迹，太熟悉了，上次那个纸条我还记忆犹新。瞬间，我心中的石头落地了，长长舒了一口气，不知是该庆幸还是该惭愧。

101

按照张霞的意思，那天晚上我没出去，之后也是风平浪静，看来这件事她已经搞定了。但是我对张霞的认识才刚开始，如果说之前觉得这是一个混社会、混学校的"坏女孩"，这件事后，我觉得这是一个有义气、有担当、说到做到、颇有能量的大姐大了。这样的女生凤毛麟角，在绝大多数同龄女生还在担心课堂有没有落下、考试能不能及格、暗恋的男生有没有戏、为了同学之间一些鸡毛蒜皮的小事闹脾气的时候，这个女生已经混迹男生圈，用自己的实力罩着别人了，而且校内外的事似乎都能搞定，实在不一般。此后，我逐渐对张霞有了好感，两人经常通过传纸条的方式聊天——前提是除了我们俩，纸条不能让任何人看到，否则就不跟我聊了。

通过纸条，张霞不仅告诉我班上那些小混混的动态，还提出建议，比如如何在"不得罪"他们的情况下管好他们，既当好班长又不让同学讨厌。她还告诉我她的经历，让我愈发觉得这个女生不简单。

102

张霞的家其实不在县城，而在县城附近的镇上，不过她在镇上读完小学后，就随做生意的父母来到县里，在县里的实验中学上学，提前融入我们眼里的"大城市"。在我们还偷偷摸摸找各种录像厅看港台片的时候，张霞已经在县里跟一帮模仿古惑仔的孩子混在一起了，不是在校园收保护费，就是跟着他们在校外打架，在同学中"小有名气"。

父母发现张霞变了，不是染发就是穿紧身衣，而且长短搭配乱七八糟，牛仔裤上还故意剪几个洞，弄得张牙舞爪，看起来既像乞丐又像流氓。父母教训了好多次，但他们忙于生意，骂得多管得少，张霞基本处于散养状态。张霞说，到了实验中学，班上的同学都是县城的，各种新鲜东西大家都见过，恋爱之风日盛，她也是因为喜欢学校一个"大哥"才跟他们混在一起的，否则也不会陷那么深。

巨变发生在初三那年。那年张霞父母的生意越做越大，但却离婚了，她跟了爸爸，爸爸很快找了后妈，她从家直接搬到学校，经常跟她特能打架的男朋友待在一起。初中毕业前不久，她男朋友带着一帮兄弟和另一所中学的混混打群架，失手把对方其中一个打成了脑震荡，对方报警后她男朋友被抓了，但因为未满16岁，被判管教3年，进了少管所，至今没有出来。

受这些变故影响，本来成绩就不好的张霞中考一塌糊涂，她爸爸觉得愧对她，按200块一分的价格交了几万赞助费，把张霞送进了县中。进入县中的张霞尽管只是小女生一个，但凭借着初中时的影响力，各路混混也都纷纷网开一面，况且我们班上老嘎等当年就是张霞男朋友的小弟，自然对霞姐尊敬有加。

张霞进高中本来就是混个学历，拿个毕业证，好对她爸有个交代，考大学对她来说从来不在考虑的范围。她上课有大把时间，除了睡觉、看小说、画漫画，便是和我传纸条。通过她的纸条我才知道，那次在校外遇到的"借钱"的混混是受人指使的，就是想借机整我一下，以报我在学校里对他们的"不敬"。她是在第二天听到消息才介入的，拐了几个弯，找了这帮人老大的老大，把这事给平了。至于是谁指使的，她则一点不跟我透露，只是提醒我注意管理方式，不要动不动和别人闹矛盾，不过即使闹大了，也有她霞姐罩着我呢。纸条中，她让我称她霞姐，一开始我还颇不自然，逐渐就习惯了，觉得有个霞姐罩着挺好，让我体验到了和文一梦在一起时没有的感觉。

103

张霞的纸条很多，也很长，但是忙于学习和班级管理，我常常没时间给她回信，于是就有了约她见面的想法，没想到她拒绝了，还用调侃的口吻问我是不是想泡她，警告我她男朋友马上就出来了，小心我泡了他的马子在学校待不下去了。她告诉我，正因为大家都知道她男朋友的事，所以到了县中基本没人敢泡她，她也没想谈恋爱，只是跟初中过来的一帮小兄弟玩玩而已，让我断了泡她这个念头。张霞还提醒我好好学习，她说她小时候家里条件差，还有两个弟弟，家里的钱都养弟弟了，她差点没钱上学，她小时候也有着好好上学将来考了大学远走高飞的梦想，岂料到了县城家里虽然有钱了，但是她的学习却荒废了，现在落下太多，补不回来了，所以告诫我一定别走她的老路。她告诉我，无论遇到什么困难随时可以跟她说，她都能帮我解决。的确如此，自从我和张霞传纸条以来，班里的管理工作大变样，我这个班长当得顺风顺水，小江老师好几次夸我进步快，岂不知这里面很多都是张霞的功劳。

就在我陷入对张霞欲断不能、欲求不得的状态时，突然有一天，张霞不见了，没有人知道她去了哪里，就像蒸发了一样。我向好多人打听了，依然没有她的消息。我和小江老师把这事报告了学校，还和学生处的老师一起找到了她爸爸，她爸爸也没有半点张霞的消息，她爸爸甚至还说张霞是从学校走的，要找学校要人，学校怕自找麻烦，只得放弃。

过了一段时间，班上一些女生传出小道消息，说张霞在劳教的男朋友出来了，他们俩一起私奔了；也有人说张霞偷偷拿了家里一笔钱，跟着我们县城的一个老大去南方混社会了；还有人说张霞受不了她后妈，去找她改嫁到外地的亲妈了……这些消息真假难辨，张霞就像一只蝴蝶，悄无声息地飞走了，没留下一点痕迹。

时间会改变很多东西，即使我再迷恋张霞，在繁重的学习和繁杂的班级事务中，我就像一个齿轮忙碌不堪，以至于对张霞的想念日渐变淡，偶尔想起，也是略作感慨，不再有波澜。

104

世间的事情就是这么神奇，大约在一年后，我又见到了张霞，在县城的公交车上。

那天中午，我坐公交车去买东西，路过一个站台时，上来一对情侣。我正处在只要是个年轻女生就会多看两眼的阶段，这次当然也没免俗，这一看不要紧，竟然发现这个女生好面熟，调动记忆搜索了一下，觉得这个女生可能是张霞，对，就是曾经像谜一般消失的张霞。

车上没有空位，大家也没有让座的意识，两个人只好抓着栏杆站着。很明显，女生的身体有些庞大，站着似乎很吃力的样子。不得已，他们只好挪动着步子走到了司机身后，在我还好奇他们是否会求助司机时，他们一屁股坐在了司机座位后面的发动机盖上，对着乘客座位的方向，和我四目相对时，我一下子判定，这就是张霞。

张霞的脸比以前圆润了不少，明显是胖了，目光也没有原来有神，以前那种嚣张中透着不屑的神情已经看不到，取而代之的是呆滞和混沌，或者说无动于衷。她的头发还是以前的那种黄色，可能因为很少再染，没有以前黄得那么深。她还扎了个马尾辫，高高翘着，显得有点混搭，在车上其他乘客看来，这就是一个南方打工姑娘回乡的样子。

她的穿着也不似以前，一个军绿色的大衣几乎要把她包起来，不过扣子一个都没有系，敞开着，可以明显看到她的小腹是高高耸起的，显然，这是已经怀孕很久的迹象。张霞竟然怀孕了，她还不到16岁呢！我感到一阵揪心。

能看到过往痕迹的是一条牛仔裤。那条牛仔裤像缠在腿上，下面耷拉在鞋子上，把鞋子完全遮盖住，只有两条长长的鞋带还挂在两边。这点像张霞，像她以前大大咧咧的样子，那时候我总会担心她随时都会摔倒。

张霞的边上是一个年龄和她相仿，但个头高出很多的男生。这男生看起来很醒目，头型是《古惑仔》里山鸡的那款，两边剃光，中间的头发高高耸起，有几根似乎还在随着车里的气流轻微摇晃。他一脸的无动于衷，双眼直勾勾地看着窗外破落的建筑，除此之外没有任何反应。仔细看，他的夹克上还带着钉子，腰间挂着一个明晃晃的链子，透着一股重金属气息，和周围其他乘客的装束完全不搭，就像来自两个世界的人不小心碰到了一起。

县城的街道一直坑坑洼洼，车子不时晃动，时不时晃得一车人前俯后仰，但是我没有看到这个男生对张霞有哪怕一点的关心。这可苦了张霞，每当颠簸她总是极力收缩着，生怕一下子掉下去了似的。坐在车厢后座的我时不时萌生出要把座位让给她的冲动，但是不知怎么的，我始终没有走出这一步，只好巴望着他们早点到站，结束这段难堪的路程。

公交车开到一家医院附近，他们终于下车了。一路上只有在此时，我才看到这个男生先起身，再扶着张霞站起来，搀着她的胳膊往车厢外面走。走到离地面最后一个台阶时，公交车突然启动了，张霞打了一个趔趄，要不是那男生一把抱着，她可能会有摔倒的危险。公交车司机见状赶紧关了车门，加了个油门便开走了，我从后窗看到，那个男生对车子伸出了中指。

这男生是谁？是张霞那个被劳教的男朋友吗？张霞怎么会怀孕呢？她离开学校后去了哪里？为什么突然就消失了呢？她去医院干吗？是去流产吗……一路上我脑海里冒出无数的问号，但没有合理的回答。后来我也问了很多人，但时间过去很久了，如果不是我提醒，她们已经记不起来还有张霞这么一个同学。我想起来，在学校的时候，张霞就和那些女生形同路人，甚至内心还互相瞧不起，所以记忆不仅是苍白的，也是多余的。对张霞来说可能也一样，她既然选择悄无声息地离开，就说明没有必要再互相关注，大路朝天各走半边，每个人都有权选择自己的生活，同学一场只是走过路过而已。

但对我而言，我一直记得张霞，一直记着这个女孩。后来偶尔我还和文一梦说起，她还以同类特有的敏感给我做了分析，我只选取了好的部分听，在我心中，我祈愿这个女孩能有一个好的生活，好的未来。

105

由张霞"罩着"，我的班长当得顺风顺水，尽管后来张霞走了，但是她的余威还在，别人也不知道我们的关系，一般情况下也不敢造次。我也及时改进了工作方式，在争取团结大多数同学的同时，也和那些故意捣乱不学习的同学做朋友，管理和安抚并重。经过大半年的折腾，工作和学习逐渐转入了正常，班里的事不用太操心，其他班干部各司其职，有需要的话，我出面解决一下，然后报给小江老师就好了。

对于我们这个阶段来说，学习是根本的，这是文一梦以前经常对我说的话，尽管她不在我身边，但这句话我从来没有忘记，要知道，不管将来我们能否在一起，上大学都是我们一直的目标。因为我，文一梦和重点高中失之交臂，我理当帮她实现上大学的愿望。再说，文一梦已经进入了省城的师专，将来也许会走得更远，到那时如果我跟不上她，那岂不太可惜了。如果说这些都是其次，那么最重要的是，我们这波孩子都想成为我们村最有出息的孩子，都想成为上最好大学的那个孩子。我们从小就被拿来和别人家的孩子比较，如果输在这场竞争中，那以后还有何颜面回见家乡父老呢？

总之，我已经完全适应了高中的学习和生活，开始朝着高考迈进，向着大学迈进。但实际感受是，高考于我们而言还在两年后，大学还很遥远，这漫长的岁月给人一切都还来得及的感觉。我不可避免想起文一梦。

106

我一直在想着文一梦，如果不是刚入学遇到这么多事情，我可能会陷在对文一梦的思念里无法自拔。在很多孤独难过的时刻，我第一个想起的就是文一梦，但是这种想念往往会被突然而来的琐事打破，久而久之，思念变得迟钝，文一梦在我的记忆里越来越远，除非我看到羡慕的情侣或者想起曾经的约定，文一梦的样子才会从我的脑海里蹦出来，不过却是转瞬即逝。不过我没有任何失落，我很早就知道，思念是没有意义的，对方并不知道你的思念，而且还会扰乱现实的生活，是徒劳而无获的。

逐渐变淡的思念并不意味着我忘记了文一梦，事实上这是不会的。我觉得这辈子即使跟另外一个女孩结婚了都不会忘记文一梦，她已经成为我记忆的一部分。有时我看到刚进入高中时和文一梦的通信，也时常冲动要再写信给她，可不知该如何下笔，是问她的学习和生活呢，还是问她未来的打算呢，或者是我们的未来呢……这些似乎都不是最重要的，我真正想知道的是，她有没有男朋友——或者说，她和胡立君怎么样了？跟到省城的胡立君到底有没有再追她？但是，这些问题和我还有关系吗？

对我自己而言，我倾向于这些问题和我有关，所以一旦有机会，我还是会多方打听文一梦和胡立君在省城的点点滴滴。我问过李天天，也问过何小飞，还从赵闯和董大毛他们那里搜寻关于他们的一切，但得到的信息都是碎片，比如文一梦在师专拿了奖学金，还参加了她们学校的大学生英语互助学会，她现在的英语水平已经可以跟外国人直接交流了等等。关于胡立君的也大抵如此，比如胡立君在省城买到了限量版的篮球鞋，还买了一辆专业的自行车，参加了省城的业余自行车比赛等等，总之整个人已经完全不是初中时那个嘴上没毛的小男孩了，而是一个省城时尚青年。此外，我还听说胡立君似乎对他爸给他报的农学院不感兴趣，他的志向可不是钻到田间地头或深山老林搞农业，而是比我们想象得高远。

这些信息得不出胡立君到底有没有再追文一梦的结论，但聊胜于无，我也能据此想象他们在省城的生活，以及感慨彼此之间的差距。有时候我甚至觉得我们辛辛苦苦上高中是错的，人家才是对的，不过一想到文一梦在信里对我的提醒，想起我们的约定，也只好安慰自己，也许将来会好吧。

　　将来当然是会好的，但到达将来需要熬过现在，熬过当下，这是真正的挑战。几乎任何人都会对我们说，高三很快就会到来，高考也就是两三年后的事情，大学近在咫尺，可是对于我们每天过着重复、单调、无聊的学习生活的人来说，高考漫长而又遥远，我们关心的是如何熬过当下的每一天，至于两三年后的事情，拜托，先让这一刻爽起来吧。

　　不知从什么时候开始，我们经常在学校广播台里听到一首歌：《流星雨》。伴随这首歌的广播一般都有这样的开头：XXX，明天是你的生日，这里为你点上一首《流星雨》，祝愿你能看见自己的幸福所在。或者：XXX，我知道你最近不开心，都是我的错，一首《流星雨》送给你，期待风再大你也不会迷失未来的方向。再或者：XXX，好好学习，一起加油，希望未来有机会我们一起去看流星雨……接着，一个有点忧伤的声音唱出这样的歌词：

　　　　温柔的星空应该让你感动

　　　　我在你身后为你布置一片天空

　　　　不准你难过替你摆平寂寞

　　　　梦想的重量全部都交给我

　　　　牵你手跟着我走

风再大又怎样你有了我

再也不会迷路方向

陪你去看流星雨落在这地球上

让你的泪落在我肩膀

要你相信我的爱只肯为你勇敢

你会看见幸福的所在

伤感若太多心丢给我保护

疲倦的烟火我会替你都赶走

灿烂的言语只能点缀感情

如果我沉默因为我真的爱你

牵你手跟着我走

风再大又怎样你有了我

再也不会迷路方向

陪你去看流星雨落在这地球上

让你的泪落在我肩膀

要你相信我的爱只肯为你勇敢

你会看见幸福的所在

雨和云渐渐散开

洒下一片温暖

我要分享你眼中的泪光

陪你去看流星雨落在这地球上

让你的泪落在我肩膀

要你相信我的爱只肯为你勇敢

你会看见幸福的所在

陪你去看流星雨落在这地球上

让你的泪落在我肩膀

要你相信我的爱只肯为你勇敢

你会看见幸福的所在

很快，周围就有很多女生传唱这首歌，还流行抄歌词，笔记本上到处都是这首歌的歌词，还配上男生和女生牵手的图案等，从而寄托自己的青春憧憬。我发现，班上很多连一篇简短的课文都背不了的女生，一提起这首歌的歌词却张口即来。看来，又一波流行文化闯进校园了。

108

我们从女生那里知道，这是《流星花园》的片尾曲，它是一部台湾拍的电视剧：故事开始于一所超级白金学院，它是四大家族为培养优秀后代而创立的，身为四大家族之后的F4在学校里的地位便可想而知。杉菜，一介平凡女子，带着父母要她飞上枝头变凤凰的梦想来到这里，好友李真不小心触怒了F4为首的道明寺，引发杉菜为友情出头，从此展开了她与F4之间的爱恨情仇。

从这部电视剧里，我们知道了一个名字：F4，之前我们都以为F4是赛车呢。对于我们男生来说，不明白这样的电视剧为什么会火，问女生，常见的回答是个反问句：那你们说《古惑仔》为什么会火呢？

《古惑仔》会火我们能给出一万条理由，那《流星花园》呢？这时候我们发现，谈论一部我们都没有看过的电视剧为什么会火是个荒唐的事情，于是我们溜出学校，在附近的饭店里看了这部电视剧。说实在的，我们男生都觉得这样的情景离我们太遥远，首先是里面的女生我们身边没有，其次那些男的看起来都不食人间烟火，每个人都不用为生活和未来发愁，而且随时都能找到姑娘，这是我们做梦都没有想到的。而《古惑仔》不同，里面的故事随时在我们身边上演，我们也乐于模仿里面的人物，但《流星花园》呢？我们除了能意淫一下剧中的女生，还能怎么样呢？

尽管我们男生觉得太遥远，但丝毫没有影响这个片子的火爆程度，随之火爆的还有《情非得已》《你要的爱》等几首歌，整个学校随处都能听到荒腔走调的歌声，校园广播放个不停，周围的人都在蠢蠢欲动。不知从何时开始，身边谈恋爱的多了起来，情侣扎堆，甚至公开牵手和在食堂喂饭的也大有人在。我们不由惊呼，由这首歌催生的恋爱季真真切切地到来了。

109

在这恋爱的季节，我身边却没有女朋友，像个孤魂野鬼一样游荡在高中校园里，眼馋着周围的情侣来来往往。每当这些时候我都会想起文一梦，想她此刻在干什么？恋爱了吗？是不是和胡立君在一起了？她会想起我吗⋯⋯

除了想念，别的我能干什么呢？我曾给她写过一封信，写在一张以《流星花园》为背景的信纸上，那种纸还散发着一种淡淡的香味，好看的图案一度让我无法下笔。犹豫了半天，我还是写了那封信，信里写了我的近况，还有未来的打算，当然是好好学习争取考上好大学之类的，又问了她的情况，言语中除了透露对她的思念，还旁敲侧击问了她是否交了男朋友等等，心中暗自得意自己用语巧妙。信里我甚至想引用一下《流星雨》的歌词，期待有朝一日和她一起去看流星雨，可犹豫了半天，还是觉得不合适，毕竟我们目前这种关系很难形容，远非看流星雨那么简单。

110

　　文一梦在半个月后给我回了信，说这是她利用一个周末给我写的，信写得不长，但看得出来很用心思。和我相比，文一梦用的信纸略显普通，是一张纯白色的A4打印纸，不过她的字看起来很秀气，以前文一梦就是我们中写字最好看的，进了师专后写得更好看了。

　　信里，文一梦说她们学校的学生也在看《流星花园》，她也追了这部剧，不过大学毕竟和高中不一样，大家毕业后就直接面对社会了，还是会为将来的工作担心。很多学生平时没课或周末的时候会到外面做家教，或者到市里的一些打工子弟学校代课，甚至还到一些商场里兼职赚外快等等，总之都挺忙的。她在一个打工子弟学校也找到了一份代课的工作，周末去半天，主要是给孩子们补习。这些孩子没有纳入政府的支持范畴，条件都比较简陋，学习进度和效果也比公办学校差很多。老师们工资不高，周末自然不愿意给孩子们补课，学校就找了他们这些大学生，半天给100块，算起来不多，可是文一梦也不是为了钱，她读师范本来花不了多少钱，而且她家也不缺钱，她主要是为了积累经验，将来当了老师肯定用得着。

文一梦在信里告诉我，胡立君去学校找过她几次，但她周末太忙，也没多聊，只有一次在老乡聚餐会上大家一起吃了顿饭。听她说胡立君在市里活得很潇洒，周末常跟一帮户外自行车骑行者聚在一起。他还参加了校队，代表他们学校和文一梦所在的学校比赛过，总之看起来已经不像从农村走出去的孩子了。我想到了胡立君以前和我们在一起的情形，觉得这孩子变化之大让人惊讶，又进而觉得省城简直就是天堂，而我们在县中就像地狱。

从文一梦的信里，我再次感觉到，这是一个心思比我们成熟得多的女生，和她相比，我的那些小心思不值一提。文一梦一如既往地提醒我抓紧学习，高中是个很重要的阶段，我们这拨同学中，考上重点高中的没几个，让我一定好好珍惜。她说学校里的恋爱都是随心起意，没有任何基础，劝我不要跟风。信里她还提到了李天天、何小飞两位老同学，让我代她问好，提醒我们有机会聚聚，越到高年级时间越紧，大家可能很难再找到往昔的感觉了。

看了文一梦的信，我惭愧得无以复加，好像一个大人跟一个还不太懂事的孩子谈心一样，但是又不会让我感到不平等，而是自然而然，她就像一个大姐，春风化雨，涓涓细流，直入我心。

111

我把文一梦的意思转达给了李天天和何小飞，他们俩尽管和我同一年级，但是班级隔得很远，又不住在同一栋宿舍楼上，平时来往也不多，只是有时候放假一起回镇上才能聚在一起。其实，很重要的一个原因是，我们彼此心里都较着一股劲儿，都想比别人的成绩更好些，某种程度上说，"别人家的孩子"这种潜在的无形压力，让我们既亲切又疏离。

何小飞笑我，"还没忘记文一梦啊？"我说："都是老同学，写个信不是很正常嘛。"何小飞说："老同学？怎么我都没有写信啊，偏偏你写呢？"我还没有回答，李天天搭话了，"现在不是你一个人了啊，胡立君也加入这个队伍了。"我一愣，胡立君也给文一梦写信吗？他们都在省城，没必要吧。而且你怎么知道的呢？李天天看穿一切地说："我也是听胡立君上次给我打电话时偶尔说的，现在不是流行用《流星花园》信纸给女生写信吗？他说他也给文一梦写了一封，但文一梦没什么反应，看来你暂时占上风啊！祝贺祝贺！你得请客。"我心里一惊，文一梦在信里没告诉我这个啊，看来胡立君跟到了省城动作不少呢，不过我还是装作一副无所谓的样子，请何小飞和李天天在学校食堂的小灶吃了一顿饭，花了我差不多一个星期的伙食费。

向文一梦求证这事的念头一冒出来就被我理智地否决了，我算老几啊，文一梦现在跟我什么关系呢？想了半天，就是老同学关系，或者就是前恋人关系，这种关系下我问人家的私人问题合适吗？不合适，无论如何都不合适。我有点恨胡立君了，这小子怎么从小就一直跟我作对呢？我恨不得马上坐车到省城当着他的面问个明白，可这有什么用呢？人家本来就是为了文一梦去的省城啊。

在这似乎每个男生和女生都在一起看流星雨的季节，我却感到前所未有的怅然和落寞，每天麻木地面对着不断重复的生活，行尸走肉般出现于教室、食堂、宿舍、厕所，直到我认识了苗苗。

认识苗苗是在一次班级的例行检查中。学校政教处不定期组织班长到其他班级进行检查，检查的内容包括班级纪律秩序和卫生情况等，然后打分计入各班的考评，班级评优和班主任评优都和打分密切相关，再加上检查是临时进行的，所以各班都很紧张。

一天正值晚自习，我们随政教处的一位老师到隔壁班进行检查，刚走进教室就响起了一阵嘘声，大家赶紧坐正了身子，一瞬间做好了认真上自习课的样子。这是自然反应，我们习以为常，检查时走进哪个班级都会这样。可是我顺着过道往里面走的时候，发现一个穿一身纯白色连衣裙的女生深埋着头，似乎在专心地干着什么，完全没有意识到有人走进了教室。

我走到这个女生面前，低头一看，她正在临摹《流星花园》的招贴画，是一对情侣在一起看星星的画面，大部分已经临摹完了，正在添星星呢。不知怎么的，我突然伸手把这张临摹画揭了起来，女孩吓坏了，抬起头愣愣看着我。她知道，自习课是不允许干这个的，要是我把这个东西交给了她的班主任，那她可能就要因此受罚了。

我看到了一张娃娃般的圆脸，白乎乎的，还透着一点可爱的红晕，头发是刚洗过的样子，洗发水显然是劣质的，味道有点刺鼻。我一时不知该怎么办，也不好多停留，直接把那张临摹画拿走了。

113

我没有把这张画交给她的班主任或者班长，而是压在了课本里。但是如何处置呢？是把这幅画送回去，还是自己留着？自己留着似乎不好，这等于抢人家女生的东西。想了半天，我决定送回去，但又临时起意，把缺的几个星星补了上去，这样就是一张完整的临摹，送回去想必也不会怪罪我吧。

就在我打算把这幅画送回去的时候，女孩来找我了。她托人把我叫到班级外面走廊的拐角处，带着有点紧张但又认真的表情向我道歉，求我千万不要把那张画交给他们的班长或班主任，否则她就成了班级公敌了。我本来想卖个关子，逗一下这位女生，可是看到她的样子，又于心不忍，便把那幅画拿了出来。她看到画已经临摹完毕很惊讶，欢喜地拿了画，道了好几声谢，跑回自己教室了。

很快我便知道这个女孩叫苗苗，是隔壁班的，据说她不太跟别人接触，总是在做自己的事情，成绩不上不下，穿衣打扮既不像有些女生那么土，也不像有些女生那么跟风，看起来很舒服，我觉得高中生就应该是这个样吧。

本来这事就这样过去了，但有一天我要出一期关于《流星花园》的主题板报，需要画一张《流星花园》的招贴画，我想起了苗苗，想请她帮我画一张，她很快同意了，为了感谢，我送了她一沓《流星花园》主题信纸，散发着淡淡香气的那种。一来二往，彼此熟了之后，我们相约要一起去看流星雨了。

114

不久后的周日下午，我们听到校园广播说，根据气象预报，下周三将有一次流星雨划过，时间在晚上的11点半左右，我们学校刚好在最佳观测范围内。校园广播说着无意，但我们听着有心，流星雨啊，尽管我们学校比《流星花园》里的那个学院差了不止一万倍，但是每个受《流星花园》和歌曲《流星雨》感染的情侣，似乎都有一颗和对方一起去看流星雨的心愿，想想那该是怎样的一种浪漫呢。

第二天中午吃饭的时候，我托别人送给苗苗一个纸条，说想和她一起去看流星雨。苗苗在下午放学后回了一个纸条，说她也想看，但是平时又出不了校园，不到10点学校宿舍楼就关门了，没地方可看啊。我琢磨了半天，告诉她我自有办法，让她一定保密，周三晚自习后留在教室等我就好。苗苗回了一个纸条，上面一个大大惊讶的表情，夸张得让我觉得好笑。

115

周三天气晴朗，这预示着晚上的流星雨会很漂亮。我早早准备了一堆零食堆在抽屉里，好不容易等上完了晚自习，我先悄悄溜到了厕所，等外面没什么人的时候，再悄悄出来，溜到了苗苗班级的窗户下。苗苗教室的灯只开了一盏，她一个人躲在墙角的一个座位上，就像一只小猫静静等待老鼠的出现。我轻轻敲了下玻璃，苗苗惊恐地抬起头，看到我出现在窗户外面，这才跑了出来，带着责备不解的表情问我到底在干什么啊，看流星雨这么浪漫的事情，被我搞得像做贼一样呢。

安抚了一下苗苗，我把教室的灯灭了，锁上门，和她一起溜进我的教室。我带着教室的钥匙，只要教学楼的大门不上锁，我随时都可以进出。我从抽屉里拿出一堆零食，告诉苗苗这花了我差不多一个星期的生活费，苗苗一看更惊讶了，问这是干什么，该不会在教室过夜吧？我告诉她正是，我们要在教学楼上看流星雨！苗苗惊得合不拢嘴，觉得这样太疯狂了。我安抚她没关系的，一切看我的就好了。苗苗还是不放心，说她不回宿舍万一被查出来怎么向学校交代呢？万一学校又告诉了她的父母怎么办？这可是夜不归宿啊！说着她就要哭出来了。我又是好生安慰，可是不仅没起到作用，还被她痛斥："亏你想的好主意，要知道你这么干，我肯定就不来了。"说着她甩开我的手，就要往楼下跑。

就在这时，我听到楼梯上传来笨重的脚步声，没错，查楼大爷来了。我紧紧拉住苗苗，关了灯，把门掩上，悄悄藏在楼道尽头的阳台上。阳台的门一般都是锁起来的，但是被一帮躲着抽烟、谈恋爱的小子撬了锁，平时都虚掩着，一推就开了。

查楼大爷没有发现我们，等到他的声音远去，我告诉苗苗，这时候下楼也晚了，教学楼肯定锁上了。没好气的苗苗直接给了我一小拳，趁此机会我把她拉过来抱在怀里，带着吓唬的口气说："别乱动啊，现在就我们俩，小心我干坏事。"苗苗说你敢干坏事我就喊人，我说你敢喊人我就往下跳，到时候你赔我命来……两人逗了一会儿嘴，苗苗怒气渐消，我看了一下表，这时候已经是晚上10点半了，于是赶紧跑回教室，搬出两把凳子，抱出买的一堆零食，拿出苗苗最喜欢的巧克力棒，我打开一瓶可乐，两人趴在教学楼5层的楼道阳台上，望着黑暗中透着微蓝的天空，漫无边际地看着漫天的繁星，等待着流星雨划过。

11点过一刻的时候，流星雨还没有来，苗苗有点不高兴了，其实她一直心神不定，看来还在为回不去宿舍而担心。我只好调动全部逗女生的本领，又是给她递零食，又是把自己的外套脱下来披在她身上，好不殷勤。时令已过中秋，时间越接近凌晨温度越低，我一边安抚苗苗，一边期待流星雨早日来临。

也许看在了有情人的份上，快凌晨的时候，流星雨终于出现在了天空中。我使劲拍了一下苗苗，用手指着天空，"看，来了。"在我手指的方向，一群小星星像快速飞过的鸟群，带着耀眼的光芒，"唰"的一下从黑色的幕布上划过，仔细看，似乎还能看到尾巴上留下的光痕。

这就是流星雨吗？正在我们遗憾是不是就这么完了，突然又一波流星雨出现了，接着又是一波，比刚才划过的流星群更大、更漂亮，无数带着金色光芒的小星星像在黑色的跑道上冲刺，争先恐后划过天幕，消失在我们视野不及的地方。整个天空仿佛被点亮了，我们目不暇接，似乎一不留神，星星就从我们眼前消失了。

这场流星雨持续了大约半个小时，天空才平静下来，原先的星星们更加明亮了，星罗棋布地分散在黑漆漆的天空，像是在为刚才的流星守夜。我们如梦初醒，觉得这场流星雨比《流星花园》里的还要精彩，比我们想象的还要壮观。苗苗心情大好，把刚才的不快忘得一干二净，感叹这么美丽的流星雨，整个学校只有我们俩看到了，既惋惜又开心。我告诉苗苗，这还是场双子座流星雨，和她的星座一样。苗苗觉得不可思议，一脸感动。其实我是瞎说的，后来才知道，十二星座中的双子座和流星雨中的双子座没有一点关系，一个在每年的5月到6月之间，一个在每年的年底，如果说真的有关系，也许就是这两者都多变吧。

116

浪漫过后是漫长的煎熬。凌晨1点左右，我和苗苗吃光了零食，诉完了衷肠，收拾了现场，钻进了教室。我们把教室门反锁上，在墙角拼了两张桌子，两人紧紧趴在桌子上，就当睡觉了。漫漫长夜，寂静和越来越低的温度让我们睡意全无，苗苗怕冷，不断往我这边挤，我已经把外套都脱了盖在她身上，接下来该怎么办呢？

越挤越紧，不知什么时候我们已经脸贴脸了，她略带颤抖的呼吸和绵软的身体，以及散发着的体香气息，很快激起了我身体的反应，欲望冲破了冷静，我把手悄悄伸到了她胳膊下面。苗苗挣扎了一下，把身体挪得离我远了一些，我直接凑上去，带着紧张的情绪，把急促喘息的嘴巴贴在了她的脸上。苗苗一阵颤抖，似乎又要躲，但被我紧紧拉住，笨拙地任嘴在她脸上扫荡，一寸寸逼近脸颊、鼻子、腮帮，在漆黑一团的夜，我的嘴巴仿佛长了眼睛，稳稳压在了她喘着大气的嘴巴上。两个嘴巴相对，我像饿了很久突然见到了食物似的，不顾一切咀嚼了起来。苗苗不断往后退，但是身体被我紧紧抱着，没有一点后退的余地。咀嚼了一会儿，她似乎放松了下来，开始任我侵袭。

……　　　别人家的孩子和我

抚摸似乎是人类的本能，就在我和苗苗亲吻的同时，我的双手也开始了进攻。我从苗苗的上衣角里伸进去，先是摸到了隔着皮肤的一层内衣，当确定没有摸到肌肤后，又退了出来从内衣下面往里摸，刚摸到圆圆的胸罩，就被苗苗紧紧夹住，不让我再越雷池一步。这时候箭在弦上，我准备从另外的方向偷袭，但是被苗苗夹住动弹不得，只好用另一只手紧紧抱住她，一边亲吻一边寻找机会。

　　吻了一会儿，苗苗放松了警惕，我使劲把手伸进她圆圆的胸罩里，但是胸罩太紧了，我的手被勒得伸不开手指。停了片刻，我又使劲往里伸，终于摸到了苗苗绵绵的胸，那块肌肤就像就用丝绸做的，圆润无比，像一块温暖的玉。在我的揉捏中，感觉上面那个小圆点开始神奇地变大，在我的指间来回抖动，我就像在挑逗一个调皮的孩子，仿佛这是世界上最有趣的游戏了。那一刻，我终于体会到了爱不释手是种什么样的感觉。

　　苗苗被抚摸得难受——后来才知道，她是被撑得难受，她的胸罩本来就小，又塞进了我整只手，勒得她快要喘不过气。拿开我的手是徒劳的，她已经意识到，我就像一个调皮的孩子找到了人间乐园，不可能离开了。于是她把我的嘴推开，解开扣子，引导我的手伸到后面，转了个身，示意我解开背扣。这是我第一次解女生的胸罩，双手不停颤抖，半天没有解开。这时苗苗深吸了一口气，缩了下身子，双手绕到背后，就像变魔术一般，"嘭"的一下，前面的胸罩张开了。我跨过了大门，正式走进极乐世界，撩开她的上衣，完整地看到她的双乳摆在我面前，那一刻我晕眩了。两只乳房不大，但是白白的、圆乎乎的，上面点缀着一个小凸起，右边那个被我挤压得太用力，似乎还缩在乳房里面。看见这两只小胸，我想起了妈妈以前做的馒头，我恨不得一口咬在嘴里。

苗苗看出了我的心思，想把我推开，但说时迟那时快，我还是扑了上去，把嘴压在了上面。苗苗完全没有想到我会这样，急得大叫，但是已经晚了。无奈，她只好任我用手和嘴巴在她的小胸上来回磨蹭，一开始她完全被动，过了一会儿似乎有了反应，紧紧抱着我的头，拥在她怀里，急促喘着气，一呼一吸的，像在呼应着我在她胸前的各种动作。

折腾了半晌，当苗苗发现我的一只手想要往她裤子里塞的时候，她一把推开我，迅速拉下衣领，紧紧裹住衣服，用狠狠的口气说："别得寸进尺啊！"我双眼迷离，以为苗苗在跟我嗔怒，又想把手往她裤子里塞，没想到她用力把我的手甩开，吼了起来："没完啊，我第一次你知道吗？"我像被突然泼了一盆水，冷静下来，本来想告诉苗苗，我也是第一次，但看到苗苗愤怒的样子，觉得这话说出来可能要被她骂，于是捡起地上的衣服拍打干净，轻轻给她披上，慢慢把她抱在怀里，用自己的身体捂着她，保护着她娇小的身躯，以免寒夜的侵袭。过了一会儿，我感觉苗苗的怒气消了，她的身体又变得柔软起来，任我抱着，但是我已经没有了刚才的冲动，只是在想如何让苗苗安稳地睡一觉，天亮后早点走出教学楼。

117

苗苗在我怀里沉沉睡去，可我一晚都没睡着。快天亮的时候，我用了好半天才把她叫醒，然后把桌子和凳子摆回原位，把零食的垃圾

　　　…　　　别人家的孩子和我

收进了袋子里，打扫了现场，锁了教室门，带着苗苗溜到了教学楼的大门口。五点半的时候，楼管大爷准时开了门，待他离开，我们悄悄溜出门外，长舒了一口气。

这时离上早自习还有约莫一个小时，女生宿舍楼的灯已经亮了，大门也已经打开，苗苗趁机钻回了宿舍楼，和衣在床上躺了半个小时，洗漱了一下才又下楼，开始一天的学习和生活。我直接跑到了学校后面的食堂，要了几根油条一碗馄饨，吃了个一干二净，等差不多快要上早自习时，又匆匆返回了教学楼。

还好，那几天查寝不算严，苗苗谎称那晚她拉肚子在厕所蹲了半天，于是楼管大妈嘘寒问暖了一下，确认无碍后这事就算过去了。其他几个女生沉浸在《流星花园》的浪漫想象中，根本顾不上关注其他人，苗苗对他们来说无非是空气。

后来才知道，那晚我不小心弄坏了苗苗的胸罩，苗苗洗了以后，只好晾晒在宿舍楼的阳台栏杆上，收也懒得收了。那几天我去食堂吃饭时路过女生宿舍楼，一抬头就能看到那个挂在阳台上、背带轻轻垂下的纯白色胸罩，就像一只折了旗杆的旗子在风中飘。我觉得自己就像拿下这只旗子的将军，威武雄壮，但是这种自豪感不能告诉任何人，只能暗自开心，暗自回味着自己和这只胸罩的秘密。

几天后我突然良心发现，觉得自己这种骄傲特别变态，想给苗苗买个新的弥补一下，但自己从来没有买过这种东西，尺寸和质地更是一头雾水，而且作为一个男生去买这种东西肯定会引起别人非议。我决定给钱，可不想被苗苗骂了一顿。

118

　　高三第一个学期就这样结束了，高中只剩下最后半年，高考近在眼前。学校让我们年后提前到校，开学的日子就定在了2月16日。掐指一算，过了这个春节，我们要到情人节后才能见面了，这对热恋中的人来说是残酷的。于是放假前我们约定，一起在2月14日的中午返校，过我们人生中的第一个情人节。

　　2月14日过情人节这个潮流不知是从什么时候兴起的，以至于我们一进校就很期待这个日子。不过高一高二时2月14日都在寒假中，大家各自都在家，这一天除了偷偷打个电话，也干不了别的。高三就不同了，开学提前，这为我们过情人节提供了方便。再说这也是高中时代最后一个情人节了，要是没有和自己的恋人一起过，不知道会留下多少遗憾。

　　我和苗苗下午3点到了学校，这时学校已经有一些人了，尽管还没有正式开学，但为了方便提前到校复习的学生，学校开放了部分宿舍。我们把东西放在宿舍，就一起出去吃饭。

　　饭后已是晚上7点，我拉着苗苗在县城转悠。我们在县城上学已经两年多了，但是出来逛的机会很少，对县城并不熟悉。在透着寒气的晚上，在昏黄的路灯下，苗苗有些兴奋，轧着马路边砖砌的花坛，摇摇晃晃往前走，就像张开双臂单脚走在火车道上。

　　到底是情人节了，街道上有不少情侣来来往往，有些就是我们学

　　　　　…　　　　　别人家的孩子和我

校的，甚至我们都认识，但此刻我们都心照不宣地漠视对方的存在，连打个招呼的想法都没有。不过一走远，我就和苗苗窃窃私语对方的闲话，诸如"没想到他们俩也在一起了""平时看起来不近女色的人，什么时候开始恋爱的""那不是我们隔壁班的那个男人婆吗？她怎么也会有人喜欢""你猜他们接吻没有啊""XXX这已经是第三个女朋友了吧"……诸如此类的，我想对方也一定在这样议论我们吧。看来，在单调的生活中，单纯的外表下，其实都隐藏着一颗颗骚动不安的心。显然，我们将来会忘记在学校里学到的一切，但我们不会忘记身边的姑娘，甚至还会不断思念。

县城本来不大，我们晃悠了一圈，几乎没地方可去了，回学校吧，这时候已经是晚上10点，是否还能回宿舍我们心里都没底，可是不回宿舍又能去哪里呢？难道就在这冰凉的夜里晃悠下去吗？我看着苗苗，这时候一个大胆的想法冒了出来：就在县城的宾馆里过夜！

不出所料，苗苗的反应非常惊讶，在表达了种种不愿之后，终于被我的种种"哀求"打动，勉强答应。第一步得逞，我甚至开始想象我们一起在宾馆的情景，内心禁不住狂喜。但没想到，摆在我面前的还有种种挑战，给我第一次和女生开房留下了难忘的记忆。

119

我们就近来到一家宾馆，看着挺高档——这是我们第一次进宾馆，高档是没有可比性的，也许所有的宾馆在我们看来都是高档的，因为这和我们平时的生活相比，真的是高高在上。首先考虑的是钱，问了下价格，最便宜的要60块，这是我们俩将近半月的生活费，我摸了摸口袋，本想一咬牙答应了，但是被苗苗一把拉走，住一晚就这么多钱，她是无论如何都不能接受的。

我们来到另一家宾馆，这次价格便宜了20，我和苗苗商量了一下，一咬牙决定住下，毕竟很晚了。但是服务员首先要的不是钱，而是我们的身份证。身份证？为了高考，我已经办了身份证，但是觉得这东西远没有学生证有用，平时根本不带在身上。而苗苗甚至还没有办，她的身份证要到高考前才能拿到手。

之前我们从没想过身份证，觉得住店唯一考虑的就是价格了，没想到被身份证卡住了，没想到在我们这个小小的县城，身份证竟然成了不能住店的理由，而不是钱。

没有身份证，苗苗正好找到了回学校的理由，但是我还想做最后一搏，毕竟这是我好不容易哀求来的"第一次"，轻易放弃，这个情人节就太悲催了。我一边安抚苗苗，一边继续寻找可以容留我们的"宾馆"——这时我只祈求有个地方容我们过一夜就好了，不管是不是宾馆。

没走几步，我们看到有个巷子亮着一块招牌，上面写着"24小时住宿"的字样，我拖着苗苗走了进去。店主是个老头，看样子挺精明，我问了价格，一晚20元，这在我们的承受范围内。正准备掏钱，老头让我们出示身份证，有了前两次住店的教训，这次我们多了个心眼，装作可怜的样子说我们还小，没有身份证。

老头一看急了，"没证怎么住哪，公安局要是查到了，我这店得关门的。"我们不说话，老头又接着问："你们多大啦？"我灵机一动，"我14了，她12岁，像我们这么大的都还没有身份证呢。"老头盯着我们一看再看，觉得我们不像坏人，说："这样吧，身份证就算了，万一被公安查到了算我倒霉。给你们开两间房，一间15，两间算30，掏钱吧。"

我一听赶忙说："我们要一间房就够了！"说着拉住苗苗的手，苗苗也赶紧往我身边靠了一下。

住一间？老头又是一个夸张的表情，"你们一男一女什么关系，敢住一间？"我临时编了个谎言，说我们是兄妹，来县城找亲戚但没找到，所以才不得已住店。老头转着眼珠子观察了我们半天，似乎觉得刚过完年也没什么生意，于是横了心，"看你们也怪可怜的，既然这样，那就给你们开一间房吧，两张床，算20，可以吧。不能再找理由了！"我赶紧掏了钱，由一个老太婆带着上了二楼一个简易的房间里。老太婆交给我一把钥匙，催我们赶紧休息，说完自己就下了楼。

120

房间除了两张床和一张桌子，其他再无任何摆设，地板凸凹不平，墙面也是用陈旧的报纸裱糊的，窗口的玻璃好像碎了一角，只好用窗帘紧紧扯住，好像一阵风就能吹下来。两张床中间隔着一张简单的桌子，上面放着一包劣质的卫生纸，其他再无一物，除了厚厚的灰尘。床上是两套颜色不同的被子，歪歪斜斜堆着，和我们在学校的宿舍没有两样。

尽管如此，我还是庆幸有地方住了，终于可以和苗苗同床共枕了，但我努力掩饰着自己内心的狂喜，因为我明显看到苗苗不怎么开心。我故作镇定自嘲了几句，检查了门窗，确保反锁后才放心。这时县城的老钟已经敲响了12下，看来已经是晚上12点了。长夜漫漫而又寒冷，我尴尬地提议我们可以睡觉了——我尽量避免用"上床"这样的字眼，我担心苗苗随时会翻脸。

苗苗不情愿地坐在里面那张床的床沿上，我则坐在靠窗户的那张床，好言相劝半天，苗苗终于肯上床睡觉，但是她留下狠话，告诫我不准乱来，我嘴上哼哼着，但心早已飞到了她的床上。苗苗脱了鞋子，和衣囫囵地用被子紧紧一裹，像个刺猬一样缩在了床上。我也只好脱了鞋子，哆嗦着关了灯，一溜烟钻进了被窝，心里不停琢磨如何才能尽快缩短两张床之间的距离，把我们两个人变成一个人，把我们的第一次留在县城这个简陋的房间里。此刻，我觉得我的挑战才真正开始。

121

我故作平静地躺在床上，内心却翻江倒海，想了无数的方法，都觉得实施起来难度太大，最后只好横下一条心，以"太冷了睡不着，两个人一起睡暖和点"为由，抱着被子跨越了两张床之间的鸿沟，不由分说躺在了她身边，生怕她一用力把我推到了床下。

苗苗的反应没我想象得那么强烈，也许她已经想到了这样的结果，也许在她脑海里已经想象过这样的场景。尽管如此，她还是把身子缩得像个刺猬，让我无法接近。我躺在她身边喘了几口粗气，平复了一下紧张的情绪，把被子盖好，然后琢磨下一步该怎么办。这时候想这种问题是徒劳的，计划赶不上变化，即使想得再好，也扛不住体

　　　……　　　别人家的孩子和我

内几乎要爆棚的荷尔蒙。索性，勇敢一点吧……

122

我们是第二天中午回到学校的，这时候高三已经正式开学，学校里人来人往。即将毕业，有些胆大的情侣觉得熬到了头，开始在学校公开牵手了。我和苗苗没有牵手，但比起那些牵手秀恩爱的，我们才是真正的情侣。

我们紧紧挨着走在校园里，别人看不出异样来，但我自己觉得已经发生了天翻地覆的变化。昨晚那一夜，不管结果如何，我们都已经把第一次给了对方。对我而言，我从身体和思想上都觉得不再是未成年了，尽管我还没有过18岁的门槛。

迈出这一步不是没有代价。苗苗很长时间都陷在怀孕的恐惧中，尽管我们并没有捅破最后一层纸，但是她对这种事的认识还停留在只要一接触就会怀孕的阶段，总是担惊受怕，直到找到一个在妇产科工作的朋友检查了以后，才知道只是那层薄膜破了一点而已，其他并无任何变化，这才终于安下心来。

123

我知道文一梦和胡立君恋爱的消息是在情人节后不久，是何小飞无意中说起的。

一次在食堂吃饭，何小飞感慨，"我们还在上学的这些同学里，就你和文一梦最幸福了。"我反驳，"我们的事情早过去了好不好。"何小飞说："没有啊，现在你沉浸在恋爱的幸福中，文一梦也一样，其他的像我和李天天只能意淫了，你们不幸福谁幸福啊？"文一梦也恋爱了？

"和谁？"我边吃边问。这时候一边不说话的李天天抢话，"和谁？当然是胡立君啊。他跟去了省城，近水楼台先得月啊。早知道我也考省城去了。"随即何小飞和李天天大笑起来，而我却惊得不知所措，"你们怎么知道的？什么时候的事啊？"何小飞似乎看出了什么，打起哈哈，说他们也是从省城回来的同学那里知道的，具体什么时候开始他们也不清楚。接着又拍着我的肩膀安慰，"算了，现在你们都挺幸福的，不是很好吗？何必呢？"

我一把甩开何小飞的胳膊，"我们都是过去时了，她现在和谁谈恋爱管我什么事啊！"我本来想要装出一副无所谓的样子，但是我的表情和动作刚好相反，反而暴露了自己的真实想法。何小飞和李天天一看这阵势，只好面面相觑，随即吧嗒吧嗒吃起饭来，留我一个人在边上发飙。

124

我不愿意承认文一梦恋爱这个事实，更不愿意承认文一梦和胡立君恋爱这个事实，尽管我一直都明白这是随时都可能发生的。为什么不愿意承认呢？我想了半天，也没有想出所以然，只好给自己一个答案，那就是我在心底里仍然是爱着文一梦的。恋爱是自私的，尽管我们初中毕业时就分手了，但是我一直在心里想着她。尽管胡立君也跟去了省城，尽管我知道他追上文一梦的可能性很大，但是我一直自欺欺人，直到听到这个消息无法再欺骗自己为止。从这点来说，我有些恨何小飞和李天天了，如果他们不告诉我，也许我可以一直自欺下去，这样就不会在高考前遭受这种痛苦了。

我一直还喜欢文一梦，但是我为什么又和苗苗谈起了恋爱呢？这只能说是荷尔蒙使然，而且和苗苗在一起后，更让我确信我还爱着文一梦。我曾反问过自己，我和文一梦在一起那么长时间，为什么我们之间没有发生第一次呢？答案用一句电影台词可以概括：喜欢就会放肆，但爱就是克制。和苗苗恋爱后我经常想起一句话：青梅枯萎，竹马老去，从此我爱的人都像你。还有一句：我一辈子只爱过一个人，后来爱的人都是你的影子。

我曾想去信向文一梦核实此事，想了半天，打消了念头，何必把双方都置于尴尬的境地呢？难道让她亲口承认我才会死心吗？那样也许会更受伤吧。再说我凭什么呢？我又是她什么人呢？我们初中毕业到现在一直是分手状态，除了同学关系，没有别的关系了。再退一步说，我都恋爱了，有何权力阻止文一梦恋爱呢？

也许我在意的是胡立君，可是胡立君也付出了很大代价啊，人家都跟去省城了，我又做了什么呢？不得不说，在这件事上，我真的是输给了这个"别人家的孩子"了，输得很惨。我想起小时候我妈总拿我和胡立君相比，我从来不服气，但是这一次，我服了。

情绪低落了几天，我终于意识到，不能再这么低沉下去了，高考只剩下不多的时间，如果高考考不好，不仅会失去文一梦，还会失去我自己，失去一切。我拿起了比中考时更夸张的劲头，没日没夜地为高考拼命。

留给我们的时间越来越少，开学不久，学校宣布，根据国家的安排，高考从此前的7月7日、8日、9日三天提前到6月的7日、8日、9日，整整提前了一个月，在剩下不到4个月的时间里，我必须拼搏一把。

苗苗没想到我会有这么大的转变，之前她曾多次劝我好好复习，把心思放在高考上，但我似乎从来没放在心上。没想到几日不见，她眼中的我已是一副和高考拼命的架势，她只好转变态度，提醒我注意休息，劳逸结合，高考就是一次考试，没必要太紧张了之类等。

我不能告诉苗苗我为何而变，否则又会遭遇一场剧变，有时候不知道一些事会开心，知道了反而会痛苦，就像我知道了文一梦恋爱的消息一样。

不独苗苗，连何小飞、李天天都惊讶于我的转变。他们不知是何种原因导致了我如此拼命，文一梦恋爱也没有导致我失恋啊？难道我想拼命考上大学到省城把文一梦抢过来不成？他们似乎想不出别的理由，只能认为我在和他们竞争，于是他们也加入了拼命的行列，开始了昏天黑地的学习，恨不能晚上不睡觉才好。

126

就在我们沉浸于高强度的高考复习中时，一件事情发生了。这件事不仅我们没想到，整个国家也没想到，学校内外一切正常的秩序瞬间被打乱，虽然高考近在眼前，但我们都担心熬不到高考了，一种悲伤的氛围笼罩了学校。大家复习的进度明显慢了下来，就像一根绷紧的绳子突然之间松弛了，我们晃晃悠悠地待在校园里，不知该如何是好。

这件事就是2003年初爆发的非典。这场发端于香港和广东沿海城市，后来肆虐整个大陆的传染病至今想来仍让人心有余悸，不过处在一个内陆的小县城，非典刚爆发时我们没有任何反应，偶尔在学校门口的电视里看到相关的新闻报道，觉得和之前类似的报道没有区别，更想不到这场疫情会影响到我们。

127

这时已经是2003年的4月中旬，差不多一个月没有回家的我们终于等到了回家的日子，但是当天下午，我们听到学校的广播开始通知，即日起全校封闭，所有学生不得离校，校内人员不得外出，校外人员不得进入，特殊情况要经过校长亲自签字批准。

这下炸了锅，为什么呢？外面发生了什么？还是学校发生了什么？不回家我们吃什么？现在不能出去，那么什么时候才能出去呢……一连串的问题都需要有人回应，学校看到人声鼎沸、不好管理，终于又开始广播，大意是香港和广东沿海出现了一种名叫"非典"的传染病，这种病传播速度非常快，目前全国大部分地区都发现了传染者，我们省已经有感染者在医院死亡。目前全国范围内的防治已经开始，按照上级的要求，我们学校从即日起开始封闭校园，接下来班主任作为各班第一责任人，带领大家从预防入手，确保全校师生的生命安全。

洞中才三日，世上已千年。在我们昏天黑地复习备考的这些日子，外面竟然发生了这么大的事情，真成了"两耳不闻窗外事，一心只读圣贤书"了。我们还一头雾水时，班主任小江老师已经出现在了班里，宣布由班委和她一起组成预防非典小组，她是第一责任人，我这个当班长的当然是第二责任人。她告诉大家，即日起至我们回家之前，在学校的一切食宿免费，每天午饭前要喝一种名叫"板蓝根冲剂"的药，据说对防治非典有用。所有人必须按照学校要求活动，如果有人敢强行翻墙出校立即开除。听得出，这回的情况和以往完全不一样，我们都有种世界末日的感觉。

本以为喝板蓝根是一件轻松的事情，但我们完全想错了。原来，给我们喝的完全不是药店出售的那种板蓝根冲剂，而是让学校食堂的师傅用板蓝根熬制的，味道苦涩无比，黑黄的药水里，夹杂着没过滤干净的药渣子，无比难喝。但这是学校下达的政治任务，如果不喝是要负责任的。

如何负责任？我把班级分成若干小组，每一小组由一名班干部负责，每天轮流到学校食堂分药，分回两桶药水抬到班级里，用学校统一发的大碗，轮流给每个学生舀上一碗，在班干部的统一监督下把药汤喝完，甚至连药渣都要咽下去。喝完后每组班干要在记录卡上签字，签完字我再统一收上来，检查一遍，再签字送交班主任小江老师签字，如此层层签字画押，上报学校校长，这项政治任务才算完成。

药实在难喝，很多学生都喝出了状况，脸色发青、吃不下饭、拉肚子，甚至上厕所都是一股板蓝根的味道，走进教学楼就像走进了医院，进了教室就像进了病房。此时我们都悲观起来，觉得高考能不能考已经不重要，重要的是我们能不能活过这个夏天。

128

非常时期谣言遍地，不知从何时起，唾沫传染、共用洗脸水传染，甚至握个手都能传染的说法开始扩散。这么一来，偌大的学校人人自危，大型集会全部取消，很多人像被装进套子里，恨不能完全把自己封闭起来。平时那些大声说话的孩子此时变得沉默不言，即使说话也轻声细语，因为别人都担心他们把唾沫溅到了自己身上。人人都变得讲卫生起来，不再共用一个脸盆了，刷牙也不乱用别人的牙刷甚至杯子了，床都隔得远远的，生怕别人挨着自己，而以前在荷尔蒙旺盛的时候，每晚都要在床上打闹半天才肯睡下。

最苦的是情侣了，压抑了两年多，好不容易熬到了即将毕业，终于可以不遮不掩地出双入对了，没想到非典搅局，谣言让接吻、牵手这些亲密的动作成了传染手段，在这个恋爱的季节，恋爱只剩下彼此祝愿对方好好活着了。

我和苗苗除了在校园里见过几次面，其他时间没再联系，甚至连情书都没有写，我们怕一不小心把非典病毒传染给了对方。更现实的问题是，即使写了信也不会有人帮我们传递，传信的人可能还担心会被传染呢。

129

学习已经不是最重要的了，尽管学校三令五申高考必须要全力以赴，争取考出好成绩，为学校争光，为自己的前途加油，但我们似乎都没有了信心，一直紧绷着的神经松了下来，每天无精打采，只有在晚上放学后，我们趴在宿舍楼的栏杆上，才会有些许的精神。

这时我会望着广袤的天空，看着像珍珠一般撒在黑色幕布上的星星，想起我和苗苗一起看流星雨的夜晚，想起情人节那天晚上我们在县城旅店的第一次，想起我们在一起的那些欢声笑语。但每次想到最后，我的眼前都会浮现文一梦的影子，想起关于她的点点滴滴。

自从得知她和胡立君恋爱后，我无数次告诫自己和她已经没有关系了，但是不知为什么，我还是一直在想着她。

有一天晚上在宿舍和何小飞、李天天聊天时，何小飞问了一个问题："如果这次真的是世界末日，你选择和谁一起度过最后的时光？"李天天说他还没想好，我不假思索脱口而出，"文一梦！"这个回答惹得他俩一阵骚动，纷纷惊讶于我的痴情，何小飞更是夸张，"没看出你还是一个情种啊！那我问你，你的小苗苗怎么办？"我沉默了一下，"苗苗是现在，而文一梦是永远。"这个回答让何小飞嗤之以鼻，"你小子行啊，看我把这话转告苗苗，那样你就有得玩了。"我无所谓地回了一句："转告吧！不是说世界末日了吗？什么都无所谓了，不管怎样我们都要完蛋啊。"说完我们完全没有平时嬉笑打骂的样子，个个哭丧着脸，仿佛这个夜晚已经是世界末日似的。

130

真的是要世界末日了。尽管我们出不去，但外面的情景我们站在宿舍楼顶看得清清楚楚。目之所及，学校附近几个郊区村子的出口都设立了栅栏，两边各有人把守，进出的人都要进行详细检查。有些地方甚至用砖垒起高墙，就像长城一样把村子和外界隔开。一排排孤零零的砖墙横在田野上，纵横交错，把自然形成的村庄隔成一个个独立的部落，看起来威武而可笑。周围很少看到人的踪影，偶尔一个也是行色匆匆，生怕被抓住了似的。平时人车拥挤的路上，此刻半天才能看到一辆车通过，从人到车，都陷入一种不正常的状态。原来的生活彻底改变，空气中弥漫着一股紧张、恐惧的味道，就像美国大片《我是传奇》里的情形，仿佛死神已经把城市笼罩。

非典过去很久后我回到镇上，才知道由于政治任务的层层加码，每个村子不仅修了隔离墙，把自己的村子和邻村隔起来，而且还改建了所谓的隔离室，把外出尤其是广东沿海打工回来的都关进隔离室，名曰观察，实际上和坐牢差不多。

作为十七八岁的高中生，我们的世界才刚刚开始，觉得就这样死了太可惜，但又无能为力，只能等待着命运的裁决。没想到，事情到了最坏的时候开始转机，学校逐渐不再强制我们喝药了，复习又开始紧张起来。不过，给我再生的希望，让我对未来充满信心的，则是文一梦的出现。

131

文一梦来学校看我是在五月中旬左右，她从省城回来，到县里没回家直接来到了学校。这时省城已经解除了隔离，恢复了正常的生活，但由于政策传达的滞后，县城还没有解除隔离。文一梦赶到学校，不料学校大门紧闭，她让门卫叫我，我飞奔下楼，远远就看到文一梦站在学校栅栏外，像一个被冷落的小姑娘。

快一年没见到文一梦了，她的头发自然地拢着，穿一件简单的白色短袖，搭配一条收腿的牛仔裤，脚上是一双新款的运动鞋，把她的身材衬托得修长，看起来既漂亮又充满活力，和我们高中校园里的女生相比，完全是城市大妞和村口小芳之别。

我看起来要邋遢得多，一身校服很久没洗了，浑身还散发着板蓝根的味道，脚上一双破球鞋沾满了灰尘，简直不能直视。在高中校园里生活久了，觉得大家都差不多，渐渐也没有了比较的意识，平时怎么简单怎么来，尤其非典这段时间，觉得能活着就不错了，谁还想着去收拾打扮呢。可是突然间一对比，自己的粗糙和堕落一览无余，顿时尴尬不已。

我颇不自在，恨不能找个地缝藏起来。文一梦却很自然，尽管模样变化了不少，但是给我感觉还是以前的那个女孩。我们聊了下各自的近况，一晃三年，我即将迎来高考，她即将迎来师专毕业，我们都感叹时间好快。她问我准备报考哪所大学，我无奈一笑，说："被非典糟蹋成这个样子了，还不知道能不能跨过考场的门槛。"文一梦安慰说："一定会的，现在全国已经解除了非典的隔离措施，高考也会如期举行，你得好好准备，争取考上理想大学。"顿了下，她鼓励我，"我们这拨同学，就看你们仨了。"

这个我们仨指的是何小飞、李天天和我，说实在的，我对高考能否考出满意成绩完全没有把握，现在想想高中三年挺荒唐的，又是恋爱又是当班长，经历了一堆乱七八糟的事情，学习耽误了不少。但是面对文一梦的鼓励，我还是表现出一副舍我其谁的样子，点点头，答应文一梦会全力以赴。

132

好久不见，本以为会有很多话要说，但是没说几句，我们都不知道该说什么了，一男一女隔着栅栏，在外人看来就像探监一样。我正准备找个话题，没想到文一梦问我："你觉得我回镇上当老师可以吗？"我一想，文一梦中专即将毕业，择业就在眼前啊。这个问题我的确没有想过，因为对自己而言还非常遥远。不过，我的第一反应就是不妥，毕竟文一梦在省城上了三年学，再回到镇上岂不是可惜了。上了大学都想在外面工作，为什么她愿意回来呢？我直言不讳说了我的想法，文一梦沉默了一下，说："我理解你的想法，不过不是每个上了大学的都要留在外面工作吧。再说，我爷爷当了一辈子教师，我觉得当个老师挺好的，回镇上没准能教到我们同学的孩子呢。"

这些理由我无法反驳，一时间竟然不知该如何回答。我不明白她为何会问我这个问题，我的意见她会参考吗？还是她就随便问问，同学一场，告诉我她的选择而已。

看我不说话，她又问我："你呢？你将来大学毕业准备在哪里工作？"我只好说："高考还没参加呢，还没想过这个问题。"这时，文一梦告诉我，胡立君要留在省城工作了。我一愣，他上的不是农校吗？怎么会留在省城工作呢？文一梦说他大概是习惯了省城的繁华不想回来了吧。他爸给他托了关系，在省城一个事业单位找了工作。我万万没想到，胡立君他爸把儿子送到了农校，还是没有干他的老本行。话又说回来，胡立君本来就不是去省城上学的，他为的是文一梦，这个谁都知道。现在出现这种结果，难道他和分文一梦分手了？之前的传闻不是说他们恋爱了吗？

我正想问文一梦，没料到文一梦先开口了，"听说你在学校恋爱了？那姑娘不错吧？"我一愣，心想，已经很保密了，这个消息是谁走漏的？而且我也惊讶于文一梦的直接，让我一点回旋的余地都没有。我只好点点头，"嗯"了一声，然后又补充说："高中毕业也许就分手了，她不想上大学，准备打工。"这个想法苗苗跟我说过两次，我曾鼓励她考个学校，她也只是说看分数吧。苗苗成绩不好，考出好成绩很难，打工可能是必然的选择。

文一梦表情平静，似乎还有话说，但这时上课铃声响了起来。她匆忙从背包里掏出一沓复习资料，说这些都是省城重点中学的内部高考复习资料，她通过朋友复印了一份，让我仔细看看，没准对高考复习有帮助。

我伸手从栅栏的缝隙里拿过资料，觉得沉甸甸的，本想说些什么，但文一梦催我赶快去上课，说有什么以后再说。我抱着资料气喘吁吁跑进了教室，一把放在桌子上，这时候滑出一张纸条，上面是一串电话号码，我明白了，这是文一梦宿舍的电话。我小心地把那个纸条夹在笔记本里，打开那一沓资料，发现这竟然就是小江老师多次提起的省城排名前五的重点高中内部使用的黄金考卷。她说得神乎其神，一卷难求，我们都觉得如果能搞到这份考卷，我们考大学肯定是没问题了。这下倒好，得来全不费功夫，全部的试卷都在我这里了。

133

不愧是黄金考卷，我用心做了几遍，把其中的疑难题目全都建了卡片档案，一个一个攻关，最终把这套卷子全部弄通了，成绩竟然如有神助，高考前的最后一次模拟，我的名次一下从全校第74名提到了第48名，比何小飞还高出两个名次，引起全校高三学生的瞩目，我仿佛看到大学正朝我走来。

这要感谢文一梦。我找出那个电话号码，跑到学校超市一个可以打长途的格子间，给文一梦拨了过去。"滴滴"了几声，电话通了，是一个陌生的女声，不等她问话，我赶紧客气地请她让文一梦接电话。

过了一会儿，电话那边传来了文一梦的声音，我把考试的情况跟她说了，表达了感谢之意，文一梦说她为我高兴，期待我高考考出更好成绩。正在我要挂断电话时，文一梦告诉我一件事，她要在师专续本了，再上两年，拿到本科再工作。原来，文一梦回到镇上一打听，新招聘的老师都要大学本科学历了，专科的基本不考虑。文一梦本可以通过她爸妈的关系破例的，但她怕别人说闲话，而且对自己也没法交代，毕竟她曾是我们中最优秀的学生。她有些感慨地说："如果我凭关系进了我们曾经就读的学校当老师，将来你们发展好了回母校做个演讲什么的，我该如何面对我的那些学生呢？如何面对我们曾经的青春、理想呢？"

我不知该说什么好。安慰是多余的，文一梦已经想得很清楚了。她是个理性的女孩子，难得感性一回，肯定是经过了深思的。听了文一梦这些话，我颇感惭愧，觉得这个和我同龄的女孩子，所思所想远在我之上，她对青春、对理想的坚持让我自叹不如。我越发觉得，这是个值得珍惜的姑娘。

我本想问她和胡立君的关系怎么样了，但琢磨了半天，觉得在这种氛围下不合适，而且问了可能也不会有答案。不过有一点是确定的，那就是文一梦要在省城再待两年。再待两年，我该怎么办呢？挂了电话，我想着想着，一个大胆的念头冒了出来。我按捺自己的情绪，冷静了片刻，再次觉得这个念头必须要尝试一下，否则将来一定会后悔的。

134

高考如期进行了，尽管非典让我们体会了一把世界末日的感觉，但非典过去我们才发现，真正的世界末日是高考。为了这个日子，我们从小学一年级就开始准备，整整准备了12年，现在是上天堂还是下地狱，就看这场考试的结果了。不过对于那些不打算再上学的同龄人来说，高考就是一个经历，考完了就算是对自己学生时代的一个收尾，接下来就要奔赴广阔天地了。苗苗就是如此，高考前她已经下定决心，考完回去休息一段时间，然后和村里的同龄人一起南下闯世界。至于我们的恋爱，她没有多说，我也没有多问，我们心里都知道，毕业即分手，那些日子只能成为我们青春时代的记忆了。

我们的压力已经够大了，可是相关部门为了安全，考虑到非典还没有完全结束，于是在进入考场前对每个学生进行体温检测，超出正常体温的将在隔离教室参加高考，这更加重了我们的恐惧。

在排队进入考场时，有一男一女两位工作人员拿着一把测温仪，对着每个同学的额头进行测量，我亲眼看到班上好几个同学因为体温稍高而被拉到了一旁。不出所料，那些同学全被安排在了隔离教室考试，从考试结果看，他们几乎都没有考出理想的成绩。非典，这场世纪瘟疫在过去一个月后，再次影响了我们当中很多人的命运。

三天的考试就像经历了一次劫难，空气中弥漫着一种劫后余生的气息。经过三年的压抑，快意恩仇的时刻终于来到，校园里到处响起醉酒和打架的声音。老师似乎也觉得我们已经是毕业的人了，不好再管，都睁一只眼闭一只眼。

135

这是分别的季节。毕业照半个月前就照好了，当时我和小江老师有一张合影，背景是我们学校的教学楼，正对着我们的班级。在那里，我们合作把一个班级从高一带到了高三，经历了各种困难，也收获了许多喜悦。高二、高三阶段，我们班多次获得优秀班集体的荣誉，小江老师多次被评为优秀班主任，我也多次被评为优秀班长，还被学校报送参评了市里和省里的优秀学生干部评选，拿回来一沓厚厚的证书，被张榜在学校大门口公开表扬。

我对小江老师怀着一种不知该如何形容的好感，我不知道这是暗恋还是喜欢，每当看到她，我都希望她的脸上有笑容，她是开心快乐的，这是我当班长的动力。尽管初中时经历了刘素的事情，让我对老师产生一种不信任感，可是遇到小江老师，我又产生了一种莫可名状的情愫，当然，我从来没有告诉过任何人。总之，我对老师的感觉是复杂的，也许老师对学生也大抵如此吧。

拍照时有个小插曲。刚开始我是和小江老师并排站在一起的，但就在摄影师要按下快门的一瞬间，小江老师笑着说："这样吧，我还是坐下好了，免得别人看了照片说我们是一对情侣。"说完这句话，周围人都笑了，但我没笑，觉得脸上热辣辣的。

136

拍集体照的时候我想起了张霞，想起了《古惑仔》里的那个姑娘。如果这个姑娘能出现在照片里该多好，否则我担心若干年后她的记忆会逐渐模糊。正因为如此，我本想和苗苗拍个照片，但是苗苗婉拒了。她说想记住的一定会记住，不想记住拍了照片也徒劳。我看出她眼里似有泪水，她说："如果不是我爸妈不让我上学了，我本来也可以跟你一样考大学的，可惜家里条件不允许，再说我又是女孩子，爸妈觉得早晚要嫁人，还不如早点出去工作，攒点嫁妆钱好了。"

苗苗这话让我一阵心酸，这才明白出门打工不是她的本意。我想说些什么，但一句话也没说出口。苗苗继续，"自从我爸不让我考大学后，我就知道咱俩高考结束就会分手的，没想到这一刻这么快就来了。你会考大学，会有你期待的未来，而我呢，过几年就是为人妇了。但我不后悔跟你在一起，不是有句话嘛，不在乎天长地久，只在乎曾经拥有，真的，我从来没想到在中学谈恋爱，觉得自己中学时代可能就这么静悄悄过去了，没想到后来我们一起经历了那么多事。你要好好的，争取将来干一番事，那样我也会对我的孩子说，瞧，那个叔叔是妈妈以前的同学……"苗苗淡然一笑，"看吧，你跟我还是有关系的。"我点点头，"一定的，咱们都好好的，希望将来能参加你的婚礼。"苗苗说："一言为定啊！"我再次点点头。

那晚我们在学校附近吃了顿饭，破天荒喝了酒，期间说了什么后来全忘了。本来想再去外面住一夜，觉得彼此都有了身份证，应该像个大人一样光明正大开一次房，岂料我们都喝得醉醺醺的，最后还是被各自的舍友背回了宿舍。

137

第二天一觉醒来已是下午，学校空荡荡的，就像被扫荡了似的，心里顿时升起一种巨大的失落感。平时巴不得早日从这里离开，但是真的要离开又有些不舍，我绕着学校院墙走了一圈，算作告别，和自己的中学岁月告别。

走出校门，赶上最后一班客车，背着包匆匆离开了学校。车上我做了一个梦，梦中就像演电影，很多人走了又来，来了又走，看似热热闹闹，但电影结束时就我一个人。这就像我的中学时代，一场青春一场梦，梦醒各自奔前程。

138

经过近一个月的煎熬，高考成绩终于公布，我考得没有预期好，但也没有担心得那么糟，按照以往的分数线，一本可能悬，但二本是绰绰有余的。李天天比我考得好，但何小飞比我考得差，左右比较，心里也算平衡。

这平衡很快就被狂喜打破，填报志愿时小江老师告诉我一个好消息，学校报送的省级优秀学生干部上面通过了，里面有我的名字，按照去年的规定，可以享受加20分的政策。这还不算，据说为了大幅提高高等教育的普及率，国家之前实施的大学扩招计划今年还将继续实行，综合判断，我完全可以报个一本学校了。

我心里一块石头终于落地。填报志愿的那个下午，我在第一志愿填了省内唯一一所重点高校，第二志愿填了北京的一所高校，第三志愿随便填了一下就交给了小江老师。小江老师一看惊讶不已，问我："认真看了去年的招考记录没有？"我说："看了。""看了你还这么填？"我装作不解，其实是不想解释而已。小江老师说："凭你的成绩加上学生干部的加分，完全可以考到北京的重点大学啊，

　　　…　　　别人家的孩子和我

怎么把第一志愿填了省内呢？我们省就这一所重点，全国排名也基本在倒数了，哪有北京的高校好啊，毕业了直接留在北京，那多有发展前途啊。"

我列举了好多理由，比如不想去太远的地方上学、怕万一考不上、怕学费太贵等等，但都被小江老师一一否决了，无奈，我只好沉默，一句话也不说。小江老师以为我遭遇了什么变故，苦口婆心劝了半天，看我依旧不为所动，只好连连叹息，仿佛我亲手断送了自己的前程似的。

其实我不是没有犹豫过，但想了很久，决定无论如何也要追随文一梦到省城去，不能再和文一梦分开了，尽管我还没有向她求证她到底是否和胡立君恋爱了。直觉告诉我这么做可能会后悔，但为了文一梦，我决定再冲动一次。

我没有把这个决定告诉文一梦，想等结果出来再说。如果我被省城的重点大学录取了，她即使反对也来不及了。

139

等待的过程是难熬的。8月初，第一批次录取即将结束的时候，我终于等到了邮递员叔叔送来的特快专递，撕开一看，是我梦寐以求的省城重点大学录取通知书。父母见我终于拿到了通知书，比我还高兴，对于他们来说，能拿到重点大学通知书，在哪里上学无所谓，离家近一点当然更好。

和"别人家的孩子"李天天、何小飞比，我也不差。李天天考取了南方的一所一本院校，从排名来说和省城这所重点大学差不多，何小飞考上了邻省的二本院校，比我们差一些。但是这时候，我已经没有小时候那种暗暗较劲的心思了，顶多是父母和邻居会比较一下而已。

拿到通知书的当天，我给文一梦打了电话。文一梦非常惊讶，说凭我的成绩本可以考更好的学校吧，不过这种事假设没有意义，能考到省城的重点大学也不错，我们又可以做同学了。她告诉我，为了复习考本，她暑假不回村里了，等到开学她到省城车站接我，送我去学校报到。我心驰神往，觉得省城的大学生活就在眼前，在无忧无虑的大学校园，我和文一梦又可以在一起了。这样想着，我巴不得暑假尽快结束，早点去省城和文一梦见面。

五、终于毕业了

来北京旅行，大学是必不可少的景点，北京大学、清华大学在中国近现代史上所扮演的角色，我们小时候在课本上就知道，还有那灿若星辰的各行大家，我们几乎耳熟能详。我们从小就有这样一个印象，北京大学、清华大学是我们国家最好的大学，如果能考上这两所大学，可谓状元及第，自己也就走上了人生巅峰，家人都可能鸡犬升天，甚至所在的地方都会跟着沾光。

记得我上高中时，学校里有一个清华大学的毕业生，教高三数学，三十多岁，平时默然不语，也不和别人交往，我们每次见到此人都敬而远之，惊为天人。不过我们也不解，为什么考上清华大学又回到我们学校教书呢？我们印象里，清华大学毕业的学生都应该留在北京啊，怎么会回到我们偏远的小县城呢？时间久了我们慢慢知道了内幕：

原来，这位老兄是我们学校一位老师的孩子，在她的悉心栽培下，这仁兄特别争气，高三只复读了一年，破天荒考上了清华大学，这可是我们县里近十年来头一个。政府极为重视，不仅大肆宣传，广为报道，还以财政专款奖励了这仁兄好多钱，专供其清华大学学习之用。我们学校也跟着增光添彩，在校园挂满了标语，号召我们向这位仁兄学习，争取多考几个北大清华，为学校争光。

据说教过他的老师也得到了表扬，有些仅仅带过他几堂课而已，但也被称为清华大学高才生的老师，很多都因此调到了市里的重点高中，工资也跟着翻了倍。我们当时颇为向往，个个都像打了鸡血，纷纷立志考上清华北大，告慰父老乡亲老师母校。

可惜这事没有按照我们想象得发展下去。这位老兄进了清华后，据说由于以前学习太过用功，不适应大学的学习和生活节奏，性格变得愈加孤僻，和周围格格不入，到大二第一学期愈发加重，精神出了问题，整天神神叨叨，无法继续学业，只好由他家人申请了退学，接回我们县里治疗。没想到这一治疗就是三年，而且完全恢复的可能性很小，就由我们学校安排了一个教师岗位，但是对外宣传是念及母校培养之恩，所以回我们学校无偿支教。

这仁兄在清华待不住，但在我们高中还算正常，很多人说是他习惯了这种高强度、紧张压抑的高中生活，所以教高三毕业班再合适不过。于是这仁兄就年年带高三，考试成绩在我们学校常常名列第一，可惜我无缘受教，无法亲自体验他的增分之道。这仁兄似乎只对带高三毕业班有兴趣，别的一概置之不理，都三十多了还没有结婚，每天像个独行侠一样在校园穿梭，很多女生都视其为白马王子，可这王子不食人间烟火，枉费了不少纯情少女的心思。

总之，这两所学校在我们印象里一直是神一般的存在，尽管我们离这两所学校十万八千里。

　　我和文一梦都有着很深的北大清华情结。我告诉她，我刚来北京工作时，就曾在北大未名湖畔的石凳上睡过一晚，觉得上这里的心愿实现不了，但是睡一下还是可以的。不料湖边的蚊子太厉害，把我咬得遍体鳞伤，第二天醒来只得悻悻离去，此后除了因工作来过这里，其他都过门而不入，觉得这就是曾经的一个梦而已。

　　这次文一梦提出要来这两所大学看看，我也只好从她，毕竟这是我们曾经共有的梦。路上，文一梦说："现在想起来，你曾经离这两所大学很近啊。"我回了一句，"我工作的地方是离这里不远啊。"文一梦说："我是说你高中毕业的时候啊，那时候你不是超过一本线了吗？本可以选择来北京上大学的，后来去了省城的大学，后悔吗？"一时间我竟然不知如何回答，只好草草回应道："你看我现在不是就在北京吗？"

　　文一梦似乎还想问什么，但我们已经到了北大西门。当"北京大学"四个字出现在我们眼前时，我们仿佛看到了曾经的自己。

　　从北京大学西门进入，一片亭台楼榭便映入眼帘。文一梦第一次来北大，看到这如画景色和蕴藏着历史文化气息的校园，感到神圣无比。我则不同，每次到北大都会想起学生时代种种被清华北大虐的经历，心情复杂，但又不好表露，只好随着文一梦在偌大的校园里游荡。

北大校园到处都是成群结队的男女，我们无法分辨他们是北大学生或是像我们一样的参观者。我正因为人太多打扰了参观兴致而不爽，没想到文一梦却问道："你觉得这些人都是凭什么考上北大的？"我回答："当然是学习啊。"没想到文一梦说："她们好像都是情侣啊。"我反驳文一梦，"你的意思是，他们是因为恋爱才考到这所学校的？""有可能，"文一梦一本正经地说，"《三重门》你不是看过吗？林雨翔和Susan当然是个悲剧了，但是也有很多人是喜剧啊，为了约定，和心爱的人一起发奋学习，最后一起考入了梦想中的大学啊。"我反驳，"读《三重门》那是在高中好不好？"

文一梦似乎对这个话题很感兴趣，又问："那你呢？本来你可以来北京上学的，为何偏偏选了省城啊？"

没想到文一梦又问了这个问题，我不好回答，思虑了一下，我告诉她："你不知道吗？这是因为你啊！"说完我顿了一下，看着她，继续说，"不过我当时的确不知道你和胡立君在一起呢！"

文一梦不说话，我也不知该说什么好。看着眼前这些在大学校园里晃悠的情侣，自然地，省城的大学生活又浮现在了我眼前。

143

　　高中毕业的那个暑假过得紧张而劳累。作为我们村第一批真正意义上的大学生，接受乡邻的祝贺和宴请是必不可少的，于是只好到处吃饭、说一些客套话，甚至还被邀请回了我们村小，和一帮小学生畅谈学习和成长、未来和理想。

　　一边谈一边觉得可笑，自己都是野蛮生长，完全没有任何可以借鉴的地方，倒是后悔和遗憾一大堆，如果学校允许，我甚至想告诫这些小学生们，喜欢班上哪个女生或者男生一定要抓紧，不要理会别人的风言风语和家长的所谓管教，恋爱是人类最正常不过的行为，哪分早恋和晚恋？遇到喜欢的人爱就是了，发自内心的喜欢一辈子没有几次，如果一旦错失，将是一辈子无可挽回的遗憾。想到这儿，我想到了文一梦，想到了我们的种种往事，觉得一切的遗憾都是从小学时代种下的。

　　最后，我公开讲的就是不要和"别人家的孩子"盲目比较，做好自己就行了，盲目的比较会让自己迷失成长的方向，造成很多无谓的悲剧。人生最大的敌人是自己而非别人，战胜自己，一切都可以战胜了。我不确定这些小孩子能否听进去这些话，我想即使他们中有慧根的能听进去，他们的父母也未必能听进去，谁不知道这一切都是父母造就的呢？再退一步说，即使听进去了又能怎么样，我终于明白了这个道理，但是也从来没有做到过，尤其是想到和我竞争文一梦的胡立君，想到学习比我好的李天天，我从来没有一次心情平静过。

电影《后会无期》里有句台词：我听过很多道理，却依然过不好这一生。即使这些孩子们都能听进去我说的这些感慨，那又怎么样呢？成长就是一个跌跌撞撞的过程，青春就是一个遗憾和无奈的集合，每个孩子都必须独自面对。走过、路过、爱过、恨过、喜过、哭过，这才是青春，这才是成长。这些孩子现在还不会懂，但是看着这些还稚嫩的面孔，我仿佛看到了她们的青春。

144

大学开学是在2003年国庆前一个月，我和一同考入这所大学的高中同学坐火车到了省城。到站是在上午10点左右，坐了一夜的火车，我却没有一点疲倦，觉得外面的一切都是新鲜的。出了车站，看到车站广场上的摩天高楼，以及一片一片的人群，我感觉到了一个新世界，到了一个更广阔的天地，不由感到激动和惊奇。

这是我第一次到省城，也是第一次坐这么远的火车，父母要来送我，但是我坚决拒绝了，一是我有同学一路做伴，最重要的是，我已经和文一梦约定，她会亲自到车站来接我。本来我们学校已经安排了接新生的人员，但文一梦说她必须亲自来，这是我人生的重要时刻，她必须要见证。文一梦说得我心花怒放，再次觉得选择来省城上学是对的。

但是接下来发生的事却让我的心情拐了一个180度的弯，这就是胡立君的出现。

胡立君是和文一梦一起出现的。我站在火车站出站口不一会儿，就开过来一辆轿车。我本以为这车会开过去，没想到在我面前停了下来，我正在纳闷，车门开了，一左一右出来两个人，我一眼看出是文一梦，但那男的我竟然一时没认出来。他先叫了我一声："老同学，欢迎啊。"这是胡立君的声音，在省城待了三年，他真是大变样，戴着一个黑色的墨镜，穿着一件蓝色的短袖，时尚的休闲裤、休闲鞋，整个人显得青春时尚，完全是城市人了。胡立君从小就长得清秀，高高的身材配上这清秀的面容，和电视里看到的明星差不了多少。再看看我，穿着我妈从镇上的集市买来的衬衫，还把扣子紧紧扣在一起，衬衣的下摆还扎在裤子里，裤子是一条宽大的西裤，脚上是一双新买的皮鞋，我本来以为都是新衣服，差不到哪里去，但是和眼前的胡立君相比，我简直是个土包子。

我随即迎合，但我感觉自己的表情很僵硬，动作也不自然，觉得这完全不是我们村里的那种氛围，我感到陌生，就像舞台已经换了，但我还在按照原来的方式唱戏，这是怎样的一种尴尬呢？

文一梦让我坐在副驾驶的位置，我坚决辞让，坐在了后排。这是我为数不多的坐轿车的经历，连脚都不好意思放。我们毕竟是老同学了，胡立君和我聊起老家的事情，我一一应答，他不住感慨，一问才知道，原来他已经很久没有回去了。相比文一梦，他回去的次数少得可怜，而且他即使回去也只是在镇上待几天，根本没回去过村里。

他向我祝贺，说我们这拨孩子现在就我考得最好了，我说哪里。我也问起胡立君的近况，原来他几个月前已经毕业参加工作了，现在省城农科院下属的一家农业技术推广公司工作，据说还是事业编。我感叹，"以后不回我们那里了吧？"胡立君说："肯定不回去了，现在奋斗的目标是在省城安家，将来把爸妈接过来安度晚年。"

我发自内心觉得胡立君真的不同往昔了，这个"别人家的孩子"让我刮目，还不知道将来我妈那些长辈怎么拿我们和他比呢。想想我们暗暗较劲了十几年，我还是不如人家，心里不禁生出一种酸楚和无奈。这样想着，省城的街景都没心思看了，就想着如何在大学里学出名堂，将来也能留在大城市，最起码不能比胡立君差啊。

146

车子开了大约近1个小时，终于开到了一所大学门前，这就是传说中的省城唯一重点大学。下了车，我四处张望了一下，觉得不如自己想象的那么好，倒是那个校门，大得夸张，一时竟好奇为何校门造得如此威武，难道是为了凸显学校的办学实力吗？后来到了学校宿舍，才感叹，如果把盖大门的钱都用在盖学校宿舍上，那该多好啊。

取下了我的行李，胡立君说他有事要办，让我先办理入学手续，等我安顿下来，他请我吃饭，为我接风。我推辞了，没想到胡立君说大家到了省城都是缘分，以后省城就是我们的根据地了，得好好聚一下。我只好点点头，看着他发动了车子绝尘而去，一脸的羡慕。

文一梦特意请了一天假陪我办入学手续，这让我十分感动，先前的不快被她这份情谊迅速融化，反而让我觉得自己小肚鸡肠了。

办完手续，我提着行李，和文一梦一起走在大学校园里，但是我并没有为自己成为一名大学生而兴奋，反而感叹胡立君现在混得不错。这个感叹被文一梦的沉默融化掉，我这才发现，自打上了车，自打我和胡立君聊天开始，文一梦总在沉默着，很少说话。

有点尴尬，我正准备换个话题，没想到文一梦说话了："其实也不是你想象得那样。他只是专科学历，你想想，省城本科生、研究生甚至博士生都很多，凭什么这么好的工作等着他呢。"

这个我倒没有想过，文一梦这一说让我挺惊讶的，正准备等待她的答案，没想到她说："总之不要把一切想得太美好了，凡事还是要靠自己，你说呢？"我点点头，不明白文一梦到底什么意思，但是看她欲言又止的样子，又不好多问，只能在心里留下一个大大的问号。

还有一个疑问，那就是文一梦和胡立君到底什么关系？为什么他们会一起接我？但又想到刚见面就问这个不合适，于是和文一梦在我们学校附的小吃店吃了一顿饭，她坚持请客，我只好同意，吃完饭两人沿着马路聊了一会儿天，公交车来了，文一梦挤上车，告诉我有什么事和她电话联系，我点点头，目送她消失在夜中。

147

办完手续的第二天，我到班里参加了一个见面会，和班上的同学、辅导员见了面，大家来自四面八方，但从穿着上一眼就能看出谁是农村的谁是城市的。夹在这个同龄人堆里，我最大的愿望就是赶紧融入城市，就像胡立君一样，要不然真的是太尴尬了。

随后就开始了军训，和高中时代的军训过家家不同，大学的军训要严格得多，不仅训练的项目多，而且还要接受学校领导的检阅，最后根据表现评选优秀方队，据说还有相当的奖励。我对这些不感兴趣，唯一能吸引我的是方队里那些女生，穿上了迷彩服看起来别有一番韵味，其中几个颇有姿色的纷纷成了男生们侧目的目标。这个阶段是互相观察的开始，一旦认准目标就要赶紧下手了，大家刚从高中过来，单纯、孤独，情感也比较脆弱，很容易搞定，一旦等到正式开学，好姑娘都被瓜分光了。

这个我早就知道，可是我心里仍放不下文一梦，除了多看几眼，别的没有任何想法，只等着有机会当面问问文一梦再说。

终于等到了国庆。休息了一天，我就接到胡立君的电话，告诉我时间和地址，说要为我接风。我百般推辞，但是胡立君说有神秘嘉宾，让我一定过去，我只好答应了。

148

我赶到饭店的时候，胡立君、文一梦都到了，还有一个很熟悉但是一时叫不上来的名字，突然一瞬间想起来了：赵闯！

"我还以为你考上重点大学把我忘了呢？"赵闯看起来已经大腹便便了，穿着也跟城里人一样，不过从品味上看，比胡立君要差一些。这些年他也很少回家，高中时我们仅仅通过一次信，高三的时候他通过别人转告了他的手机号，但是我实在没有多余的钱打给他，没想到在这里碰上了。原来，赵闯去南方待了几年，攒了一些钱，后来应胡立君的邀请，回到省城一起做农技推广方面的工作，不过他不像胡立君，没有编制，拿工资和提成，尽管在省城租了房子，但是天天从省城往乡镇跑业务。

赵闯边上坐着一个女孩，赵闯介绍这是他女朋友，我第一次见，简单问了个好，大家入席，很快菜就上来了。正准备动筷子，胡立君提议，老同学在省城相聚不容易，尤其我们中还有人考上了省城的重点大学，可喜可贺，所以今天要碰杯。说着他从桌子下面拿起一瓶我只听说过名字的酒，麻利开了盖子，交给赵闯。赵闯从我开始倒起，轮到文一梦，她坚决不喝，赵闯没办法，只得允许她以果汁代替。

倒完，我们起身碰了一下杯，我刚把酒送到嘴边就觉得一股钻心的辣，不过看到别人都喝了，还是为我接风，不好不喝，只得咬着牙喝了一小口，赶紧夹了一筷子菜送到嘴里，惹得赵闯大笑，倒是胡立君为我解围，"没事，以后锻炼锻炼就好了，酒嘛，男人不喝酒哪行！"说着赵闯又开始倒，我抱着酒杯没让倒，赵闯看了胡立君一眼只得作罢，此时菜差不多上齐了，我们便吃了起来。

149

觥筹交错间，这顿饭已经吃了一个多小时，胡立君很尽兴，喝得有点找不到北了。赵闯又要倒，被文一梦拦住，说："大家都差不多了，散了吧。"说着要去前台付账，没想到前台服务员说账已经付过了，这时我才知道原来胡立君中间出去了一次，就是为了付账的，我暗自觉得这孩子真的是混出来了。

按文一梦的安排，赵闯送女朋友和胡立君回家，她和我刚好顺路，打车回学校。我其实没喝多少，只是头有点晕，本来不想让文一梦送，但是她担心我，就在路边叫了一辆出租车，我们并排坐在后面，一路无语，各自望着窗外。也许是喝了点酒，双眼迷离，觉得窗外的街道非常漂亮，宛若仙境，觉得大城市就是好，奋斗了十几年，终于可以和文一梦一起处在这么美丽的城市了。

还想多看两眼，但是已经到站了。文一梦也一起下车，问我感觉怎么样，我说被风吹了一下，感觉好得多了。文一梦说那就好，她正准备上车回学校，我鬼使神差地问了一句："着急回去吗？要不一起走走吧。"文一梦犹豫了片刻，让司机先走了，然后我们走进学校大门，在空旷的校园里一起散步。

150

时值中秋，月光皎洁，校园里人很稀少，正是恋人浪漫的好时光，但我和文一梦却不知该从何聊起，两人沿着校园的小径往前走，无声无息。

到底是文一梦先说话了，她问了我这段时间的感受，我说："现在和高中的学习生活节奏完全不一样，还在适应中。"文一梦笑了，"我刚到省城的时候也这样，突然绷紧的那根弦似乎断了，不知该何去何从，过了半个多学期才适应。"她劝慰我，"这很正常，中国的教育就这样，高中恨不得你把全部的时间都用来复习备考，一旦进入大学，又彻底松弛起来，导致很多学生刚进入大学时都无所适从。你先放松下来，不要太紧张了，慢慢就会好的。再说了，大学一般也是学生时代的终点，以前没做的事情可以尝试一下，比如发展一下兴趣，参加一些社会实践，读一些以前想读没机会读的书，交交朋友，谈谈恋爱什么的，这些其实也是学习啊。"文一梦说着不禁轻声笑了起来。

既然文一梦谈到了恋爱，那我一直想问的问题就没有顾忌了，那就是她真的和胡立君在一起了吗？听到这个问题文一梦沉默了一会儿，"本以为你早就会问我这个问题，没想到等到现在。我也一直在想如何告诉你这件事，想了很久也没想好该怎么说。"她放慢了脚步，接着说，"是的，我们在一起了。"

我本来已经想到了这个结果，但是之前一直安慰自己这不是真的，他们在省城也许是因为是老同学才走得那么近吧，此外还给出了种种他们不可能恋爱的理由，现在看，这无非是自我安慰罢了。文一梦和胡立君恋爱了，这是多么残酷的事，我放弃了去北京上大学的机会，从县城跟到了省城，为的就是能跟文一梦在一起，但现实却给了我当头一棒。

我有很多话想问文一梦，但是一句也问不出来，也不知道该从何问起，倒是文一梦又接着说："我到省城本是想赶快毕业回去教书的，也没想谈恋爱，再说我妈妈也管得紧。高中的时候我们还通过信，鼓励你好好学习，争取考个好大学，我觉得如果我们还有缘分，将来你大学毕业我们也许还能在一起。"说完她看了看我，"后来有一次，我听说你在高中恋爱了，还和别人出去开了房，我心里问了自己一百遍，如果我还在高中，我们还会继续吗？当时挺恨你的，觉得你也没有领会我的一片心意，也许我们真的没机会在一起了。那段日子，我的情绪很低落，胡立君经常过来安慰我，我们从小一起长大，彼此都了解，经他再三追求，我终于答应他了。"

听了文一梦这话，我心里一惊，难道有人告密不成？我自以为很秘密，但没想到被文一梦知道得清清楚楚。此刻我就像脱得一丝不挂的孩子站在文一梦面前，任凭她打量，任凭她数落。

"我本以为这就是一段经历，续本还有一年多，将来肯定是要回镇里的，但胡立君就不一定了。这一切本不想让你知道，想等合适的机会再告诉你，没想到你竟然考取了省城的大学，实在出乎我的预料。"文一梦看着我，似乎觉得我可能也有话告诉她——我的确有话告诉她，我想告诉她我是为了她才考到省城的，但是话到了嘴边却没有说出口，现在说这个还有什么意义呢？

151

见我一直沉默，文一梦可能觉得我心里不痛快，也不知道该说什么好，只好低着头和我一起往前走，走着走着就走到了小径的尽头，我们无路可走，只好原路返回。走到学校门口时，文一梦停下来站在我面前，似乎要仔细看清我的表情。不知怎的，我却有一种排斥的心理，直接低下了头。文一梦见状，静默了一会儿，似在安慰般地对我说："我们这一路走来都失去了好多，但很多事不是我们想的那样，时间也不等人，我们只有在自己当时的环境下做出选择。"顿了下，

···   别人家的孩子和我

她又说，"你看，这是省城唯一一所重点大学，我们同学中就你考进来了，所以你应该是幸运的。好好珍惜自己的机会，也许能在大学里谈个好姑娘，将来毕业回去考个公务员，或者到县里当个高中老师，总之你的未来会很美好，好好珍惜吧。"

文一梦这话刚说完，我吼了起来，"好好珍惜？我珍惜了，你呢？你知道我是为了你才考入省城的吗？一切都是为了你，没想到我来了，你却和别人在一起了。安慰有什么用，珍惜有什么用，未来在哪里？我怎么一点都看不到呢？算了，你好好和胡立君恋爱吧，祝福你们，以后你也不用可怜我了，我的路我自己走！"说完，我扭头就往校园深处走，一点都不给文一梦挽留的余地。

文一梦在后面跟了几步，但看我走得太快，只好放弃了跟的念头。我终于把心中的怒火发了出来，把压抑许久的怒气释放了一下，有一种前所未有的畅快。也许，发脾气就是要达到这个效果吧。

152

喝了点酒，当晚昏昏沉沉的，我回到宿舍倒头就睡，一下睡到第二天的中午。醒来后，发现手机昨晚有好几个未接电话，有两个是文一梦的，有一个是赵闯的，我这才想起昨晚和文一梦吵架的事，顿时觉得一阵后悔。我赶紧给文一梦回了过去，电话无法接通，我又打给了赵闯，原来赵闯担心我昨晚喝多了不舒服就电话过来关心，我打了个哈哈，说没事，也没喝多少，让他放心。

我们聊了些乱七八糟的事情，闲谈中我向赵闯抱怨，"我们这帮老同学真的是没法信任了，是不是出了间谍啊，我在高中的那些事情，怎么都被别人泄密了呢？"赵闯听了哈哈大笑，说："你是不是在高中干了什么见不得人的事情了？"我说："没什么啊，我的那点事你还不知道吗？"赵闯说："我真的不知道，都是胡立君告诉我的。""胡立君？他又没在高中上学，怎么会知道我的事情？再说我们也很少联系啊。"赵闯说："这你就不知道了吧，是李天天告诉胡立君的。""李天天？不会吧，他们还有联系啊？"赵闯说："他们一直都在联系啊，要知道，他们从小就是同桌，感情比我们深吧。"我一听气炸了，原来是李天天告诉了胡立君，胡立君又把这些告诉了文一梦。李天天这个看似和我在高中相安无事、平时只是略略谈笑、看起来老实巴交的孩子，原来是胡立君安插在我身边的奸细啊。我拿出手机，恨不能立刻拨过去把李天天骂个狗血喷头，但冷静了一下，打消了这个念头，算了，都是大学生了，不能再像高中生一样处理问题吧。我强压怒火，铭记有朝一日，一定要找李天天算账。

153

大学的第一个国庆假期过得昏昏沉沉，窝在宿舍里想静静看书，但是一本都没看进去，思前想后，觉得还是应该向文一梦道个歉，毕竟，错不在她，而且我作为男生向她发脾气实在太不应该。国庆最后一天的下午，我简单收拾了一下，坐上了去往文一梦学校的公交车，想和她聊聊，约她吃个饭，这事就算过去了，否则我心里会不安的。

刚下车，我正准备给文一梦打电话约她下楼，没想到这时有一辆轿车从校园里驶了出来。这车看着眼熟，原来这是胡立君的车，仔细看，副驾驶坐着文一梦，安全带把她的上衣紧紧拢着，她表情平静，沉默无言。我赶紧躲在一边，这时车子一溜烟开了出去。我握着手里的电话，庆幸没有打出去，否则那该是怎样的一种场面呢？

我在路边拦了一辆出租车，让司机跟着胡立君的车，看看他们到底要去哪里。我没想过如果被胡立君发现了怎么办，也没想究竟什么原因驱使我这么做，我想的只是看个究竟，就当是冲昏了头脑吧。

胡立君的车子半个小时后在一个有点偏僻的小区门口停下，然后他和门口的保安说了几句，便把车开了进去。我让出租车司机在很远的地方停下，下车远远望着胡立君的方向。过了一会儿，胡立君停好了车，文一梦也下了车，没错，就是文一梦，他们一前一后进了小区中间的一幢楼，直到大门关闭，我什么都看不到为止。

我恨不得溜进小区，看看他们到底在干什么，恨不得爬上这幢楼的窗户，观察他们在屋里的一切。但是仅有的理智告诉我，这么做是不现实的，即使我进了小区，看见了又怎么样？事实已经很明显了，他们在一起了，他们在一起一定做了恋人之间都会做的事，想到这些，我的心碎了，仿佛被人蹂躏了一般，恨不能找个地方直接撞死。

154

这次打车花去近100块钱，是我到省城上大学后交通上最大的一笔开销，为了弥补这笔无妄的消费，我在学校食堂里省吃俭用了一个星期才补回来——也不算省吃俭用，一想到胡立君和文一梦在外面住到了一起，我就吃不下饭了，这才是节省饭费的真正原因。

一连多日，我都万念俱灰，对任何事情都提不起兴趣，觉得自己放弃了北京的大学，来到省城追文一梦，没想到竟然得到了这样的结果，我无法原谅自己，甚至一度有想退学的打算。这种状态一直持续到学期快结束，正打算草草复习应考然后早点回家，没想到，我竟然得到了一个让我更加难过的消息。

那天我无聊时和赵闯通电话，没聊多久，赵闯告诉我一个把我惊得合不拢嘴的消息：文一梦怀孕了。这件事是胡立君告诉他的，说他这些天有个事情要忙，让赵闯多分担一些。赵闯问是何事，胡立君犹豫了一下告诉了他，并且一再叮嘱他不要给任何人说起。赵闯和我聊天的时候无意中把这个消息说漏了嘴，只好又叮嘱我千万不要让第三个人知道，否则他就没法向胡立君交代了。

挂了电话，我有种万箭穿心的痛，好像自己珍爱的宝贝被人拿走弄坏了，无论如何都无法弥补一样。当天晚上，我没有吃饭，也没有心思复习，躺在床上半天睡不着觉，想打个电话安慰下文一梦，却不知该从何说起，只好作罢，夜里喝了一点酒，才终于睡下。

155

第二天，我左思右想，觉得自己这件珍爱的宝贝不能让人这么糟蹋了，得做点事情才行。这时，一个大胆的想法从我脑子里冒了出来。

我发短信给赵闯，向他要了刘素素的电话，理由是好久没有联

　　　……　　　别人家的孩子和我

系，想和老同学叙叙旧。没想到电话过去一问才知道，她早先去了深圳，后来回到了省城打工。刘素素很吃惊，问我怎么会有她的电话，我问她知不知道我在省城上学，为什么不和我们联系？刘素素感慨，"你们一个个大学生的大学生，老板的老板，体体面面的，我一个打工妹和你们坐不到一起啊。"我说："我们是同学啊，从小学都是同学，怎么能说这种话。"刘素素说："就是因为同学才这样啊，要是你也是打工的，我们早就在一起了。"刘素素话说到这里，突然意识到哪里不对，赶紧解释说，"你别误会啊，我不是那个意思。我知道，你喜欢的是文一梦嘛。"刘素素就是这样，说话心直口快，不遮不掩，心思永远都不用猜，怎么想就怎么说，这点是我喜欢的。但是正如她所说的，我们之间真的开始有距离了。

"喜欢有什么用？人家现在都快给别人生孩子了！"听了刘素素的话，我发出了这么一句感慨。刘素素一听惊了，"什么，这么快？不是你的孩子吗？"

"哪是我的孩子啊，要是我的会用这种语气告诉你吗？"我接着说，"人家怀的是胡立君的孩子，这你都不知道啊。"

"不知道啊，我只和赵闯联系过，他只是随口说过胡立君在和文一梦谈恋爱，怀孕的事情没说过，而且你来省城上大学他也没给我说过啊。哎，我一直以为文一梦喜欢的是你啊，你们俩我们都很看好，怎么会弄成现在这个样子？"刘素素说，"初中时要不是你追着文一梦不放，没准咱俩就在一起了。"说着她在电话里笑了起来。

我对刘素素说了我为文一梦放弃北京的大学而来省城上学的事，以及此后的种种，惹得刘素素不断为我叫屈。但我告诉刘素素，受到伤害的可不是我一个人，想想文一梦她妈妈，简直把文一梦当心肝，这下未婚先孕，她妈妈知道了该多伤心啊。当然，还有那些把文一梦当女神的男生们，他们知道了这事还不得把胡立君活剥了？

刘素素觉得有道理，说："没看出来，文一梦竟是这样的女生，得让那些暗恋她的男生知道真相，要不然像我们这样的就嫁不出去了。"说完她哈哈一笑。

聊天结束时，我一再叮嘱刘素素别告诉别人这是我说的，以后有什么事可以和我联系，我们都是同学，没必要那么见外。刘素素"嗯嗯"了好几下，说改天来学校看我，她还感慨说来省城打工这么久，还从来没有进过大学校园呢。我和她约定有机会带她到校园逛逛，这才挂了电话。

156

不出所料，很快，刘素素把文一梦搞怀孕的消息就传到了镇上的同学耳朵里，那些同学再传给他们的妈妈，他们的妈妈又传给文一梦的妈妈，三天不到，文一梦的妈妈就知道了文一梦怀孕的事。我觉得，也许我的机会来了。

但是接下来却没什么动静。又过了几天，文一梦的妈妈从老家来到了省城，在文一梦和胡立君租的房子里陪了文一梦几天，然后又走了，生活很快恢复了平常，好像什么都没有发生。我正纳闷的时候，赵闯来电话了，他感叹终于可以轻松几天了，我问为什么，他一脸庆幸地说胡立君回来了，他就不用忙了。我随口问文一梦怀孕的事情怎么解决的？赵闯一听就来了兴致，滔滔不绝地讲了事情的经过：

原来，文一梦怀孕的事传到了她妈妈的耳朵后，她妈妈准备找胡立君他们家大吵一架，后来一想事情已经到了这步田地，吵有什么用呢？两家人一合计，他们本来已经成人了，胡立君大学已经毕业而且在省城有了稳定的工作，文一梦大学也即将毕业，两个人年龄相仿，在镇上又是多年的邻居，父母也都是同事，他们又是同学，说起来算是门当户对，不如趁机把他们撮合一下，等文一梦大学一毕业就让他们结婚，一起在省城工作、生活，比回镇上教书好多了。而且文一梦怀孕的事情很多人都知道了，再回镇上肯定风言风语的，对工作有影响不说，也影响将来结婚啊。趁此机会给他们订了婚，也把别人的嘴堵上了，一举多得啊！

　　据说这个想法最早是胡立君他爸爸提出来的，刚开始还遭到了文一梦爸爸的坚决反对，没料到文一梦她妈妈突然转弯了，想了想这么解决也不错，她从小也觉得胡立君这孩子挺好，让文一梦在省城工作生活，总比在镇上强。她虽爱女心切，可是哪个父母不想自己的孩子过更好的生活呢？于是她做通了文一梦他爸的工作，两家人达成一致意见，由文一梦她妈妈带到了省城，告诉了文一梦。

　　文一梦是何态度现在还不得而知，但是胡立君的态度可想而知了。据赵闯说，胡立君这几天就像中了大奖，开心得整个人都飘起来了。

　　没想到事情是这样的结局，真是一切皆有可能，我想到了开头，却没想到结尾。挂了赵闯电话，我躺在床上，心里有巨大的愤怒要发泄，可是却无从发起，觉得自己就像一个战败了的斗士，只能舔着自己的伤疤，看着胜者仰天大笑、呼唤庆祝。更尴尬的是，本来这场战斗我是可以赢的，没想到被自己弄巧成拙，自作自受。

在我还没有想好如何面对文一梦的时候，却接到了她打来的电话。这个电话再次让我不知所措，因为文一梦提出了一个让我左右为难的请求，让我陪她去堕胎。原来，怀孕后她本想让胡立君陪她去医院堕胎，没想到她妈妈竟然提出了一个让她不可思议的要求，让她和胡立君结婚，还说什么不结婚对她影响不好，而且胡立君还觉得，既然生米煮成了熟饭，现在就想尽快和文一梦结婚，把孩子生下来，文一梦再去完成剩下的学业。文一梦听到这个消息脑袋都炸了，没想到胡立君竟然做出了这样的打算。自己的人生才刚刚开始，竟然有人想以孩子捆绑她的未来，她是无论如何也不会接受的，于是就背着胡立君，偷偷给我打了电话。

兹事体大，我一度劝慰文一梦要冷静，但文一梦态度坚决，就问我愿不愿意。我从内心是不愿意的，孩子毕竟是胡立君的，他干的好事凭什么我去替他擦屁股啊。再说，万一他知道了是我陪文一梦去医院堕的胎，那他该怎么看我，还不杀了我啊。就在要婉拒文一梦的时候，我又转念一想，这可是我最喜欢的女孩，出了这么大的事，难道我能无动于衷吗？这是她最需要我的时候啊！思来想去，我还是答应了文一梦，约好第二天早上陪她去一家妇幼医院堕胎。

这家妇幼医院位于郊区，远离我和文一梦所在的学校，之所以跑这么远，主要还是为了避开我们的同学，万一被看见了那该多尴尬。在去医院的路上，文一梦说她曾陪同宿舍的一个女生去学校附近的一家大医院堕过胎，当时那女生本来想去郊区的医院，但毕竟学校附近的医院是学校附属的，承担着为学生治病的职能，相当于校医院的升级版，来这里看病几乎可以全额报销，这位女生当时没钱，她男朋友在她怀孕不久和她分了手，自然也不愿意给钱，所以只能来这家医院。文一梦说当时她就想，自己将来一定不能落到这步田地，没想到自己还是走到了这一步。

我安慰文一梦，"别这么说自己，你和那个姑娘不一样的。"文一梦说："有什么不一样的？不一样的可能是我现在还有钱选择自己想去的医院吧。"顿了一下，文一梦接着说，"我只想好好谈个恋爱，为什么老天连这个权利都不给我呢？"说着说着，她的眼圈红了。我无话可说，只能愣愣地看着窗外。

车子在妇幼医院停下后，我帮文一梦付了车费，她坚持要把钱给我，我说等你手术完，恢复后请我吃饭吧。于是文一梦便不再坚持了。

我陪文一梦走进医院的大门，一下子被眼前的景象震住了，偌大的医院大厅排了长长的挂号队伍，穿着白大褂的医生和护士来来往往，病人的家属穿来穿去，不时有婴儿的啼哭声传来，也有激烈的争吵声，每个人的表情都很不正常，不是狂喜就是冰冷，也难怪，在这每时每刻都有新生命诞生同时又消失的地方，谁的心情不紧张呢？

159

我是第一次来这种地方，刚开始还怕招来别人鄙视的目光，更害怕遇到同学或者熟人，但环顾了一周觉得都是陌生的，而且每个人都在关注自己的事情，这才放下心来。

等了一会儿，好不容易空出一个座位，我先扶着文一梦坐下，然后挤进挂号的队伍。大约排了半个小时的队，终于拿到了号，一看是个计划生育科的，还以为挂错了，就近找了一个护士打听，还没张口就被护士大声顶了回来，"堕胎吧！就是计划生育科的，二楼呢。"好不尴尬，生怕别人听见，没想到根本没人在意。倒是文一梦，看我一脸尴尬的样子，一撇刚才的沉默，嘴角露出了释然一笑。

我陪文一梦坐电梯到二楼，找到科室，又是一通排队。排到文一梦后，医生直接问了文一梦一些让人尴尬的问题，并且也没有让我回避的意思，这些问题包括多长时间了？感觉怎么样？痛不痛？最近有没有同房之类的，听得我和文一梦面红耳赤。

问完之后，这位医生在一张单子上写写画画了半天，然后让我带文一梦去做检查。所谓检查就是各种化验，毕竟堕胎是个手术，手术前的各种准备工作都是要做的。化验无非是验血以及相关检查，听文一梦说主要是看胎儿多大了，如果太大的话，堕胎风险太高，医院不愿意做这样的手术，一般会拒绝。文一梦说得我几乎吓出一身冷汗，心想自己这是在参与杀人，万一出个什么纰漏，我该怎么向文一梦家人交代？还有胡立君，我甚至有点退缩了。文一梦似乎看出了什么，说她怀孕的时间很短，让我不用担心。我装作大度地点点头，安慰她说："又不是我做手术，我怕什么！"说完对文一梦一笑，没想到文一梦表情凝重，说："待会儿你记得在手术上签字啊。"我再次紧张起来。

文一梦在二楼等着，我去缴费中心缴纳化验的费用，文一梦塞给我一张卡，告诉了密码，我下意识推辞了一下，文一梦说你陪我来已经很感激了，不能再让你花钱，而且我比你有钱，我之前当家教攒了钱的。我接过卡，转身进了电梯，心里莫名一阵酸楚，竟然说不出到底是为什么。

<h1 style="text-align:center">160</h1>

缴费又是半天排队，回来的时候文一梦悄悄把我拉到一边，我问为什么不赶紧化验，文一梦说她刚才看见了一个人，是她们隔壁宿舍的一个女生，算是她们的校花，没想到也来这里堕胎了，好惊险。现在这个校花正在化验，等她化验完了再进去吧，万一见了面多尴尬。我一惊，心想这么偏僻的地方也能遇到熟人啊。文一梦说是一个中年男人陪那校花来的，可能中年男人就住这附近吧。我"噢"了一声，跟文一梦静静地站在化验中心的门口，等着那校花出来。

过了一会儿，那校花终于在一个男人的搀扶下出来，我才看清，文一梦所谓的中年男人，其实是一个看起来比那校花爸爸的年龄可能还要大的人。不可思议的是，周围竟然没有人感到惊讶，也许大家都当成爸爸陪女儿了吧。

一个大学还没毕业的女生，为何跟一个比自己爸爸年龄还要大的人来堕胎呢？肯定有很多故事，我本想好好问问文一梦，但一想不是时候，将来她恢复好了再问不迟。

161

文一梦化验完，又等了大约一个小时，我们拿到了化验结果，又拿去给刚才那个医生看了一下，他在上面签了"同意手术"几个字，让我们到三楼排队。到了三楼，刚出电梯，又看到排了长长的队伍，看来堕胎真的是个很热门的手术啊。

排了队我才知道，之所以这么多人，原来是有不少被计划生育的妇女。这些人由于超生，被带到这里强制堕胎，难怪做手术的这个科室也叫计划生育科。我还没跟文一梦说，就听到前面不远处有一位计划生育女干部，在训斥她带来的一位超生妇女：

"这已经是第三次了啊，以后再不能这么干了，再这么干就得进监狱了。"

说完那位超生的妇女哼哼了两声，逗得周围其他排队的妇女哈哈大笑，这位计生干部也笑了起来，并向大家说起这位超生妇女的情况：

超生女人是附近村子的，有些智障，被村里的男人勾引上床，怀

　　　…　　　别人家的孩子和我

孕了好几次。由于没有结婚，没有男人承认，生了孩子也上不了户口，只好一次次被计生干部拉来堕胎，据说其中有一次孩子已经很大了，但是依然被堕。这位精神有问题的女人仿佛没事一般，依然乐呵呵的，每次一怀孕就被拉来，堕了再来，如此往复，连这位计生干部都受不了了，这才发起了牢骚。

162

文一梦听得清清楚楚，她一会儿平静一会儿难过，搞得我都不知道她到底在想些什么，于是只好在心里默念手术赶紧结束，在这里待着太难熬了。

好不容易轮到了我们，里面的护士戴着口罩叫了文一梦的就诊号和名字，她有些尴尬地往前跨了一步，进了手术室的大门，站在她身后的我也跟着往里跨了一步，没想到被这位护士推了出来，大叫道："女人做手术，你们男人进来掺和什么？出去！出去！"我仿佛被蛇咬了一口，赶紧退出来，尴尬地挪到一边，这时听到身后嘻嘻哈哈的笑声，我恨不得找个地缝钻进去。这时候突然有个护士喊我的名字，我又凑到了门口，从一个小窗口塞出来一张单子，让我签字，我隔着玻璃问了一下，护士不耐烦地催我快点，我只好在"家属意见"一栏写下"同意"，塞了进去，再躲到一边，心里默念着文一梦一切顺利，早点出来，这真不是人待的地方。

过了大约半个小时，文一梦出来了，好像和进去时没有区别，表情还有些放松。我轻轻搀扶着她到休息区坐下，她塞给我一张药方，让我去缴费买药，然后在医院门口见。我问她："自己可以下楼吗？"她说："有电梯呢，没事的，你快去买药吧，我都快饿死了，早上都没吃饭。"我一看表，这时候已经下午两点，赶紧到楼下买了药，和文一梦在门口汇合，找了附近一家饭店，点了一桌子菜，两人吃了个精光，然后才打车回学校。在车上，文一梦沉沉睡去，还把头靠在我的肩膀上，把我肩膀压得发麻，但这不是最难受的，最难受的也是我最担心的，是接下来如何面对胡立君、面对文一梦的妈妈，甚至面对和此事有关的一切人。想到这些，我头一下子大了。

163

胡立君知道这件事是在当天下午。他当天出差，回来不停打文一梦电话，但是电话一直关机，又去他租的房子找，也没找到，又给文一梦宿舍打电话，才知道文一梦搬离了他租的房子，住回学校了，而且还知道了一个让他更震惊的消息，文一梦堕胎了。

胡立君本想跑到学校，找到文一梦大闹一场，谁知开车到了半路，接到了文一梦的电话，告诉他要是再闹的话，以后连朋友都没得做了。胡立君冷静了下来，原本想着生米煮成熟饭了，这下才发现，煮熟的鸭子也会飞走，感情的事真是强求不得，这样下去谁都没有好结果。正所谓恋爱让人糊涂，失恋让人清醒，胡立君清醒过来后，以一场超速驾驶被交警罚了500元钱、拘留五日和这场恋爱告终，从此和文一梦成了路人。

胡立君也和我成了路人。他不知从何处知道是我陪文一梦去医院堕胎的——换作任何一个男人，这种仇都是不共戴天的，连我自己都觉得后怕，要不是文一梦，换作任何一个女人我都不会这么干的。

那段时间我基本待在宿舍，只是偶尔去教室上课，去食堂吃饭都恨不得带个刀子，生怕万一胡立君冲过来，就连晚上睡觉都不踏实，总觉得胡立君会来敲门，会来跟我拼命，以至于还失眠了几个夜晚。

我本来是想去看看文一梦的，这时候她最需要人照顾，可是她住在女生宿舍，男生很难进去，再者我是怕胡立君知道了——每次一想起胡立君，我就觉得他下一秒就会出现似的。

胡立君并没有出现，自打那次他超速驾驶被罚后，他就像从我们生活里消失了似的，就连刘素素和赵闯都很少提起他，不知道是有意的还是无意的。时间真是个好东西，它的流逝可以缓解很多事情，比如过了一段时间后，我慢慢想开了，觉得胡立君太过分了，文一梦和他分手也是必然的，我不是第三者，我陪文一梦去医院，主要还是因为老同学关系，当然，我必须要说，感情因素是占了相当比例的。不是有个所谓的哲人说过这么一句话嘛，男女之间不要扯什么友谊，除了感情，其他的一切都是扯淡，只有荷尔蒙才能产生不顾一切的动力。我想，也许我的机会真的来了。

164

事情并没有那么顺利，最大的一个问题是如何面对文一梦的妈妈。尽管省城和镇上有七百多公里，但文一梦堕胎后不到两天时间，她的妈妈就知道了。这次和上次不同，她没有风风火火杀到省城，而是打电话问了事情的经过，意识到一切教训和发脾气都是徒劳，只好嘱咐她好好休息，一定要注意营养，把身体养好才是最要紧的，其他的不要多想，据说还捎带训斥了胡立君，怪他把自己宝贝女儿糟蹋到这步田地，最后还在电话里哭了起来。文一梦无动于衷，只能由妈妈哭诉，挂了电话，睡了一个大觉，一觉醒来轻松了很多。

听了文一梦的转述，我还惊讶于她妈妈的态度转变之快，后来一想也正常，都是为了文一梦。怀孕逼婚是这样，现在堕胎后当着文一梦的面训斥胡立君也是如此，只是这一次，文一梦彻底把她的意见抛到了一边，做出了自己的选择，没想到竟然也没什么大不了的。

其实文一梦的妈妈是承受了很大压力的，包括他们一家都是。据说消息传回镇上后，胡立君他们家也很快知道了，原来两家达成的结婚意向没想到因为这事搅黄了，胡立君他爸还趁着醉酒和文一梦她妈妈吵了一架，吵得镇政府大院的人都听见了，弄得两家几乎不相往来。后来还听说胡立君为了这事想不开甚至有自杀倾向，他爸爸连夜赶到省城陪儿子住了好长时间才算稳定下来……总之这事闹得沸沸扬扬，两个家庭好长时间都不得安生。好在两家最后都以自己的孩子为重，也没什么好说的，以后各走各的路就是了。这对文一梦和胡立君来说，可能也是一种解脱吧，要不然他们回到了镇上，那得多尴尬呢。

165

文一梦这时候已是本科第二年，课很少，很多学生都离校去附近的学校实习，为当老师积累经验，同时也是为了完成学校的毕业要

… 别人家的孩子和我

求。文一梦在专科阶段已经多次代课当家教，实习对她来说可有可无。宿舍其他人都走光了，她一人留在宿舍，比较安静，也便于恢复。刘素素不上班的时候会跑到学校，在她身边陪一下，有时候两人还去吃顿好的。

　　和刘素素不同，文一梦不大喜欢逛街，即使逛也是去公园或电影院，或者看场话剧、演唱会什么的，她们二人除了吃饭，别的也没什么交集。刘素素经常发牢骚，责怪文一梦文青气息太浓，文艺范太要命，生活还是要实实在在的，逛逛街买买衣服不是挺好的嘛，为什么活得这么不切实际呢？不过她每次吐槽，文一梦都是笑而不语。

166

　　我去看文一梦是在她已经完全恢复后。我像做贼一样悄悄溜进她的宿舍，她在楼口接我，问我有没有被管宿舍的大妈看到，我说："刚进来的时候那大妈似乎睡着了，看都没看我一眼。"文一梦笑笑，说："其实那大妈眼睛尖着呢，平时苍蝇飞进女生宿舍楼她都能看见，别说一个人了。"说完我有点后怕，文一梦又说，"不过毕业前夕管理就不那么严格了，大妈也是睁一眼闭一只眼，毕竟很多同学毕业后就要结婚了，要是连个面都还不让见，那得多没人性啊。"我呵呵一笑，说："也是，现在不是都允许在校大学生结婚了吗？要是你妈不逼你，也许你现在就和胡立君结婚了。"这话刚说出口就觉得不对，可是说出去的话如泼出去的水，覆水难收，只能等着文一梦骂了。文一梦似乎没听见似的，带我进了宿舍，把门关上，从她的柜子里拿出一瓶饮料，放在我面前，说："喝吧，宿舍就我一个人，其他女生实习的实习，恋爱的恋爱，各忙各的，平时都不回来。"

这宿舍比我们的宿舍陈旧一些，不过收拾得干净多了，看不到各种杂乱的衣物，地板也拖得干干净净，就像外面廉价的宾馆。宿舍一共六张床，其他几张床看起来已经很久没人住了，两张甚至都是空的，文一梦的床在最里面的下铺，靠近窗户，碎花点缀的被罩和床单营造出温馨的天地，床头摆着一摞书，其中厚厚的是《平凡的世界》和《飘》，其他还有严歌苓、龙应台的，此外就是一些教育心理学或课堂实战技能一类的，摞得比枕头还高。

看我对那些书感兴趣，文一梦说："你都看过吧？"我点点头，本来要解释只看过《平凡的世界》和《飘》，其他看的是一些文一梦不会感兴趣的书，比如《麦田里的守望者》《一九八四》之类的，还看了省城作家李佩甫的《羊的门》，以及邱华栋等作家的，不像文一梦，看的都是大部头的。

文一梦说："这些书自己早都想看了，可惜一直没时间，没想到这回终于有了大块时间，把这些书看了个遍，看看想想，然后回忆了自己这些年的成长经历，很多事情都有了新的认识，现在觉得挺释然的，也挺淡定的，知道了自己到底想要什么，不想要什么，知道了自己的路要自己走。人之为人，就在他能做出属于自己的选择并无怨无悔去实现，不管这路再坎坷，再不被人理解，也是坦然的，最起码是为自己而活，而不是为别人或者一些莫名其妙的理由而活，你说呢？"

没想到文一梦对我说起了这些，让我有点措手不及，早知道我该好好准备一下的。看来，她这些日子真是悟出了不少东西，看明白了很多问题。她说的这些话让我心头一震，有些对她刮目相看了，要知道文一梦之前在我们看来是个标准的乖乖女，对她妈妈言听计从。

我本来想迎合文一梦，谈些我们要为自己而活，不要在意别人的看法，都80后了，怎么还能拿别的借口来为自己过得不爽做理由呢？我们本该是没有压力、崇尚自由、凭着自己爱好和兴趣选择成长方式、活出和前几代人不同生活的一代人，可这是理想，或者说这是外界对我们的美好想象，真实的成长和生活是不堪的、被束缚的。比如我从小就喜欢文一梦，在别人看来我们是青梅竹马、天造地设的一对，可为什么到现在我们也没有在一起呢？比如文一梦本来也不喜欢胡立君，为何最后为他怀孕而且差点嫁给了他呢？为何成长说起来只是我们自己的事情，父母总是拿别的孩子作为我们的参照呢？为何刘素素本来成绩挺好，现在却成了一个打工妹呢……成长是我们的，但如何成长我们却无法主宰，总是被各种外界的力量打乱，让我们成了不想成为的样子……这到底是为什么呢？是我们不够自主、不够自立，还是外界的力量太强大，社会对我们的影响太深刻？这个问题我一直都想不明白，但此刻，文一梦似乎有所领悟了。

文一梦说："小学时我们俩一起说话都会被人传得满村风雨，中学的时候本以为能正常一些，没想到跌入更大的漩涡，中考没考好不说，还被父母骂、被别人非议，到了省城上了大学，本以为可以自主谈个恋爱了，没想到最后还是被逼，被逼着结婚，被逼着做出不愿意的选择。你知道我为何狠下心堕胎吗？其实我这种性格的人，是很难下这个决心的，可是他们一逼我，逼我因为怀孕而嫁给一个自己还没有完全接纳的人，我就觉得这孩子是个包袱了，我必须得丢掉这个包袱，否则你想想看，因为这孩子我嫁给胡立君，接着又因为孩子的成

五、终于毕业了　　　　·　　　217

长和家庭的完整，我得维持和胡立君的家庭关系，孩子长大了，我作为妈妈不能给孩子树立不好的榜样，也只能委曲求全……那你想，我离开这个世界的时候得多遗憾啊，一辈子都没有为自己而真正活过，一辈子都被左右了，我肯定会死不瞑目的。"

我很惊讶文一梦说出这样一番话，刚开始听着有点言过其实了，可是越往后听，越觉得她说的似乎也正在我身上发生着。

167

看我不说话，文一梦接着说："生命之所以有意义，就是因为她是按照自己的意愿、自己的选择而活的，而不是被逼、被教育、被选择的，否则那和动物有什么区别。我们早就听过一首诗：生命诚可贵，爱情价更高。若为自由故，两者皆可抛。匈牙利诗人裴多菲的这首诗传了几代人，为何我们都是80后了还没有做到？"

文一梦越说越激动，"这些天我想明白了一件事，接下来的人生，我要为自己而活，做自己想做的事情，爱自己想爱的人，为了自己的理想而活，而不是别的原因而活。"说完她坚定地看着我，似乎想要得到我的认可。我从来没有见过这样的文一梦，她这个样子让我觉得有点陌生，可是这些话又引起我很多联想，想附和她又觉得不妥，但是无论如何我是支持她的，她想要说的，也是某种程度上我想要做的吧。

我问文一梦："那么你已经做出自己的选择了吧。"

"嗯，就是回去当老师，回我们那里当老师。"说着她看着我，

"这些晚上，我看书睡不着的时候，总会想起我们小时候的事情，想起我们小学的点点滴滴，那是我迄今为止最开心的时光。我想去重温这些时光，再说，我爷爷还是小学的老校长，他对我影响很大，我回去教书，也算继承了他的事业。"

我惊讶，"你不是要去镇上教书吗？怎么又回到村小学了？"

文一梦说："我仔细想了一下，我爸妈都在镇上，我要是回镇上教书，免不了和他们经常见面，现在闹成这样，不是更尴尬吗？还是回村里好，我爷爷奶奶还在村里，他们年龄也大了，我回去还能陪陪他们，我可是他们养大的，这个你最清楚。"

我"嗯"了一声，表面平静，内心却不安，本科毕业回村小，这样的选择不是谁都能做出的，也不是谁都能理解的。

168

看出我的顾虑，文一梦说："不光你惊讶，我哥哥也不能接受，他甚至有点怒不可遏，好像我干了多大的坏事似的。哎，都是80后，怎么差别这么大呢？"

我问了文一梦他哥哥文自强的情况，原来他哥哥大学毕业后进了我们市里的一个政府部门，拿了事业编制，干了几年积累了一些资源，现在单干，开了自己的公司，在市里买了很大的房子，娶了市里的女人做老婆，已经生了孩子升级当爹了。文自强的经历在我们那里传为佳话，以前父母都以胡立君作为我们的榜样，现在这个榜样已经换成了文自强，他对我们这些人杀伤力巨大。大学扩招后大学生多如牛毛，就业成了老大难，很多大学生毕业即失业，尽管我们还有几年才毕业，但是可以预见将来随着毕业人数不断增加，就业压力会越来越大。在这种情况下，文自强这个新"别人家的孩子"，势必会让我们越来越有压力。

文自强认为文一梦这种选择是把自己送上了绝路，如果真是因为找不到工作，他可以在我们市里为文一梦找工作，包文一梦满意。如果她想在市里生活，他还可以帮文一梦介绍对象，将来买房没钱他都可以帮忙，总之一切为了文一梦的幸福，他这个当哥哥的也真是拼了。文一梦谢了哥哥的好意，说自己的路要自己走，他如果不支持也最好不要反对，免得影响了兄妹两人的关系。她哥哥没想到这个平时有点柔弱的妹妹会说出这样一番话，叮嘱文一梦再好好想想，千万不要意气用事，否则将来后悔都来不及。他答应文一梦，在她做出选择之前不会将此事告诉家里，还叮嘱文一梦毕业前回镇上的话，务必要到市里他家去一下，他要和她好好谈谈。

从文一梦的话里，能明显看出她已经抱定了这个想法，谁劝也没有用了，所以当她问我是否支持她的时候，我只好点点头。

169

说了半天话，文一梦似乎觉得气氛有些紧张了，我也感觉很奇怪，在我的印象里，文一梦很少用这么高的声音、这么激动的语调说话，平时看起来温文尔雅的她今天有些陌生了。但这样的文一梦又给我一种特别的感觉，让我觉得我们本来就应该是这个样子的，本来就

　　　… 　　　别人家的孩子和我

应该活得如此自主而自由，真实而性情，理想而不世俗。

　　文一梦又拿出一瓶矿泉水给我，从桌子下面的抽屉里翻出一堆零食，其中有我最喜欢的果脯。她一一摆开，推到我面前，说："吃吧，平时吃零食已经成了我的爱好了，这次为了招待你，我又多买了一些。"我洗了洗手，拿出一个山楂果脯放在嘴里，还没有咀嚼，一种酸甜的滋味就浸遍全身，忍不住吸溜了一下，文一梦笑了，说："怎么样，和我们小时候的味道一样吧，我特意从老家人开的一个土特产店买的。"

　　吃了一会儿零食，喝了半瓶水，这时已经下午三点，太阳懒懒地射进窗户，洒在窗台的植物上，明亮而温馨，我有些困了，想躺在文一梦对面的床上睡一觉，没想到文一梦这时却问了一个让我倍感清醒的问题，那就是我将来有什么打算。

　　我将来有什么打算？这个问题我想过，但从来没有想明白过。我最清晰的打算是考到省城这所大学，那时候的目标只有一个，追文一梦，没想到后来遇到了这么多事情，现在真不知道未来该如何打算了。再说，离我大学毕业还有两年时间，也许快毕业的时候会清晰点吧。

　　我把这些想法告诉了文一梦，文一梦听后沉默了，我正想岔开话题，没想到她问了个让我更惊讶的问题："你的未来有我吗？"

　　"当然有啊，当年我的理想就是和你在一起。"我顿时清醒了不少，坐起来看着文一梦，还以为她在开玩笑，没想到她的表情告诉我这是一个正式的问题。

　　看她不说话，我想把刚才的回答再重复一下，或者再解释一下，可是还没开口，文一梦说话了："经历了这么多，我发现还是放不下你。"

　　我点点头，又重重地再次点点头。文一梦说："之前的事就不提了，重新开始吧，经历了这一切，我对未来看得更清晰了，这也许才是我真正想要的。"我心里满是兴奋，没想到转了这么大一圈，我们还没有放弃彼此。但是这种兴奋又和以前的兴奋不同，以前那种兴奋是不顾一切的，我行我素的，现在这种兴奋沉甸甸的，不那么冲动，也不那么激烈。

　　也许这是长大了的缘故吧，我在心里安慰了一下，又和文一梦聊了一会儿天。时间不早了，我们在学校附近的一个小吃店吃了点东西，各自分开，并约好下次再见。

170

　　转眼已到5月，文一梦离毕业很近了。她趁着交完毕业论文还没有答辩的间隙，回了一趟老家。她坚持不让我送她到车站，说等她回来一起吃饭，我应了她。

　　文一梦这次回去是谈工作的事情的，走之前，她没有告诉哥哥文自强，也没有告诉爸妈，只是给她爷爷打了电话。自然，她没有到市里停留，坐大巴到镇上后，也只是在镇上的家里吃了顿饭，当天就赶到了村里爷爷奶奶家。

　　她把工作的想法告诉了她爷爷奶奶，刚开始他们不同意，尤其是文一梦她奶奶，说："现在人家孩子都是去外面工作，你反倒往村里跑，这不让人家笑话吗？再说堂堂一个大学生，这么做是浪费人才

　　　……　　　别人家的孩子和我

啊。"不过文一梦是他们带大的，她爷爷又当了一辈子小学教师，对当老师有浓浓的情结，在文一梦的软磨硬泡下，终于同意。他爷爷打听了一下教师选聘情况，教育局的人听说一个师范本科生要到村小任教，而且还是文老校长的孙女，求之不得，觉得是个典型，要好好宣传一下，吸引更多的优秀大学毕业生投身乡村教育。

文一梦还没来得及高兴，事情就被她父母知道了，他们连夜赶到村里，给文一梦做了半天思想工作，但文一梦不为所动，还有她爷爷护着，奶奶也不愿宝贝孙女不开心，她父母也没敢说太重的话，只得叹息。文一梦爷爷劝他们想开些，姑娘能做自己喜欢的事情就好，而且还在他们身边，等于是接过了他的班，是个好事情。如果他们想让文一梦换工作，那等自己死了再说吧。一看到文老爷子话说得这么重，文一梦爸妈自然不敢再多说什么，二人在村里饭都没吃，直接开车回到了镇上，留下文一梦在村里陪她爷爷奶奶。

第二天，文一梦坐车到县教育局报了名，随后又参加了笔试和面试，最后以总成绩全县第一被录取，安排在我们小时候上学的那个村小，教五年级语文兼班主任。听说文一梦要回村小教书，留在村里的几个小学同学都很惊讶，大家都以为文一梦会生活在省城，再不济也是市里啊，怎么又回到农村了？不理解归不理解，不过想到以后能经常看到小学时的校花，也是一件可喜的事，如果有朝一日自己的孩子能让文一梦亲自教，那将来肯定会有出息。大家热热闹闹地聊了会儿天，文一梦又到学校了解了一下情况，做好了秋季开学要做的准备，然后又赶回省城，准备参加毕业答辩，等待毕业。

文一梦回省城那天下午，我到火车站接她。在农村待了小半月，她的肤色看起来黑了一些，身上多了一些乡土味，新买的运动鞋上还沾着泥土，但是她的状态看起来不错，笑容满面，信心满怀，看得出对即将开始的生活充满了期待。

我选了一家不错的餐厅，狠心花了当月生活费的四分之一请文一梦吃了顿饭。文一梦没推辞，说将来等她挣了工资，再请我吃大餐，我开心回应，"那就等文校长的好消息吧。"文一梦辩解，"什么校长不校长的，人家是正儿八经回去当小学老师好不好？""不想当校长的老师不是好老师嘛，你条件这么好，将来一定能超过你爷爷。"文一梦端起一杯饮料，和我使劲一碰，说："那借你吉言，希望将来的我们都变得更好。"

我和文一梦边吃边聊，其实主要是文一梦说，我听，偶尔插问。文一梦说的都是回去的见闻，比如我们的小学同学王三千娶了老婆后，现在已经生了两个孩子了，而且都是女孩，看样子又得超生生男孩了，说不定很快小王三千就会出生的。我想起一个故事：有人问一个放羊的孩子，你为什么放羊啊？孩子回答，娶媳妇。为什么娶媳妇啊？孩子回答生孩子。为什么生孩子啊？孩子回答放羊。这个故事小时候我们就听过，当了十几年的玩笑，但是现在听了王三千的事情后，觉得这个玩笑不那么好笑了，反而有一种说不出的沉重。

　　文一梦还提到了董大毛。原来，董大毛初中毕业后去技校学了厨师，在市里的饭店干了几年，练了下手艺，攒了些钱，还和饭店里的女服务员谈了恋爱，两人在我们县城开了一家饭店。经过这几年经营，他挣到钱了却和那女服务员分手了，在县城买了车房，俨然一副钻石王老五的样子，目前看，算是我们同学中混得最好的一个了。现在村里人教育孩子，很多都以董大毛为榜样。文一梦说完笑笑，有些荒唐的感觉，我则禁不住感叹，想当年董大毛是我们中成绩最差的学生，父母都教育我们，好好学习，千万不能像董大毛那样。现在他却成了我们同学中混得最有出息的一个了，可以想见，接下来父母又会拿他做榜样唠叨我们，想到这里我甚至有点不知所措了。

　　文一梦似乎没想那么多，她说董大毛听说她回去了，还特意请她在饭店吃了饭，文一梦本来不想去，但碍不过老同学面子，盛情难却。席间董大毛开玩笑说："等了十多年终于可以和文一梦坐在一起吃饭了。"文一梦说："我们是老同学啊，吃饭不是随时的吗？"董大毛说："那不一样，说来惭愧，我可是从小都暗恋你啊！"文一梦愣住，董大毛发现不妥，打了个哈哈，罚酒一杯，这才缓和了氛围。

　　说完这个，文一梦觉得像个玩笑，连连摇头感叹不可思议，但我却觉得董大毛醉翁之意不在饭。就像那篇流传很广的文章《我奋斗了十八年就是为了和你坐在一起喝咖啡》所说，哪个男人没事会用十多年干这个啊，除非这个女生一直藏在他心里，是他必须要完成的心愿，这个心愿关乎情怀、关于理想、关于爱，甚至关乎尊严和自我实现，总之，这不是开玩笑那么简单。

173

文一梦一反常态，谈兴不减，可见她是多么开心。在她看来，仿佛经过了重重坚持，理想终于实现了一样，有一种溢于言表的痛快。这种时候怎么能少得了酒呢？尽管我们都不胜酒力，但不知谁出的主意，叫了两瓶啤酒，我们就着瓶子碰了起来，岂料没喝几口，便感觉头晕脑涨。我到前台结了账，走到门外叫了一辆出租车，把文一梦搀扶到车里，陪着她回宿舍。

在车上睡了一会儿，再加上夏风吹拂，下车后文一梦清醒了不少。这时已是毕业前夕，校园里没什么人，偶尔一个也是行色匆匆，宿舍里也是没人，甚至连看门的大妈都不在，有一种末世的感觉。

我扶着文一梦上了楼，她摸出钥匙给我，打开宿舍门，里面空荡荡的，我上次坐的文一梦对面的那张床就剩下了床板，看来已经搬走了。扶着文一梦躺到床上后，我几乎没地方可坐，只好拉开她的抽屉，拿出一瓶矿泉水，拧开递给她喝了两口，我犹豫接下来该怎么办，这时目光扫过文一梦的脸颊，那张清秀白皙的脸由于酒精的作用，显得白里透红，多了一些妩媚，嘴唇也在一张一合，仿佛在自言自语，又好似在等待着被亲吻。我不由自主往下看，碎花的白色裙子略带凌乱地横在精致修长的腿上，再仔细看，蓝色短袖下面罩着的胸脯也随着呼吸轻轻起伏，就像一座不安分的小山包，等待着别人的攀登，看得我心里像小猫在挠痒痒。

我的理智告诉我不能这么看下去，万一文一梦醒来那该多尴尬，但是双脚像灌了铅水，怎么也挪不动。这样痴痴地站了一会儿，我下意识看了下表，此时已经晚上10点半，再不走的话就回不了宿舍了，于是准备叫醒文一梦，让她把门反锁上好好休息，可是当我准备低头叫醒她的一瞬间，不知什么力量推了我一把，或者文一梦拉了我一把，我便沉沉压在了她的身上，和她散发着热气的身体紧紧贴在了一起，从此这一夜再也没有爬起来过，直到第二天将近中午我们醒来。

174

饭后，文一梦要去找她的论文指导老师，她送我到学校门口，然后分别。我跳上一辆公交车，一屁股砸在座位上，闭上眼回味过去那一夜发生的一切。

我有一种终于完成了一件期待已久的大事的感慨，从小学开始至今的十多年我都在期待这一刻，都在想象这一刻。但是我想到了开头，却没有想到结尾，没想到这件事居然是在这种情况下发生的，更没有想到这中间发生了这么多的事情，只好安慰自己好事多磨吧。

尽管我是个善于自我安慰的人，但是有件事无论如何都令我耿耿于怀，想起就会心里作痛，这就是文一梦曾经跟胡立君在一起，把第一次给了他而且还为他怀孕。我想过很多种可能，但是从来没想到会有这种可能，在我心里，我曾多次试图忘记此事，尤其是我和文一梦

在一起后。关于此事，我的记忆不听我使唤，一直清晰地记着，而且
每次想起都感到痛苦。我在想，如果昨晚不是喝了酒，不是在那种缭
乱的状态，我可能会犹豫要不要和文一梦同床共枕，即使这曾是我渴
望已久的，即使这也不是我的第一次，即使我曾下决心做一个开明人
士，但是这件事真的发生了以后，我却是另外一种感受。

　　算起来，这是我第二次和文一梦在一起待了一夜，第一次是初中
毕业喝醉去了医院，那次她整整陪了我一夜，我一直铭记于心，觉得
有朝一日一定要好好爱文一梦。昨晚是第二次，不知我是否履行了好
好爱她的诺言。我心里总想着她的第一次，但是我知道真正的爱、完
全的爱必须是身体和心灵上都毫无瑕疵的。在昏昏沉沉中，我再次下
了决心，忘记此事，完全投入地爱文一梦，让我们完全属于彼此。

175

　　夏天是毕业的季节。6月中旬，文一梦的论文顺利通过了答辩，7月
初就要毕业了。算起来，从专科开始，她已经在省城待了5年，而我过了
夏天才上大三，还有两年的时间才能毕业。现在看，文一梦没上高中也
不见得是坏事，正如那句诗所言，此情可待成追忆，只是当时已惘然。

　　文一梦的毕业典礼在7月初，这是个大日子，对毕业生而言，这
意味着学有所成，人生开始一个新阶段。对父母来说，这意味着养有
所成，含辛茹苦多年终于开花结果。为了见证孩子的这一刻，很多毕
业生的家属都赶来参加，文一梦也给她的爸妈打了电话，但由于她和
胡立君的婚事逆了他们的意思，让她们在镇上很没面子，产生的矛盾

到现在还没有化解，所以两人都没有参加文一梦的毕业典礼。文一梦还指望她哥哥来，可是她回村里当老师的事让她哥哥很生气，她哥哥也没来。所幸还有我。我作为她的"家属"参加了她的毕业典礼，看到她拿到毕业证书的那一刻，全场除了她，数我最开心。

毕业典礼上，文一梦穿着学士服，拉着我照了几张照片，洗印出来后，她特意剪成钱包内夹那么大，在我和她的钱包里各放了一张，认真的样子就像在整理结婚照一般。

当天晚上，我和文一梦在外面吃饭，饭后第一次去了迪厅，在震颤的声音中疯狂了一把。刚开始觉得特别难受，震耳欲聋，而且也不会跳，扭起来就像农村笨拙的老太扭秧歌，可是这种环境下，没有人会关注你的姿势，只要跟着音乐，学着别人的样子扭动起来就好。很快我就进入了节奏，沉浸其中，觉得世界已经远去，我仿佛插上了一双翅膀，刹那间飞向了天边。

文一梦也一样，平时看起来略文弱的她，此时就像换了一个人，像一匹脱缰的野马，又像挣脱了线的风筝，无拘无束地晃动着身体的每一个部位。跳到凌晨两点，我们喝了点酒，就近找了一家快捷酒店，刚进门就躺倒在床上，就像刚冲刺结束后的运动员，筋疲力尽，完全没有了想再挪动身体的欲望，横七竖八地躺了一夜。

中午，我们被前台续房的电话叫醒，到前台结了账，吃了饭，在省城熟悉的林荫路上溜达、聊天。聊着聊着，文一梦再次问起我未来的打算，我还没想好如何回答，她就正式提议说："毕业后回我们镇上吧，凭你的学历肯定能找个好工作，当老师、当公务员都行啊，那样我们就能天天在一起了，你说呢？"我没想到文一梦会提出这个建议，也没多想，点点头，说："这当然再好不过。"文一梦看我同意，鼓励我，"你当然没问题了，到时候就看你怎么选了。"说完一脸期待地看着我，我再次点点头，说："但愿如你说的那样吧。"

176

毕业离开省城前夕，文一梦想约大家吃顿饭，但是她通知一圈下来，发现胡立君的电话打不通，赵闯也以有事推辞，只有刘素素能来，可惜临时又赶上加班。没约到大家，文一梦看起来很不开心，我劝她，等两年后我毕业的时候，请她到省城参加我的毕业典礼，到那时候叫上大家再聚不迟。文一梦一听，又对两年后的聚会憧憬起来。

那天晚上，我打车送文一梦到火车站，一直送到进站口等她检票进去为止。我本想在离别前拥抱一下，但是文一梦说现在的分别是为了将来更好的相聚，所以要开心一些，于是这场分别成了对未来的期待。

我站在进站口的广场上，偌大的火车站四面八方都是人，让我有一种找不到方向的感觉。此时听到文一梦乘坐的那辆火车即将出站，我顺着列车开出的方向望，可是什么也看不到，铁道被两边的高楼夹在中间，火车呼啸穿过，我茫然地不知道该何去何从。

177

一晃一年多时间过去了，我已进入了大四第二学期。毕业以前看似遥遥无期，现在却近在眼前。毕业是一个新的开始，我期待着开始新的生活，可是我的新生活似乎已经被决定了，那就是按照和文一梦的约定，回我们那里，当老师或者公务员，过几年攒点钱买个房子然后两人结婚，白头偕老，从此一生……

这样的生活一度是我梦寐以求的，曾经多少个日日夜夜，我都希望这样度过，觉得这是人生最好的选择，可是此刻，我却感到沉重，如果我未来的大半生在二十多岁就被决定了，一眼就可以看到离开这个世界的情景，那该是多么无聊和无趣，或者说悲哀啊。

在这个年龄，我想过那种不可预知的、有无限可能的生活，趁着年龄和精力旺盛，好好奋斗一把，为人生创造更多的可能，而不是待到一个小镇里浪费大好的时光。这种感觉随着毕业临近感受越发强烈，好像再不做出改变，此生就要毁于一旦似的。

其实，这或许算是表面原因，深层的原因可能我不愿意承认，但却是最真实的。如果回到镇上、回到村里，即使当个老师或者考个公务员又能怎么样呢？微薄的工资够干什么呢？够支撑和文一梦在一起的生活吗？没有资源，父母也没有条件支持，可能还要面对文一梦父母的责难。更无法接受的是，曾经瞧不起的董大毛现在已经是两家饭店的老板，住在县城最好的房子里，开着我们那里少见的好车，十足的人生赢家，和他比，我一无所有，在村里、镇上、县城那种现实的地方，我何以立足呢？

不得不提起胡立君。自从他和文一梦分手后，我一直没有联系过胡立君，但关于他的消息从来没有断过。也许是恋爱失意，职场得意吧，他的工作有声有色，据说赵闯都跟着他赚钱了，打算在我们那里买房迎娶刘素素呢。不过刘素素直到现在还是没同意，听她的意思，等赵闯有钱在省城买房再说吧。看来在省城打了几年工，刘素素的胃口都大了。

和在镇上的同学没法比，和在省城的同学也没法比——在我内心里，我曾不断告诫自己不要和他们相提并论，大家各有各的生活轨迹，如果要是我早点进入社会，没准现在混得比他们还好呢。但潜意识里，我一直都不自主地和他们比，越比越难过，越比越想逃离。

178

想前想后，一时间不知何去何从，与此同时还面临着文一梦的殷殷盼归之情，我疲于应对。

文一梦自打回到村里工作后，不断给我电话，远在省城的我成了她工作之余、压力之下的慰藉。刚开始谈情说爱，随着毕业的临近，则是不断为我的工作操心，家里一有教师或公务员招聘的信息，她总是会第一时间通知我，并一再嘱咐我做好复习的准备，唠叨劲儿就像我妈一样，甚至还为我打探面试可能会遇到的熟人或者用得着的关系。我不禁疑惑起来，在我眼里一直不染世俗的文一梦，怎么突然变得如此世故起来了呢？也许，她真的是太想我早点回去了。

她越热情，我越感到压力。随着毕业越来越近，我的压力也越来越大，几乎快要崩溃。答辩完，趁着毕业前的空档期，我反复思虑，一次次把自己置于冲动和理性的碰撞中，最后冲动和理性总算取得了平衡。于是趁着夜深人静，我趴在电脑前给文一梦写了一封信，告诉了她我的想法，随即寄了出去。

　　村里回不去，省城又留不下，我把目标定位在了大城市——北上广深。我选了一圈，觉得这种大城市也许更市场化一些，像我这种一无资本二无人脉，只有一腔勇气和梦想的年轻人，也许最适合这种地方了。当然了，即使混不好，就当看世界了吧。

　　文一梦接到我的邮件后当即就打来了电话，除了对我的决定不解之外，对我没有提前和她商量也感到愤怒。在她看来，这么大的事情是需要我先和她沟通的，我现在一个人做出这种决定，是对她的不尊重，毕竟我们现在是恋爱关系，这关系到我们俩的将来。她对我信中列出的那些理由都给予了反驳，认为生活是自己的，没必要跟别人比，自己对自己的选择负起责任就好。我告诉她，如此选择就是对自己的负责，要不然会留下一辈子的遗憾。文一梦反问："那我呢？我就没有在你选择的考虑之内吧。"我安慰她，"将来我若在外面混好了，回来可以风光娶你啊。"文一梦说："这都是你的借口吧，两年，我已经等了你两年了，现在又要让我再等两年吗？"我无话可说，刚陷入沉默，文一梦就把电话挂了，接着传来"嘀嘀"的声音。这是文一梦第一次挂我的电话，也是印象中我们第一次争吵，我不知该如何安慰她，或者哄她，只好把自己埋在漆黑的夜里，让无尽的黑暗把自己包围。

　　文一梦没有来参加我的毕业典礼，按照我们之前的约定，我们彼此要参加对方的毕业典礼，见证对方人生中最重要的时刻，没想到这次她却失约了。从校长手中接过毕业证书，看着偌大的校园礼堂和里面坐着一脸兴奋的同学，我心中有股淡淡的失落。

　　接下来就是毕业的常规动作，合影留念、散伙饭、毕业旅行等等，我对这些完全提不起兴趣，就等着办完所有手续离校。期间我约赵闯和刘素素吃了一顿饭，告诉了他们我毕业后的选择，他们先是惊讶然后是理解。我们互相干杯，喝得大醉。

　　席间刘素素问："文一梦怎么办？"我说："等我在大城市混好了，就把她接过去，然后买个大房子和她结婚，让她幸福快乐地生活。"刘素素说："文一梦真是好福气，男朋友一个比一个有出息，我怎么就比不了呢？"这话刚说完，赵闯就接上了，"不是还有我吗？"刘素素不屑地说："你呀，你能比胡立君混得好吗？你能在省城买起房子吗？要是不能趁早免谈。"眼看赵闯和文一梦快要吵起来，我赶紧劝酒，这才平息了两人的火气。

181

离校的时刻终于到了，我把能用的东西打了包，寄回了家里，不能寄的统统卖掉，然后又从父母那里要来2000元钱，买了一张向南的火车票，开始了闯荡。

上火车前我接到了文一梦的信息，很长，大概意思是既然我已决定，那她也不勉强，希望我在外面好好发展，有朝一日可以的话再回到家乡。我回了一句，广阔天地大有作为，愿她工作取得好成绩，把我们村小搞好，将来我要是挣到钱了一定给村小捐。

发了短信我又莫名惆怅起来，我想起一句话，每个浪迹天涯的游子回到家乡发现的第一件事，就是自己的初恋变成了别人的新娘。这种担心会不会在我身上发生？我心里没底，也不敢想，就像坐在火车里的我唯一能做的就是去往下一站，但是到了终点之后会发生什么，谁也不知道。

我从小城南下，抱着看世界的心态，先后到了广州、深圳、东莞，在南海画了一个圈，后来又一路向北，7月中到了北京，从此开始了自己的北漂生涯。

六、现实给了一巴掌

182

　　文一梦的北京之行兴致不减，逛遍了后海，在家休息了一天，第二天我便带她爬长城，以至于她前一晚上兴奋得睡不着觉。长城对我们而言记忆很深，在小学课本上我们就知道了天安门和长城，那时候我们就期待有一日能亲自爬一次长城。

　　这是国庆前，人还不算多，我们一早从德胜门坐长途大巴出发，9点半到了长城脚下。趁着天气还不算热，我们和一伙老外比着劲儿往上爬。老外个个人高马大，腿长劲足，比我们抢先一步到了好汉坡。

　　被这帮老外落在后面心里不服，我准备憋足了劲儿冲一把，才意识到文一梦不在身后，顿时生出一股歉意。不过文一梦倒会安慰人，"这风景多好，光想着往顶爬多可惜啊。"我放慢脚步，和文一梦边欣赏长城两边的风景边聊天，晃晃悠悠地往上走。

　　文一梦问起我爬长城的往事，我估摸了一下，前后五次爬过长城，不过印象最深的还是第一次。那是我来北京不到半个月的一天，安顿下来后，早起去天安门看了一次升旗，去北大听了一次课，第三件事就是拿着刚发的工资爬长城。那种感觉恍然如昨，觉得自己来北京真是太正确了，要不然待在家乡那个镇上，这辈子就像井底之蛙。不过很快我就发现，外面的世界虽好，但并不是属于我的，要想在城市立足没有想得那么简单。在城市和乡村之间，我曾经长时期摇摆，说起来，这和文一梦密切相关。

2007年的时候就业压力已经很大，当年约有五百万毕业生毕业，而且再过一年就是北京奥运会，所以北京的工作很不好找。跑了很多招聘会，投了很多简历，我终于找到了一家报社记者工作，但前提是要有3个月的实习，根据实习结果才能决定是否可以留下来。思前想后，我接受了这个挑战。

2007年7月13日，这是我在北京上班的第一天。我住在北京城南一个城中村里，房子不到10平方米，每月房租200元，和张家口一个卖菜的大哥做邻居。租金比起附近动辄上千已经低了很多，但是对我这种刚上班的孩子而言已是很大一笔支出。我总是想着办法省钱，以便把自己的生活成本压到最低，好为早日在北京立足创造条件。

我上班的地方在北京的西五环边上，我每天早上要坐两个半小时的公交，倒三次车，天天如此。时间对我来说是廉价的，两个半小时看几篇文章就过去了，我心疼的是公交车费。不久我托关系用学生证办了一张公交卡，每次刷卡两毛钱，来回不过一块钱，地铁也是全城两元，让我感叹首都毕竟是首都，不像我所在的省城，每出去一次都心疼半天。

中午在单位食堂吃饭，饭菜不贵，所以我常常在吃中午饭的时候把晚饭也一起吃了，下班回家赶紧睡觉，这样晚饭钱就省了。衣服还是大学时为数不多的那几件，夏天倒好应付，我记得曾在单位附近的一个露天尾货市场花30元买了一件圆领无扣的短袖，穿了差不多整个夏天。我觉得唯一奢侈的就是我的头发了，大学时跟风做了个拉丝头，头发一缕一缕四散而开，和我的脾气一样，倔强而凌乱，现在看活脱脱一个杀马特少年。

就连这样的奢侈也是不被允许的，差不多一个月后，我的头型果然引来了领导的关注。领导觉得，我作为一个实习记者，应该穿得正常一点才好，要不然采访对象被我的头型吓坏了，那岂不是耽误工作了吗？再说这也代表单位的形象，否则出去很容易会被人误会我是理发店的。

领导有领导的道理——在我当时的境况下，就是领导打个喷嚏我都会心惊胆战的。当天晚上我就找到了一家廉价理发店，让理发的把我那些像刺一样的头发全部削去，然后按照社会大众最普遍的发型来一个。没想到理发师给我剪了一个20世纪的三七分，气得我恨不能把头一并剪了。

184

这次剪发标志着我从一个毕业生到一个单位员工的转变。古人说削发立志，我也一样，从那天起，我真正认识到，我的工作压力大于生存压力，再不济我睡大街去工地搬砖都能活着，但是如果我没有通过试用期，灰溜溜地再次投入求职的洪流，那对我的打击将是不可想象的——我告诉文一梦，在报纸上很快就能看到署我名字的大作。尽管文一梦不以为然，但是如果她真的能看到我的文章，可能会理解我毕业做出的决定，会意识到我来北京工作抱着多大的理想和决心，尽管那一年我连生存问题都很难解决。

试用是残酷的，我至今都觉得，记者实习除了学会怎么拿红包，没有别的任何意义，刚毕业时的新闻理想和职业冲动会被实习的各种潜规则冲淡，一旦真正走上职业化道路，就会变得世俗和犬儒起来，以至于很多人后来都走上了歪路。尽管这种机制不公平，我当时也必须遵从而且努力成为优胜者，否则我将连质疑和反思的机会都没有。

在13个实习记者最后只能留下3个转正的情况下，我们每个人就像《大逃杀》和《饥饿游戏》中的斗士，恨不能把身边的人都赶出局。我第一次感到了职业的残酷，感受到书里所说的，别人的存在是自己存在的障碍的那种残酷。不过更大的残酷是我们没法用电影里那种简单粗暴的方式来决定，而是要通过挖空心思在职业上进行比拼来决定，这对非新闻专业的我而言是很有挑战性的。

我买来了人大的新闻教材，白天跑新闻，晚上和周末啃教材。所谓新闻无学，有了一定的专业知识后，我写东西快的优势便发挥了出来，一个多月后，我的发稿量从第六名上升到了第二名，此后一直保持，直到实习结束。得益于发稿量，实习结束时我的综合评分位列第二。后来听编辑部的人说，如果我不是刚来就显得太个性的话，没准能拿第一。据说在打分的时候，有领导认为我的发型不适合当一个记者。这是我进入这一行听过的最荒谬的理由了，此后我在单位一直非常小心，因为我担心有一天我没有尿到小便池里，会有人说我对这份职业不尊重。

三个月的炼狱生活熬过，我终于成了一名记者。但是我知道，我的职场道路才刚开始，我期待着能在这个行业实现自己的理想，挣足够的钱，为自己在这个城市立足积累资本。我雄心万丈，觉得自己是在首都发展的人了，尽管才刚开始，还没有完全立足，但是我早晚有一天会超过胡立君他们的。

我斩断了和同学们的联系，也包括文一梦。自从我来北京后，我们几乎不再联系，仅有的几次短信，我都是告诉她发表了几篇文章云云，语气里透露出我来北京是个正确的选择，而她的短信一直流露出对我失约的不满。这提醒我，必须要用更加出色的工作成绩来向她证明我的选择。所以，无论如何，努力工作吧。

我开始了忙忙碌碌的记者工作。记者这个行业是需要激情和冲动的，业内有句话，记者唯恐天下不乱，巴不得出事情，一旦出事记者就有新闻可以报道了。古人说江山不幸诗家兴，大致就是这个道理。我每天通过各种渠道了解消息，及时向总编汇报，提出自己的采访思路，得到批准后第一时间采访相关各方，最后写成文章赶着发出来。新闻行业有个说法，如果你的文章写得不够好，那是因为你离得不够近。我尽可能地去往新闻发生地，那些时候我一直都在路上奔波，当然有些太远的地方，由于单位不肯报销费用只能望洋兴叹。有好多次因为冲动使然，我自己花钱去了新闻现场，不过后来很多稿子也没有发出来，让我陷入一次又一次的沮丧中。

这些职业上的不快会被每月发工资的喜悦所替代。从实习记者时的没有基本工资只能拿稿费，到成为正式记者后的基本工资加稿费，还有加班补助和节假日福利，每月的工资几乎是文一梦在老家当老师的三倍，这是真正驱使我投入工作的最大动力。一想到文一梦，想到将来也许有机会娶她，那种恨不得通宵不睡觉写稿的冲动就瞬时填满了我的大脑和胸腔，尽管我并没有告诉文一梦。

是的，我并没有告诉她。我就像《霍乱时期的爱情》里的那个男主，心里想着喜欢的女人，投入工作狠狠赚钱，等待和女人在一起的机会。是的，我当时就是这么想的。几乎两年，我都没怎么跟文一梦联系过，我也很少回家，除了工作第一年的春节，我两年间只回过一次家，尽管北京离我所在的那个城市也不过在火车睡一个晚上的距离。我就像一个逃犯在自首前回家一样，匆匆和家人见一面后又匆匆消失。

186

从大比例上而言，付出总是有收获的。在我几乎把所有的时间都用来工作的情况下，我的工资达到了比白领还高的标准，我不抽烟也不喝酒，平时花费也就是基本的吃穿住行而已，工资卡的钱慢慢地多了起来，工作快两年的时候，我已经攒了一笔在我看来不菲的存款了。

饱暖思淫欲。经过两年的痛苦煎熬，我感觉到自己已经在北京立

…… 别人家的孩子和我

足，开始想起了女人。女人首推文一梦，但是远水不解近渴，我希望这个女人能在自己身边。这时，单位一位同事给我介绍了一个姑娘，比文一梦大一岁，让我去见见。这等于是相亲了，但我相亲的对象应该是文一梦啊，正准备拒绝，同事笑呵呵地说："见见吧，对你也没什么坏处，对眼了先谈谈也成，人家也不是你想娶就一定会嫁给你的。"

姑娘长得挺漂亮的，但消费也漂亮，直接选在了颇有名气的一家饭店，一顿饭花去了小一千，我差不多两篇稿子的钱没了。姑娘也没吃多少，就是跟我聊了，看样子真是挺喜欢记者的，不过聊深了才发现，姑娘感兴趣的是狗仔队那种的记者，和我们这种记者是两回事。见姑娘喜欢，我也没客气，使劲地吹，把自己平生所看到的各种关于狗仔队的八卦新闻都给姑娘讲了出来，听得姑娘心潮澎湃，还问我有没有他们的联系方式，好歹追星方便啊。听了这个，我就知道姑娘不是我的菜。

饭后和姑娘边走边聊，想到既然不会再有第二面了，就也不藏着掖着了，姑娘问什么我全都照说。姑娘也不客气，先问我工资，照实说了，本以为姑娘会羡慕，没想到姑娘没有一点反应。接着姑娘问在北京怎么住，我说租房，姑娘说要是结婚得买房啊，我说那肯定啊，现在就是为买房做准备呢，我这个工资过几年就能买了——姑娘抢了话，啊？你知道现在房价多贵吗？你算过没有，你这工资不吃不喝，得攒30年才能买得起房呢。我一听愣了，有这么贵吗？再说还可以贷款啊。尽管自己在北京的大街小巷见识过不少贵得吓人的房子，不过一直觉得在郊区还是可以买上的。

姑娘可能意识到我们第一次见面就聊房子不妥，便岔开了话题，又聊了一会儿，拦到了一辆出租车。告别姑娘后，我长出一口气，感觉到一阵畅快。不过这种畅快转瞬即逝，姑娘的刺激让我不得不正视自己的处境和面对的现实，对我两年来所谓的"自己已经在首都站稳脚跟"的安慰进行了无情的打击。我愈发感到，自己原来只是欺骗了自己两年而已。

187

第二天起，我开始关注起现实来。我搜集了北京各个区县的房价，然后计算自己的工资能买到哪里，算了半天，连最边远的地方都得攒40年。当然可以贷款，可是一辈子背着房贷，临死前才能卸下这个重担的生活不是我想要的。还有结婚、养孩子、各种生活必需的开销，算下来，如果不中彩票的话，按现在这种挣钱的速度，我基本没有留在北京的可能。在这个城市立足？现在看来这就是一个笑话。

我陷入了无所适从的情绪中，不知该何去何从，不知道明天在哪里，不知道我来北京究竟是对还是错。我想起两年前毕业时的情形，如果当初听了文一梦的建议，回了老家，现在该是什么样呢？是不是已经和她结婚了呢？还是已经在体制内混得顺风顺水，成了父母和邻里乡亲眼中"别人家的孩子"呢？我陷入了迷茫中。

　　……　　别人家的孩子和我

　　把我从迷茫中惊醒的是一个电话，这个电话是刘素素打来的，整整两年，我没有跟她联系过。我还没有开口，刘素素就嚷嚷了，"哎呦，听说你在北京当了大记者，现在混得风生水起，是不是把老同学都忘了啊？"我赶紧回话，"哪敢哪敢，一个北漂而已，老同学你可别取笑我。"刘素素不依不饶，"还说老同学呢，两年了，你都没怎么跟老同学联系啊。"我不知该如何回应，只好一个劲儿地说工作忙。

　　刘素素还是没有放过我的意思，"你不跟我们联系可以理解，可是你不跟文一梦联系说不过去吧。"我推脱说其实有联系，只是大家都比较忙而已。没想到刘素素突然来了一句，"骗谁呢，文一梦亲口告诉我的，说你好像在故意躲着人家姑娘。"我还想辩驳，刘素素不给我机会，"告诉你吧，人家姑娘现在可是生气了，后果很严重的。"顿了一下，刘素素说，"可别以为人家现在求着你，会等你到天荒地老，人家现在过得可好着呢，后面追的人都排成排了。"

　　这个结果我早想过，不过从刘素素嘴里说出来，还是让我很不淡定，好像心里一直不愿发生的事情终于挡不住发生了。为了掩饰，我故作淡定地说："是吗？看来大家都混得不错啊。"刘素素满嘴不屑，"哎，我可是提醒你了啊，小心到时候后悔都来不及啊你。"

　　我不知该说什么好，正想着如何回应，刘素素发出了一个邀请，

"五一前后能回家吗？本姑娘要结婚了，你得参加啊，这次是特意电话通知你，你要是不来，那就枉费我曾经暗恋你一场啊。"

这是大喜事啊，我想都没想就答应了刘素素，正准备夸赵闯娶了这么个好姑娘，顺便也夸下刘素素，没想到刘素素倒先跟我玩起了猜谜语，"大记者，猜猜看我嫁给谁了？""当然是赵闯啊。""我嫁给胡立君了！"刘素素说。

这个消息比文一梦的追求者排成队了还有杀伤力，如果不是刘素素亲口说出来，我无论如何也不会想到刘素素嫁的居然是胡立君，太不可思议了！刘素素似乎看出了我的惊讶，告诉我他和赵闯半年前就分手了，两人恋爱了三年，但最后发现彼此还是不合适。刘素素这么一说我也不好多问，只好把话题转到她结婚的事情上来。刘素素告诉我，婚礼会在我们村里办，毕竟村里结婚热闹，最重要的是同学能聚到一起，现在老同学中能走到一起的就属他们了，所以他们得做个榜样才行。刘素素说，婚礼办完后，她就随胡立君去省城住了，胡立君在省城买的房子已经装修好了，现在他的事业正在上升期，她得去帮忙。胡立君是独子，他爸妈想早点抱孙子，所以两人的任务还是很艰巨的。刘素素说着哈哈笑了起来，我能从这笑声中听出一个女人的幸福。

刘素素一再让我保证到时候参加他们的婚礼，语气严重得仿佛如果我不回去，他们就不结婚了似的。我一再保证后，她又催促我赶紧和文一梦确定下来，要不然晚了我一定会后悔。我一一应诺了她，这才挂断了电话。

··· 别人家的孩子和我

　　我给赵闯打了一个电话。赵闯对我这个电话很惊讶，扯了半天才切入正题，原来，他和刘素素谈了三年恋爱，眼看到了谈婚论嫁的地步，刘素素非要让他在省城买房，如果没房的话就不嫁。可是赵闯把打工以来攒的钱全加在一起也凑不够首付，于是提出先结婚后买房，刘素素不同意，两人吵了几回只好分手。赵闯本来以为过些时间等刘素素想明白了，两人还能复合，没想到不久刘素素就和胡立君走到了一起，为此他还特意问了胡立君，胡立君没向他说谎，说他可以为刘素素在省城提供一个家。

　　赵闯和胡立君吵了一架，当天两人便分道扬镳了，不过他现在也不恨胡立君了，毕竟是刘素素主动的。说起来也都很现实，刘素素父母身体不好，希望她早点结婚能有个照应，胡立君是个独子，家里催他早点结婚抱孙子，两人一拍即合便走到了一起。

　　赵闯告诉我，无论如何他不会参加胡立君的婚礼，尽管胡立君曾邀请他并向他道歉，可是他觉得不去最好，去了万一喝多了闹起事来不好收场。他倒是劝我去，最重要的是回去看看文一梦。他说："文一梦真是个好姑娘，你们俩也挺般配的，如果不能走到一起太可惜了。"我还是期待他能参加，就算当成同学聚会了，可是赵闯依然不为所动，我们只好在寒暄中挂了电话。

　　和赵闯通完话，我参加这场婚礼的决心又开始动摇。他们坚持了三年的恋爱还是没有走到最后，我心里倍感难受。我想到了自己，想到了文一梦，甚至想到了很多很多。

就在我和赵闯通完电话的几天后，我接到了文一梦的电话。文一梦知道了我回去参加刘素素婚礼的消息，问了我具体回去的时间，又问我这次回去能待多久等等，还聊了下彼此的近况，约好回去后聚一下，大家好好聊聊。是的，我和文一梦之间有太多的事情需要好好聊聊了。我巴不得立刻动身，回到我出生的那个村子，回到一切开始的地方。

190

我这次回村还引起了一阵轰动，毕竟村里人都知道我是在北京工作的，在他们看来，在北京工作的人一定不一般，尽管他们不知道我在北京过着怎样苟且的生活。就连我的父母也开始觉得我成了他们的骄傲，第一次罕见地没有再把我与别人比较，而是觉得自己的孩子也挺好。

近乡情怯，我在登上火车的那一刻就感受到了。有句话说，离开家乡的游子一回到家乡，发现的第一件事就是自己的恋人变成了别人的新娘，这种心境赵闯懂，我也懂，可是谁懂我们呢？

胡立君和刘素素的婚礼定在五月一日当天。农村婚礼自然有农村的风俗，敲锣打鼓、吹拉弹唱，一样接着一样。两家人住得又近，从出门到入门，从送亲到迎亲，整个村子都热闹了起来。我很久没有回家了，生怕在这种场合被人问三问四，只好等白天忙完了，晚上再去看看。父母多次催促我去沾沾喜气，我仍旧没动身，躺在床上听着外面的乐器声，心里在琢磨晚上见了同学该说些什么，尤其是文一梦，我此刻特别想见到她，可是又怕见到她。

折腾到晚上六点，躺在床上快要睡着的我接到了李天天的电话，让我赶紧过去喝酒，同学们都到齐了，就等我呢。我收拾了一下，穿着五一前刚在北京买的衣服，拿上最新款的手机，戴上平时都不怎么戴的手表，去了胡立君的酒席。这种穿着打扮不是我的风格，可是今天这种日子，说是胡立君的婚礼，其实就是一场同学聚会，还是要装一下的。

191

大家都到了，除了赵闯。我白天没有参加婚礼，此刻免不了罚酒，可是我又不胜酒力，正在推辞间，董大毛说话了："人家现在是京城的大记者，不能胡来，这样吧，这杯酒我替了！"说着端起三杯白酒一饮而尽，引得大家纷纷叫好。我则尴尬不已，只好带着歉意再次坐下，和周围的同学一一打招呼，气氛开始热闹起来。

印象中，这是中学毕业后我第一次见到王三千，坐在边上显得有些木讷的他聚会还抱着孩子，时不时地让孩子和我打招呼，"喊叔叔。"听我爸说，王三千不到20岁就结婚了，媳妇是外地的，在外面打工时和我们村里的一个男的谈恋爱，带回来后父母不同意，王三千他爸觉得早晚得娶媳妇，就把这女的接到了家里，和王三千生活在了一起，结婚不到半年就生了孩子。不巧还是个女孩，就想再生，可是家里没钱，又怕被计划生育盯上。这几年王三千的几个姐姐陆续出嫁，他爸攒了不少彩礼钱，一跃成了我们村的有钱人，现在王三千正准备生第三个，他那从外地带回来的媳妇也不跟他吵架了，现在正积极备孕呢。

还没跟王三千聊完，何小飞凑了过来，"老同学，好久不见啊，终于见到你本尊了，你不知道，现在你都成传说了。"说着递过一根烟来，我赶忙以不会抽婉拒，并自嘲，"什么传说啊？你也取笑我，我就是一北漂而已。"何小飞点了烟，"哈哈哈，看吧，抽烟这件事我终于超过你了。"彼此聊了一下近况，我们觉得当年真是太傻了，太过于较劲，同学一场聚少离多，还是要好好珍惜。

何小飞高中毕业后考取了邻省一个二本院校，学会计专业，毕业那年参加公务员考试，进了县里的财政局，现在成了名副其实的"财神爷"。不过何小飞的志向远不止此，他说再熬两年，争取升上正科，等机会调到下面乡镇当个乡长书记什么的才好。这才是我认识的何小飞，不飞则已，一飞惊人。

尽管如此，何小飞还要找我帮忙，说想在北京的相关报纸上发篇文章，宣传下他们局长，好为以后的升迁做准备。这个事情说来不复杂，但是我并不在财经媒体，要办这事得托关系。不过这是第一次和何小飞吃饭，他托的事情我只得先应承下来，如何办只能等以后再说了。我虽不经世故，但这点情商还是有的，没准过些日子何小飞自己就忘了呢。

众声喧哗，只有李天天平静地坐在桌子的一角，笑呵呵地看着大家闹腾，就像俯瞰众生的上帝一样。这些同学中，就我和李天天的经历最相似了，尽管我们俩也不常联系，但是男同学中我最关注的就是

⋯ 别人家的孩子和我

他了。同学中我们俩高考考得好，如果说学习最好的话，还是李天天，好好学习，天天向上，他真是没有辜负这个名字。他考入了南方一所重点大学，毕业后留在了广州，这几年互联网发展迅猛，他学的网络运营刚好派上了用场，先后在两家全国最牛的网络公司任职，现在已经是部门骨干了。得益于公司的发展，他在广州买了房子，工资也比我在北京高，仅仅两年，他就摇身一变成了中产人士。

我挺羡慕他们的，不怪我爸妈拿我与他们比，他们的确干得不错。但说实在的，这种对比让我心里很不是滋味，我甚至又在想，如果当初不是为了文一梦去省城的大学，而是去了北京或者上海的大学，那现在的我也应该衣锦还乡了吧。

192

还没有一一聊过，我就听到背后传来熟悉的声音，回头一看，是文一梦搀扶着刘素素，边上跟着胡立君，摇摇晃晃地朝这边走来。原来，文一梦是刘素素的伴娘，她怕刘素素喝多了，索性一伴到底，跟着挨个敬酒，这才赶到了老同学这一桌上。

刘素素已经处于半醉状态，敬酒都由胡立君代劳。按我们那里的规矩，新郎新娘先向每位宾客敬酒三杯，我们十几个同学，一圈下来就是三十几杯，我都替胡立君感到害怕。没想到，在职场上摸爬滚打了几年，胡立君酒量渐长，敬了一圈竟然还没有醉，我们都开始叫好，嚷着还要让大家分别回敬新娘新郎。

这时伴娘文一梦说："大家好不容易聚到一起，这样吧，我们一起干一杯，干了这一杯，过去的一切都不要再提了，我们重新开始，还是老同学，好朋友，一辈子，不分离。"大家纷纷叫好，不过文一梦话音刚落，胡立君就接上了，"慢！在我们共同举杯之前，在今天这个特别的日子里，我得先和一个人单独干一杯。"说着，胡立君端起杯子挪到我跟前，周围人围了过来，一瞬间我又成了全场的焦点。

193

胡立君拍拍我肩膀，"兄弟，今天这日子你能特意回来，我感到特别高兴，比谁都高兴，真的。"说着吐了口酒气，"我们俩从小长到大，既是朋友又是对头，你嫉妒我，岂不知道我更嫉妒你。你妈每次把我当榜样骂你，岂不知每次我妈也把你当榜样教训我，你妈觉得我乖巧懂事，我妈觉得你活泼开朗学习好，我们都是在彼此的影子中长大的，但也是彼此的牺牲品。我总是在想，要是我们俩能合二为一该多好，可这是不可能的，那样的话我们的妈妈又开始不高兴了。"

没想到胡立君在醉酒的状态下，还能说出如此有道理、有幽默感的话，着实出我预料。大家似乎都听了进去，所以也没劝，听他继续说："一起长这么大，我们俩喝过好几次酒，也打过几次架，甚至还为了文一梦差点伤了兄弟感情。"说着胡立君转过身看看文一梦，没想到刘素素推了他一把，"你喝多了吧你，快别说了。"但是胡立君丝毫没有要停下来的意思，他接着说："就像文一梦刚才说的，今天这次聚会不容易，我知道你心里一直憋着气，我都能理解，我曾经何尝不是呢。但是今天喝了这顿酒，我们过去的事情一笔勾销，我们还是好兄弟，还是小时候玩尿泥、穿开裆裤的好兄弟，好不好？"

话到这里，我以为胡立君要干杯了，可是他话还没完，继续说："尽管过去的已经过去了，但我必须要说，文一梦是个好姑娘，我曾经打心眼里喜欢过她，今天说出来不怕大家笑话。"这话刚说出口，刘素素和文一梦就在后面扯胡立君的衣襟，示意胡立君闭嘴，可是胡立君仗着酒气，滔滔不绝，"我为什么这么说呢？就是想告诉你，要珍惜，要抓住机会。你要是不抓住机会，我告诉你，文一梦不是我的，也可能不是你的，而是别人的，你说是不，大毛？"说着胡立君朝董大毛笑了一下，是那种看穿一切似的笑，笑得董大毛一脸尴尬可只能忍着，别人随之起哄，纷纷感叹这才是猛料，急得文一梦和刘素素恨不能找个胶带把胡立君的嘴粘上。

我没有笑，不过也略有尴尬，毕竟这种事在这种场合说出来太难堪了。胡立君似乎还要再说什么，不料被董大毛的粗嗓门打断，"行啦！行啦！再说就没时间闹洞房了，碰杯吧，不能把老同学都晾到一边了啊。"胡立君只好转过身面向大家，开始碰杯，我们都把酒倒满，大家碰到了一起，仰起脖子一饮而尽，仿佛喝下去的不是酒，而是一段苦涩的回忆，一段藏了很久的秘密。

194

我那天喝了不少酒，闹洞房便没参加，散场就摇摇晃晃地回去睡觉了。第二天听别人说，洞房闹得相当惨烈，胡立君的衣服都被扒光

六、现实给了一巴掌　　　…　　255

了，刘素素扛不住还哭了起来，不知道是为不堪忍受而哭，还是为幸福喜极而泣。

在胡立君和刘素素结婚的三天后，有人看见赵闯回到了村子，但是没有看到他出门，也没有跟我们联系，我试着电话联系他却没有打通。据说赵闯的回来让胡立君和刘素素颇为紧张，其实两人在婚礼上都做了防备，就是担心赵闯万一来了趁着酒劲闹事。现在终于结婚了，生米煮成了熟饭，二人心里踏实了不少，可毕竟不知道赵闯怎么想，所以还是有些放心不下。过了几天见没动静，两人便没再把这事放在心上。传言说，赵闯在家里待了几天后，在一个清晨离开了村子，只有放牛的大爷看见了，其他人都没看见。

195

我平时不常回来，这次回来就打算多待几天，参加刘素素的婚礼是其一，最重要的是和文一梦见面。如果我们再不见面聊聊，也许就此将留下遗憾。在刘素素婚礼后的第三天，我去了文一梦教书的村小找她。

现在的村小已经完全不是我们上学时的样子了。原来歪歪斜斜的土房子早已被拆，盖起来两层红砖小楼，外面围起了一溜院墙，上面写着醒目的几个大字：读完初中，再去打工。而我记得我小时候的标语是：百年大计，教育为本。从这些标语上看，似乎有些传承，但是进了校门，完全找不到当初我们上学时的影子。

校园里和外面的光鲜不同，操场是有些坑洼的，篮球架只有一个，上面早已没有了篮筐，倒是有几个孩子围着乒乓球台玩。让我惊讶的是，偌大的校园看不到几个学生，我期待的琅琅读书声一点都没听到，反而一种空寂笼罩了校园，让人怅然若失。

196

等了差不多近一个小时，文一梦走出教室，身后的一群学生鱼贯而出，看样子这是放学了。文一梦回办公室洗了把手，换了件衣服，拿着两瓶水走了出来，递给我一瓶，说："我带你怀怀旧吧，你要是再晚来几天，这学校恐怕就要关门了。"说着文一梦喝了一口水，扬了扬头。

"什么，关门了？那学校不办了啊？"我和文一梦沿着学校院墙，边走边聊，文一梦给我讲起了背后的原因。原来，由于计划生育，村里的学生越来越少，上级决定，上完这半个学期课，学校就要关门了。

"早知道这样，建这么漂亮的教学楼干吗啊？"文一梦没正面回答我，而是说："剩下的学生要合并到邻村的小学，我到时候也将离开这所学校。"说着她又喝了一口水，话语里能明显听出落寞。

"你到时候往哪里去啊？"这所学校对文一梦而言有着特殊的意义，这是她爷爷一手建起来的学校，也是她的理想所在，想当年她不顾一切回到这里，就是希望能在这所学校从教，没想到现在这一切要结束了。

"我嘛，你猜猜。"文一梦故意卖起了关子。教了几年书，文一梦的性格不像刚毕业时那样羞涩和文艺了，而是多了些可爱和淡定。还没等我猜，文一梦便说，"我要到县里的实验小学教书了。其实回来的第二年就有机会去了，我毕竟是本科毕业的，教的学生考试成绩都不错，当时教育局就想把我调去，可这里才是我的理想。现在不得已到了这一步，我不得不去了。"

气氛有点压抑，我岔开了话题，说了我在北京工作的情况，文一梦静静听着，时而插话，等我说完，她说："我订了你们的报纸，每期都看，觉得你写文章越来越好了。"我正欲自嘲，文一梦接着说，"其实我们的工作是类似的，我是教书育人，你是报道社会，我们的工作都挺高尚的。"高尚，我很久没有听到这个词了，不知从何时起陷入为了挣钱而忙碌的生活中，写字只为稻粱谋，高尚已经离我很远很远了。

我和文一梦绕着学校的院墙走。初夏的柳树和杨树飘来拂去，好不惹人，我想起了当年在这里上小学时学的一句诗：碧玉妆成一树高，万条垂下绿丝绦。每走过一处，文一梦都会给我介绍这里当初的情景，似乎每个角落都留下了我们的影子，尽管物是人非，可是童年往事是无论如何都忘不掉的。

197

怀了一番旧，加上刘素素和胡立君结婚这事做铺垫，我们自然聊到了未来。不言自明，心照不宣，我们都关心对方未来有什么打算。这个问题我实在不知道该如何回答，我在北京看似稳定了下来，但实际上还是在漂着。按一般的看法，没有房子就没有家，尽管有工作、有朋友、有坚持、有追求，可是这些谈起来都是虚幻的，仿佛随时都在改变，说出来连自己都觉得惭愧不堪。

不知从什么时候开始，谈理想、谈未来已经不是有为青年的标配，而是屌丝和失败者的专属，谈来谈去，仿佛只剩下理想和未来可谈，而这些，对一个希望知道你实实在在想法的姑娘而言，会是一种什么样的感觉呢？会觉得你是理想青年，还是敷衍了事呢？

好在文一梦不是这样的姑娘，对理想，对未来，她有着一直未变的看法，要不然，她也不会回到这个谁也想不到的乡村小学，并坚持到现在，如果这个学校不撤并，我相信文一梦会像她爷爷一样，在这里工作一辈子。

文一梦能听懂我所有话的意思，直接的和隐含的，和她一起聊天，我无须掩饰，也无须强调，说出的每一个字都是我的真实想法，或者就是在那一刻我真正想说的。所以，当"北京生活压力大，成家立业什么的没敢想，先把工作干好，攒些钱，其他的将来再说吧"这些话从我嘴里溜出来时，文一梦不假思量就接上来了，"那要不回来吧，凭你的能力和才华，回来还是有很多机会的。家里看着地方小，但现在交通也方便，等稳定下来成家立业了，将来哪都可以去啊。"

回来工作？我想过未来的多种可能，就是没想过回来工作，回到这个既熟悉又陌生的地方。再一想，我当年也差点回来了，文一梦大学毕业的时候我们是有过约定的，只是我毕业前夕临时改变了想法，只身去了北京，一晃到了现在。不过我到北京后就再也没有过这样的想法，我想如果不能在北京闯出一番天地，那么在老家已经发展很好的同学会怎么看？父母会怎么看？文一梦会怎么看？否则，我当初毁了和文一梦的约定又有何意义呢？

不过现在至少不用担心文一梦的看法。从她这番话可以听出，她似乎从来没有在意我当年的爽约，或者说她现在已经原谅了——也许这只是我的想法，文一梦比我想象得要开阔，我觉得自己就像她手里的风筝，不管飞得高低远近，她都能给我以方向，不至于让我悬在半空，缥缈无依。

文一梦的建议瞬间让我想到"逃离北上广"的话题，但容不得我多想，文一梦已经用她当老师练就的口才帮我进行了分析，结论很明确，回来利大于弊。不过这是个聪明的姑娘，她不会代我做决定，到底怎么选，还得我来定。

做决定向来犹豫不决的我对文一梦说，得好好考虑一下才能决定。文一梦并没有表示失望或者期待，只是平常地"嗯"了一声，随即又转向了另外的话题，直到我们聊天结束。

198

一连几天我都为此犹豫不决，做媒体的我对"逃离北上广"这些新闻见惯不惊，但从来没有想到有朝一日会发生在自己身上。不过我又觉得这事一时还定不下来，等等再说，没准过段时间文一梦就忘了呢。

没想到在我离家返京的前一天，正在县城办调任手续的文一梦给我打来电话，告诉我一个她觉得天大的好消息，据内部透露，县里最近要搞一次招聘，其中县农业局宣传科员的职位比较适合我，让我好

　　……　　别人家的孩子和我

好准备准备。

从文一梦的话里我能听出，她对这事很上心。本来还在犹豫的我，面对突如其来的好消息有点不知所措。不过再怎么说不能拂了文一梦的好意，我只好改签了火车票，在家里准备这次应聘。

几天后招聘消息正式公布，但正如文一梦所说，其实很早前内部就知道了招聘的事情，相关岗位几乎都有人占坑，公布出来只是走一下招聘流程而已，关键还是得有关系。具体到农业局宣传科员这个职位，要求本科学历，应届和非应届都可以，30岁以下，有工作经验可以优先录用。按照这个岗位要求，我觉得自己完全可以胜任，但文一梦告诉我，得做好两手准备，一是按照招聘流程走，二是得找各方面关系，一旦笔试通过，面试就是拼关系，没有关系就没有机会。

对文一梦的建议，我有些置若罔闻，觉得这毕竟是政府的公开招聘，关键还是得看实力。也许是在外面待久了，我固执地认为能力才是第一位的，即使应聘的时候凭关系进去了，将来不能胜任岂不白搭。抱着这样的想法，我买了一些笔试方面的资料，待在家里开始复习，就像当年高考一样。

199

我不知道的是，在我准备笔试的同时，文一梦费尽心力在帮我找所谓的关系。她刚从村小调入县城，也没什么过硬的关系，于是首先找到了她爸爸。文一梦的爸爸虽说是在镇上工作，但却分管接待，县农业局也认识一些人。她爸本不想管这事，一则快退休了，想平安着陆，二则因为我——在他看来，要不是我，文一梦早结婚了，怎么也不会拖到现在，爱女心切，他把这一切都算在了我的头上。

可架不住文一梦软磨硬泡，再加上文一梦她妈妈帮腔，文一梦她爸还是动用了老关系，打听到了一些内幕：据说这次农业局宣传岗最有力的竞争者是县水利局一位局长的外甥，这位外甥今年刚毕业，专业对口，有过短暂的实习经历，换言之，这个岗位就是为这外甥特设的，俗称萝卜招聘。至于为什么是水利局局长的外甥，很好理解，据说是农业局一位领导有求于人家，双方做了资源置换。

这个消息很有爆炸性，但文一梦她爸爱莫能助，帮不了什么，只好让文一梦劝我别太当真。文一梦怕影响我复习，一直没有告诉我，而是在寻求其他关系，看能否有转机。她为此还找了他哥文自强，文自强给她泼了一盆冷水，不过也提醒她有个人没准能帮上忙，这个人就是胡立君的爸爸，现任农业局的胡副局长。原来，早在几年前，胡立君的爸爸就从镇农业站站长调任县农业局办公室主任，后来升任副局长，在四个副局长中排名第一，除了局长，就属他了。尽管是个科级干部，可是在县城里，这就是个大官了，能混到这一步，算得上是官运亨通。

提到胡副局长，文一梦犹豫了。她早知道胡立君的爸爸在这个位子上，但是她不想利用这层关系，倒不是因为她和胡立君的事没成，而是考虑到我和胡立君不合，胡局长大人不记小人过可以忽略，可是让胡局长帮我，万一将来我知道了会做何感想。文一梦知道我的心思，不愿意让长辈参与我们的事情——但她也知道，这是不可能的，从小我们就受到长辈们各种关系的影响，在他们关系网中像个木偶似的被摆布，要不然我们也不会成为现在这个样子。但那是被动的，现在主动求他们通过关系施加影响力，这不是自己打脸吗？

在文一梦的犹豫中，我参加了这次招聘笔试。结果在一个星期后公布，我的笔试成绩进了前五名，这在我的意料中，虽说好几年不碰书本，但宣传岗和我从事的媒体工作类似，理论也大体相同。水利局局长外甥也进了前五名，比我还领先一名，当时没有太在意，觉得很正常，人家毕竟应届，不过当文一梦给我说了背后复杂的关系后，我断定这中间一定有猫腻，尽管我承认有点恨屋及乌。

200

参加面试前，文一梦告诉了我实情，惊得我不敢相信自己的耳朵。这种事之前也听说过，也在别人身上见到过，但怎么也想不到会发生在自己身上，发生在自己参加的公开招聘中。

我出奇愤怒，直接向文一梦嚷嚷，早知道这样就不参加考试了，免得陪考被当猴耍，这是多么让人恶心的一次经历。我恨不得把责任全部推到文一梦身上，但是理智告诉我，这个女孩为我做的远远超过我所想象的，否则，我会为自己感到更恶心。嚷嚷完了，我有点庆幸，庆幸自己考得还不错，要是万一考得很烂，那仅存的一点安慰也会被剥得一干二净。

相处多年，文一梦知道我是那种嘴狠心软的人，一旦发泄完了，过了嘴瘾，接下来就好商量了。文一梦看我气消了，一副深思熟虑的语气说："笔试考这么好，其实挺出乎我预料的。既然如此，不能浪费了成绩，你能进入面试，说明你有能胜任这个岗位的能力。虽然有内定，可也不是说一点机会没有，找对了人，还是有希望的。"

文一梦看着我，等待我的回答。她明白事已至此，如果我执意退出，那她做的一切都没有意义。可是我不知道说什么好，我要继续吗？继续不过是陪别人演戏罢了。我要退出吗？那文一梦的一片心意就白费了。我该怎么办呢？我真想抛开这一切，尽快逃回北上广，就像当初逃离北上广一样。但冷静下来我告诉自己，不要枉费了文一梦一片好心，这事就当经历吧，看看到底会是个什么样的结果，没准将来回报社写篇报道也不错。

201

和文一梦商量了半天，我们买了一堆东西，拎着去了胡副局长家。胡立君婚后去了省城，也避免了大家见面的尴尬。虽然避开了胡立君，但我却不得不拿胡立君说事，夸他是我们这帮孩子中最有出息的，也懂事，不让家长操心，结了婚又有自己的事业，我们真是自叹不如。想当年为了文一梦和胡立君明争暗斗，恨不得把所有的坏事都推到他身上，没想到现在我竟然用尽各种词汇去形容他的优秀，心里真是五味杂陈。可是看着文一梦一脸诚意、笑容真挚，我只好把这一切暗暗吞下。

胡副局长大人大量，不计我和胡立君的前嫌，也忽略了文一梦没成为他儿媳妇的现实，对我们的到来表示欢迎，还责备我们不该带东西，显得见外。闲聊了一番，问了我们的近况，话题自然引到了这次招聘上。

胡局长含蓄地向我们证实，内定这事是真的，而且是局长定的，外人很少知道，他作为副局长也是通过小道消息知道的。这种事他爱莫能助，官场上，一把手定的事情下面很难改变，况且这事还涉及两个部门的主要领导，不好办。说完他面露难色，随口又说道："要是别的岗位，我兴许还能帮你们争取争取。"文一梦刚想说别的岗位也可以，但被我接过话，"我的专业和经历刚好对口这个岗位，别的岗位也没报，就不麻烦了。"说完又聊了一会儿天，我们怕打扰了局长的正事，就起身要走。

　　走到门口，胡副局长突然想到了什么，说这事也不是完全没机会，此次招聘是由人事局负责的，人选将来要报县委主管人事的刘县长批，如果能找到刘县长，兴许这事还有转机。说完神情一缓，看着我和文一梦。

　　这不是开玩笑吗？我心里嘀咕，我们一介草民，谁认识刘县长啊。尽管如此，我们还是表示感谢，也许是看在我们态度诚恳的分上，胡局长又告诉了我们一个重要信息，"刘县长经常到董大毛的饭店吃饭，他们俩走得比较近，董大毛不是你们同学吗？可以问问他。"我有点不相信自己的耳朵，以为胡局长在开玩笑呢，不知怎么回应才好。看我疑惑，胡局长又说道，"董老板还是能办事的，立君有事也是找他帮忙。"说完做了一个"嘘"的手势，叮嘱我们，"这话我是站在长辈的角度说的，你们可千万保密啊。"我和文一梦如捣蒜般点点头，带着不可思议的神情走出了胡家大门。路上我和文一梦一直在回忆关于董大毛的点点滴滴，越想越觉得董大毛厉害，越想越觉得我们自己是多么渺小和失败。

　　董大毛和刘县长关系好有好几个版本，我比较相信胡局长说的，董大毛是通过自家饭店和刘县长搭上的。县里那么多饭店，刘县长为何去董大毛的饭店呢？据说董大毛的饭店有个特色，就是能搞到所有你想吃的野味，尤其是我们县的野味，想吃什么有什么。刘县长好这口，董大毛投其所好，时间久了，两人关系自然就好。有领导的支持，董大饭店在县城已经开了两家，营业面积都不小，生意还都不错，惹了不少人眼红，算起来，董大毛是我们这拨80后的孩子中最有出息的一个了，要知道，当初在学校里，董大毛是看起来最没有出息的一个，仅仅十几年，一切都翻了个。

　　这些年我经常在外，没有和董大毛联系，只能凭点滴拼凑关于董大毛的传奇。文一梦对董大毛的传奇也不甚了解，她看到的却是另一面，董大毛重情义。在她印象里，同学们这些年各奔东西，大家各顾各，就连同学会都很难凑齐，倒是董大毛，热心各个同学的事，谁家有个红白喜事都亲自上门，哪个同学有个困难什么的，他也经常伸出援助之手，久而久之便落了个好名声，长辈们都觉得他是个懂事的人，据说现在教育孩子经常说的一句话就是"咋不向人家董大毛学学"，而我想起的是，当年长辈们都是以董大毛为负面典型的，教训我们总是说，"再不学好，你就跟董大毛一样了。"

　　我惊异于长辈们态度的转变，惊异于这个"别人家的孩子"的逆袭，惊异完了，竟有些许的难过。倒是文一梦，觉得这没什么好惊异的，在她看来，董大毛还是当年的那个董大毛，而且董大毛对她不错，多次从县城往村小给她捎东西——当然文一梦是付钱的，董大毛只是捎了一下而已。对文一梦来说这没什么，都是老同学嘛，再说他也是顺风车。不过董大毛不这么看，有机会接近文一梦是天大的荣幸，要知道他学生时代的梦想之一就是跟文一梦多说几句话。

据说为了给文一梦捎东西，董大毛经常特意从县城往村小跑，来回一百多公里的路程，他却毫不在意。文一梦觉得没什么，她把董大毛一直当同学看，当年是这样，现在还是这样，同学帮同学，这不很正常嘛。不过别人都觉得不太正常，比如胡立君，多次暗示别人董大毛在追文一梦，可文一梦依旧该怎样还是怎样。

也许文一梦是正常的，我们都不正常。但这都不重要，关键是董大毛是否还正常。

203

一想到要求董大毛办事，我开始犹豫了。说实在的，我一直都没把董大毛当回事，学生时代他是"别人家的孩子"的反面教材，听从大人们的教导，我和他保持着远远的距离，毕业后大家都忙，我也很少回去，只是后来在网上聊过几回，也不是单聊，而是在同学群里遇到了而已。聊得比较多的是这次胡立君的婚礼上，胡立君把董大毛和文一梦扯到了一起，我才开始正视董大毛。当时还觉得这无非是癞蛤蟆想吃天鹅肉，没想到董大毛竟然有这样的实力。

六、现实给了一巴掌   …   267

本来就不想找董大毛，加上文一梦这事，我更不愿意了。可事已至此，想到文一梦付出了这么多，我再顾着自己所谓的面子就太不像话了。犹豫再三，我和文一梦商量了一下，还是要找一下。文一梦本来想自己去，我觉得既然是我自己的事，我去最合适，文一梦去或和我一起去都不妥，男人间的事得男人与男人办，夹上女人肯定出问题。

　　董大毛家在县城房价最贵的一个小区，据说县城有头有脸、非富即贵的都住在这里。我打电话过去约了下，没想到董大毛很热情，说都是老同学，用不着这么客气，等我时间方便，请我在他饭店吃饭，老同学好好聚聚。本来是求人，没想到被董大毛一番话弄得好像自己成了客人，拗不过，我只好听董大毛的安排。两天后的一个晚上，我去了董大毛的饭店，服务员把我引进一个僻静的包间，倒了一杯茶，让我稍等片刻，说董总稍后就到。

　　"董总"再次让我心里升起一股难以言说的感觉，想当年谁都嫌弃的毛孩子一转眼成了董总，我们这些总是感觉高高在上的反而跌落了下来，还得求着人家，这种滋味非今非昔比可以形容。

　　大约10分钟后，董大毛风风火火地进来，还没推开门就把身子和双手倾斜了过来，恨不得搂住我，嘴里不停地说："真是怠慢老同学，真是怠慢老同学，本来安排好好的，不巧县上一个领导临时过来，非得指名让我过去干一杯。哎呀，县城地方太小，到处都是熟人，哪一方都不敢得罪，比不得你们北京，自己干好了管他天王老子呢。"

　　董大毛边说边落座，我赶忙起身给董大毛把茶倒上，顺口接着说："董总有所不知，北京干好可不容易啊，看着工资是比咱们这里

　　…　　别人家的孩子和我

高些，可是房价更高啊，买不起房子娶不起媳妇，天天漂着，亚历山大啊。这不，来求老同学帮忙来了。"

董大毛一听哈哈一笑，"还是老同学会开玩笑，你从首都回来的，用得着我这开小饭店的帮什么啊。有钱有权的都在北京，我还想求老同学给我帮忙呢。"

我喝了一口茶，接过话说："县官不如现管，董总咱们都是老同学，我就不绕弯了，这次真是想求你帮个忙。"

董大毛愣怔了下，随即嚷道："既然是老同学，那就别客气，别一口一个董总的，叫得我心虚，这样，咱们难得聚在一起，边吃边聊，边吃边聊。"说着喊来一个服务员，嚷道，"把我昨天特意放在冰箱里的野味都拿出来做了，再把我柜子里的酒取两瓶，别的事就不要叫我了，说我忙。"

说完服务员应声而去，我还没来得及告诉董大毛自己不胜酒力，就被董大毛安排好了。他说："老同学你知道的，我这里吃的就是野味，就不安排你点菜了，都是咱们小时候常吃的。不过这几年不是封山育林嘛，一般的饭店也吃不到，县城也就我这里了，今天好好回味下小时候。"

说到小时候，我和董大毛的话匣子就打开了，小时候有太多的事情聊，几天几夜都说不完。可是关于我和董大毛的，多是些我对不住他的，比如某次考试他抄袭我们举报的，比如他写给某个女生的纸条被我们拿出来朗诵的，比如他带我们去捉山鸡，结果在山上迷路被学校处分的，如此等等。不过时间是个好东西，当时再难堪的事现在说起来都是开心事，我也忘了对董大毛的抱愧，俩人你一言我一语很快进入了气氛。

六、现实给了一巴掌　　…　　269

野味很快上来，董大毛开了一瓶酒，倒给我半杯——我本来是不喝酒的，但想到有求于人，不好推辞，只好咬着牙和董大毛碰了一杯，结果面红耳赤，浑身发热，还没等我解嘲，董大毛就开始恭维，"老同学看来酒量见长啊，据我在酒场的观察，像你这样的，一般量都挺大的。"我还没来得及推辞，董大毛又给我倒了半杯。

　　趁还没醉之前，我端起一杯酒，敬了董大毛，顺便把这次应聘的事说了，董大毛一听呵呵一笑，说："老同学果然是有事而来啊。"他喝了一口茶，"这事说难办也难办，说好办也好办。不瞒你说，最近和我打招呼的不是一两个，我都没应承。你知道，虽说我和县里领导认识，但我一个开小饭店的，人家给不给面子不好说——不过，既然老同学开了口，兄弟我定当尽力而为。"说着又要和我碰杯，我勉强又干了一下，告诉董大毛，实在是喝不动了。

　　董大毛倒上一杯茶，和我有一搭没一搭地聊天，还是聊过去、聊同学，看来董大毛对同学情谊看得挺深。聊着聊着，我们就聊到了文一梦，董大毛问我："你和文一梦的事情到底怎么样了？同学中现在就你们没结婚——哦，不对，兄弟我也没结呢。"说着自嘲般地一笑。

　　也许是喝多了，我已经忘记我说了什么，只记得董大毛间或回应道"原来这样，哦，是吗，那挺可惜的，文一梦是个好姑娘"之类的，其他的一概不知。

　　第二天醒来时，我睡在县城最豪华的一家酒店的大床上，床凌乱不堪，地上一堆秽物，这说明我昨晚那顿饭吃得是何等惨烈。我从裤兜里摸出手机，一看好几个未接电话，其中有一个是文一梦打来的，我回了过去，向文一梦说了昨晚的情况，文一梦说："那挺好，接下来好好准备面试吧，加上董大毛的关系，这事还是有把握的。"说完叮嘱我少喝酒，她最近学校里的事情多，让我照顾好自己，随时联络。我挂了电话，挣扎着靠在床头上，这时已近中午，但是房间的窗帘把外面的光线遮得严严实实，完全看不出是白昼，倏然间给我一种眩晕的感觉，如堕雾中，虚幻不堪。

204

这种虚幻的感觉很快清晰起来，而且是以一种让我猝不及防的方式，早知如此，我绝对不会报名参加此次应聘。面试前两天，我终于等到了董大毛的消息，这消息是董大毛托一个朋友告诉我的。这位朋友在说正题前做了很多铺垫，诸如这个岗位竞争太激烈，涉及农业局和水利局两位一把手的利益，而且还得让人事局领导拍板，董总费了好大劲托了刘县长，刘县长终于答应给办，应该说面试就是个形式，这个岗位基本就是我的了。

听了这个消息，我打心眼里感谢董大毛，觉得自己当初太傻了，早知道应该对董大毛好点才是。不过这位朋友还没说完，看我欢喜，他开始面露难色，"其实人人都有难处，这次董总帮了你，他的忙不知道你能不能帮？"我赶紧问："什么忙，能帮的我一定。"这位朋友接过话，"你可能也知道，董总喜欢你一个同学，就是文一梦，从小就喜欢，一直喜欢到现在，可还是没个眉目。董总为什么不结婚？就在等她呀。你说按董总现在这条件，全县城的姑娘随便挑，可是董总偏偏就好这一位，我也劝过他好多回，但没用。这不，听说你和文

六、现实给了一巴掌　　　···　　　271

一梦也是同学，而且关系不错，你看能不能帮帮忙？"

绕了半天，重点落在了这件事上，惊得我一时缓不过来，真没想到董大毛竟然能提出这样的要求。早知道他抱着这样的心思，那顿饭我绝不会去吃，这件事我也绝不会去求他，大家各走各的路，用不着帮来帮去，把同学间那份仅存的感情都帮得荡然无存。

也许是看出了我的惊讶，这位朋友赶忙把话往回绕，"其实你别多想，这都是我的意思，我是背着董总请你帮忙的，我们都是他的朋友，也都想他早点结婚，也都想他幸福不是吗？既然有难处，那就当我没说，你可千万别问董总，要不然我这朋友以后没法做了。好吧，兄弟，求你了！"说着做出一副央求状，期待我做出肯定的回答。

我脑子混乱，一时不知道该说什么，只好说："我明白你的意思，但这事挺突然的，从来没想过董总追女同学还要我帮忙，受宠若惊，我想想看吧。"那位朋友是聪明人，听到这话连忙谢过，告辞离开。

从刚才惊讶的状态缓过神来，我强迫自己平静下来，但就像突然面对一个陌生的世界，我不知道该如何应对，只好拿出一瓶酒，倒了一大杯，平时都是分好几次才能喝下的我，竟然一口吞了下去，就像要把这一切都吞掉似的。

205

半夜酒醒，喝了好几杯解酒茶，我终于做出了决定。天亮后，我简单收拾了行李，和爸妈打了声招呼，直奔火车站，赶上了最早一列开往北京的火车。车上我给文一梦发了个信息，说临时接到单位电话，有急事，要回去一下，面试可能来不及了，抱歉。很快文一梦就打过来电话，我犹豫了一下，没有接。文一梦又打过来好几个电话，我都没有接听，直到她不再打过来为止。我本想给董大毛发个信息，可是不知道该说什么，也许什么都不说才是最好的。

　　动车向前，一路飞驰，我疲惫地闭上眼睛，但却睡不着。家乡和北京之间也就一千多公里的距离，路上不过5个小时，但我却觉得如同隔着一个巨大的鸿沟，使我难以跨越。家乡本是我熟悉的地方，现在却变得异常陌生，而城市本是我陌生的地方，现在却变得异常熟悉——也许这只是幻觉，熟悉和陌生也是相对的，逃离和逃回也不是最终的选择，那么我将去往哪里？漂向何处？一时间，我竟茫然无措起来。

七、我们都回不去了

　　我这次离开家乡后，很久都没有再回去，直到文一梦来北京找我。这期间的几年，我拼命工作，努力生活，闲暇去各地旅行，过着一种标准的城市文青生活，.但我依然觉得无法在城市停留下来，觉得自己一直在漂浮着，就这么漂来漂去的。有时候，我觉得自己像《阿飞正传》里的那种鸟，一辈子都在飞。

　　我还保持着和文一梦的联系，这种联系就像风筝线，把我和家乡、过去连在一起，让我不至于迷失了方向。

　　据说文一梦不久后知道了我和董大毛的事，那之后她和董大毛便断了一切联系，从此把所有精力都投身于工作，眼看就要奔三了，家里介绍了很多对象，也有不少人追求，她一概提不起兴趣。没有人知道文一梦要什么，不知道她对未来的生活如何打算，但是我知道——有一次聊着聊着，我们立了一个约定，如果我们30岁前都没有结婚，那我们就在一起。

　　我能想象文一梦的无奈，比如父母的逼婚，比如在县城里一个大龄女青年的尴尬，比如工作中的种种不快，等等。有时候她会羡慕我，觉得自己也在大城市的话，就不会遭遇这些尴尬了。

　　尽管我的生活远非她想象的那样，但我不愿意把各种不快向她吐槽，她的生活已经够无奈了。每次聊天，我都给她讲一些美好的事情，提醒她保持对生活的期待。于是在30岁即将到来之前，文一梦有了来北京看我的打算。

　　我陪文一梦游览了北京的名胜古迹、大街小巷后，我们就待在家里，她做饭，我刷碗，她看书，我写字。不过大多时候，我们都窝在沙发里畅聊过去，回忆成了我们聊天的主题。我们沉浸在过去的岁月里，时而开怀大笑，时而感叹惆怅。

　　在这样的时光里，我迎来了自己30岁的生日。这个生日非比寻常，我曾想象过多种度过的情形，但老天眷顾，文一梦来了，这是度过这个生日最好的方式。那晚我们布置好了屋子，文一梦做了一桌子菜，我拿出一个好朋友送的红酒，从冰箱里端出我们精心挑选的蛋糕，点燃了蜡烛，整个屋子一下子温馨起来。

　　文一梦特意穿了那套洁白的裙子，扎了个马尾辫，灯光摇曳中，显得温柔而恬美，我也简单收拾了一下。我觉得，与其说这是我的生日，不如说这是我和文一梦两个人的生日。

　　没有生日快乐歌，也没有许愿，这一刻，关于生日的种种程序都是没有意义的，这与其说是个生日，不如说个仪式，是我们梦想了30年的一个仪式。

　　文一梦切开蛋糕，我倒上酒，碰杯的那一刻，我和文一梦互相凝视，我们仿佛都从彼此的眼睛里看到了我们度过的时光。这时，文一梦打开一首歌，旋律缓缓流出：

一盏黄黄旧旧的灯

时间在旁闷不吭声

寂寞下手毫无分寸

不懂得轻重之分

沉默支撑跃过陌生

静静看着凌晨黄昏

你的身影

失去平衡

慢慢下沉

黑暗已在空中盘旋

该往哪我看不见

也许爱在梦的另一端

无法存活在真实的空间

想回到过去

试着抱你在怀里

羞怯的脸带有一点稚气

想看你看的世界

想在你梦的画面

只要靠在一起

就能感觉甜蜜

想回到过去

试着让故事继续

至少不再让你离我而去

分散时间的注意

这次会抱得更紧

这样挽留不知

还来不来得及

想回到过去

思绪不断

阻挡着回忆播放

盲目的追寻

仍然空空荡荡

灰蒙蒙的夜晚

睡意又不知躲到哪去

一转身孤单

已躺在身旁

想回到过去

试着抱你在怀里

羞怯的脸带有一点稚气

想看你看的世界

想在你梦的画面

只要靠在一起

就能感觉甜蜜

想回到过去

试着让故事继续

至少不再让你离我而去

分散时间的注意

这次会抱得更紧

这样挽留不知

还来不来得及

想回到过去

沉默支撑跃过陌生

静静看着凌晨黄昏

你的身影

失去平衡

慢慢下沉

想回到过去

这是周杰伦演唱的《回到过去》，之前没留意，这次被文一梦挑出来，一下子有了别样的意味。我们忘记了吃蛋糕，忘记了一桌子的菜，只是伴着这个旋律，一杯接着一杯，直到我醉倒为止。

208

这一醉昏天黑地，我直到第二天中午才醒来，醒来时发现枕边放着一个盒子，精心包装过的，打开一看，是文一梦送给我的生日礼物，是我们小学时，美术课上画的关于天安门的一幅简笔画。背景有些潦草，但能明显看出画上有两个小孩，我想那应该是我们。

画的背后有文一梦留给我的信：

我走了，回家了。这次来主要是为了圆之前的梦，也是为了给你过生日。看你在北京过得挺好，为你开心。我们都回不去了，既然如此，珍惜当下吧。希望你越来越好，结婚的时候记得告诉我，希望我能见到你幸福的那一刻。

即使我们没有在一起，但我们曾在一起，我的过去，我的青春，一直都有你，我的记忆也都关于你。我不会忘记你，忘记你就等于忘记我自己。没有在一起我并不难过，毕竟我们曾一起经历了那么多。

我很少想未来，我对未来不再期待，不像我对过去。未来也许我会找个人结婚，组成家庭，当妈妈，然后老去，但这是被动的，我不会去主动追求，因为我所有关于追求的冲动、所有关于幸福的期许都留在了过去。

感谢有你，所有关于你的、关于过去的回忆，将指引我未来的生活，伴我抵达人生的另一端。

祝你幸福。

我看着这些字，泪水潸然而下，感觉自己突然告别了一个时代，告别了过去，从此将不得不面对没有文一梦的世界。这会是怎样的一个世界呢？我不知道。

209

我此后一直留在北京，不再和别人联系，包括文一梦。30岁后，我开始过另一种生活，努力挣钱，在北京买房，和一个姑娘结婚。结婚时，我没有告诉文一梦，甚至没有告诉家人。我不想他们为了我不结婚而忧虑，更不想他们为了我结婚而欢喜。结婚与否从来都是我自己的事，和别人无关——如果说还与别人有关的话，这个人就是文一梦。

　　不久后我有了孩子。我不知道孩子会有怎样的成长经历，不知道他是否会遇到像文一梦一样的姑娘，但我为自己庆幸，庆幸经历了1984至今的这个时代，经历了我难忘的一切。

后　记

　　关于这部小说成书的过程序里已经提到，这里谈谈生活、写作、成长。

　　于我而言，写作即生活。归纳生活的经历，感悟日常的体验，通过读书和跑步充实思想、荡涤灵感，再琢磨好名字和开篇，找一段安静的日子，一篇小说便如流水般呈现出来——我写小说有一个习惯，下笔前必须想好两点，一是名字，这是小说的主脉，二是开篇的第一句话，这是小说的钥匙。至于成长，进入社会至今的十五年，经历让我认识到，真正的成熟，应当是独特个性的形成，真实自我的发现，精神上的结果和丰收。

　　从1984年到2022年，这38年，我以三部小说告一段落。回顾过往，我完成了23岁毕业时给自己定下的十个目标，除了还没有去想去的地方，囿在北京。不过"我依然向往着长岛的雪，向往着潘帕斯的风吟鸟唱。很久以后我才知道，原来长岛是没有雪的。"——即使没有雪又怎样，雪夜访戴不也是一种生活？

这里要提到一些人：

鸿儒文轩当家人崔付建是这本书的策划人。在2014年的某一天，我们聊起这部当时还在构思中的书——也许他当时没有太在意，但这却是我写出来的一个动力。秦国娟以专业、细致的操作，为这本书得以面世做了大量工作。我第一部小说《春去阑珊》的出版人刘立峰老师提供了很多建议，认识十多年来，他见证了我写作上的每一次成长。

中国青少年研究中心研究员、作家孙云晓，作家、《当代》副主编石一枫，作家、编剧杨筱艳，作家、评论家、《小说选刊》副主编李云雷等联袂推荐，让我感动非常。邱华栋，董涛，何镇邦，云非，金涛，周利利，施晗，王承俊，郑建华，孙学良，徐伟，蔡安等对我写作有指导和鼓励。傅世青，张克，王重娟；谢顶杰，周计文，李洪毅；王军桥，陈晓熠，常明，徐子斌，史树毅，刘学玲；段安安，郭朗，朱智明，陈新贤；刘云志；鲍云帆；林涛；赵萱，林蔚；吴文君；杨登明，徐民和，张闽等前辈对我有知遇和栽培之情。童岱，李建峰，程允江，孙满意等对我有帮助和支持。

还有十多年来在工作、生活中出现的人：郝伟，雷鸣，韦巧玲，谢敏英，吴继明，戴洪柱，阎大鹏，张琦；王媛，吴凡，赵思旻，张凌宇，陆璐，于飞；陈平；单志萃，崔斌，秦金平，周小琬；齐琪，韩永坤，徐林强；姚阿珊；黄龙；李勇霖；周美春，左强，王云建；高胜科，郑旭；金贝伦；张佳，袁晓阳，高园园，戎晓伟，卫嬛，宋磊，魏晶晶，窦嫚嫚，师慧；冯书红，吕玉柱，朱涛，吉海军，刘荣远，胡红伟，毛建华，陈佟，习青青，梁乐，张宽；宋高峰，王渭营，刘白眉，李萍，王丽霞……他们作为上司、同事或朋友，在某一阶段、某一事情、某一经意或不经意的表现触动了我，某种程度帮助我有了今天的样子。我感念日常中很多不以为意的温情和善意，也总是提醒自己传递，因为许多希望的种子就此种下。

最后把这本书送给自己以及逝去的时光。博尔赫斯说：我写作，不是为了名声，也不是为了特定的读者，是为了光阴流逝使我心安。

张小武

初稿2017年12月于北京

二稿2022年3月于北京